Lucille Chaponnay

Les Princes Vampires

I

Ryan

L'Héritage Empoisonné

TW : Scènes de violence explicites

Édité par Lumicat, 30980 Langlade
ISBN : 9 782 958 704 506
Prix : 16,90 €
Dépôt légal : mai 2023

À la horde,
Vous êtes ma plus belle rencontre et ma plus grande force

Famille Royale Vampirique

Edmond Cadbury — Roi
Abigaïl Cadbury — Reine
Ryan Cadbury — Prince Héritier
Matthew Cadbury — Prince
Callum Cadbury — Prince

Conseillers

Lady Mildred Arundell
Lady Ruth Clifford
Lord William Despencer
Lord Austin Bridges
Lord James Fiennes

Employés du Manoir

Anna — Cheffe de cuisine
Clayton — Guérisseur
Julian — Second d'Anna

CHAPITRE 1

Ryan

— Ryan, reviens ici tout de suite !

La voix impérieuse de mon père résonne jusque dans mes entrailles. Un instant, mon corps cède sous l'impulsion de son ordre. Mais il est hors de question que je fléchisse. Je tends ma volonté, me détourne de son regard gris perlé de rouge, intraitable, et monte les escaliers de notre immense demeure.

— Tu devras répondre de tes actes et prendre tes responsabilités ! l'entends-je hurler, alors que je claque la porte de ma chambre derrière moi. Et tu le feras !

Lorsque le silence revient enfin, je peux respirer à nouveau. Je ferme les yeux et me colle contre le battant en bois. Un instant, je me prends à espérer être ailleurs. Ne jamais être né.

— Tu sais qu'il a raison.

Je soupire. Il fallait qu'il soit là. Évidemment.

— Matthew…

— C'est toi, l'aîné, reprend-il. Tu as des devoirs.

— Je te les léguerais volontiers.

Je l'entends rire. J'ai du mal à comprendre comment il arrive encore à garder son sens de l'humour. Après tout, il est autant laissé pour compte que moi.

— Pour ça, il faudrait que tu meures. Et désolé, frérot, je tiens trop à toi pour te laisser disparaître.

Je rouvre les paupières. Mon frère a hérité des cheveux châtains de notre mère et de ses yeux espiègles. Sans Callum et lui, j'aurais sans doute fui depuis longtemps.

Tout du moins, j'aurais essayé. Personne ne peut se dérober à Edmond Cadbury. On n'échappe pas au roi des vampires.

— Je pourrais aussi renoncer au trône, déclaré-je.

— Comme si l'abdication était possible… Ça impliquerait de rompre tes fiançailles avec la fille Bridges et notre famille est trop fragile pour pouvoir se les mettre à dos. La cour ne tient qu'à un fil.

Une violente colère me secoue. Foutue cour. Si elle n'entrait pas en jeu, si elle n'était pas une menace pour mes parents et mes frères, j'aurais cédé la couronne à mon cadet il y a de ça des centaines d'années !

— C'est complètement con ! craché-je. Je ne veux pas de la couronne, je ne l'ai jamais voulue ! Tu ferais un bien meilleur roi !

Matthew s'esclaffe à nouveau. Tout semble si simple pour lui. Comment fait-il pour ne pas céder à ses pulsions les plus obscures ? Il a vécu autant d'horreurs que moi.

— Père le sait, c'est bien pour ça qu'il m'a nommé futur conseiller. Pour t'assister quand tu prendras enfin sa place. Mais on ne peut pas tirer une croix sur une centaine d'années de négociations avec les autres nobles. Surtout pas en ce moment, avec toutes les tensions au sein de notre communauté.

Je déteste quand il a raison. J'aimerais le détester aussi. Me noyer dans la haine. M'oublier dans une sombre rancœur et faire comme tous les autres membres de la noblesse vampirique : comploter, jusqu'à obtenir ce que je souhaite. Ou mourir. L'un ou l'autre me conviendrait à merveille.

Quand je croise le regard soucieux de Matthew, je comprends

une nouvelle fois que j'en serais incapable. Trop de choses me retiennent dans ce monde. Lui. Callum. Ma mère, aussi. L'amour que je leur porte est plus fort que tout. Si seulement mon père comprenait mon point de vue et que la cour était moins obstinée à ne penser qu'à son propre intérêt, nous ferions le bon choix pour notre royaume : celui de me destituer au profit de Matthew. Et pourtant… Mon père n'a pas le pouvoir de la faire plier. Ni la motivation. Je ne comprends pas comment l'être le plus puissant de notre communauté peut être à ce point soumis à son Conseil.

— Il n'a pas le choix, me rappelle Matthew, comme s'il venait de lire dans mes pensées. Son pouvoir repose sur ses partisans et ses partisans sont attachés aux traditions. Et au pouvoir. L'histoire a déjà montré qu'il en faut peu pour destituer une famille royale.

Et tuer tous ceux qui appartenaient à cette lignée.

— À quoi bon régner, si c'est pour être assujettis à sa propre cour ?

Matthew sourit. On a déjà eu cette conversation des dizaines de fois. Des centaines, peut-être. Je connais d'avance sa réponse. Pourquoi mon esprit ne se soumet-il pas aux lois de notre univers ? Pourquoi faut-il que je sois incapable d'être ce que l'on attend de moi ?. Je ne veux pas de cet héritage.

— Garantir la paix entre les familles vampires implique ce genre de sacrifices, soupire mon frère.

— J'exècre ce jeu d'équilibriste, grondé-je. On devrait les laisser s'entretuer plutôt qu'arbitrer leurs éternelles querelles. Sans eux, nous serions moins menacés.

Je regrette ce que j'ai dit à l'instant même où je le prononce.

— Tu ne le penses pas vraiment. Tu te rappelles très bien 1896. Sans une cour forte, nous aurions…

Même après tout ce temps, il n'arrive pas à terminer sa phrase. Je ne la finis pas pour lui. La moindre mention de cette année maudite me crève le cœur. Je peux encore voir le sang, les corps démembrés des vampires…

Son sang. *Son* corps.

Je peste et secoue la tête pour chasser mes souvenirs teintés d'une culpabilité si profonde que, si j'y plonge, je n'en sortirai jamais.

Je me lève et enfile une veste en cuir, bien décidé à ne pas rester dans ce foutu manoir.

— Si tu pars ce soir, tu devras rendre des comptes à père, souffle Matthew.

— Je lui en dois déjà. Un peu plus, un peu moins…

Mon frère grimace, sans faire aucun geste pour me retenir. Je suis plus rapide. Plus puissant, aussi. Il n'arriverait pas à m'arrêter.

— Je suppose qu'il faut que tu en profites avant que cela ne te soit plus possible, finit-il par convenir. Sois prudent.

— Je vais chez les humains, il n'y a aucun danger.

— Tu oublies les sorciers.

Je contracte mes mâchoires, avant de me reprendre. Les sorciers n'ont aucune intention de nous attaquer. La paix avec eux est bien plus durable que celle entre nous. La dernière guerre entre sorciers et vampires remonte à… 1896. Ils ne prendraient pas le risque de la reproduire. Ni de nous approcher. Notre envie de vengeance est encore trop prégnante. Nous nous tenons à l'écart les uns des autres et n'interférons pas dans les affaires qui ne nous regardent pas. Chacun chez soi. Cela fonctionne depuis plus d'un siècle.

J'ouvre ma fenêtre et saute sans aucune peur. Les trois étages qui me séparent du sol ne sont rien pour moi. J'atterris avec souplesse, salue de la main mon frère, resté en haut, et me dirige vers le garage pour retrouver ma bécane — une beauté sportive d'un bleu électrique. Alors que je l'enfourche, une silhouette se dessine devant moi. Plus petit que Matthew ou moi, le visage plus doux… Callum. J'espère qu'il n'est pas là pour me dissuader, lui aussi.

— Que fais-tu ici ?

Il m'observe, l'air ailleurs, avant de planter son regard d'un brun intense dans le mien. Je frissonne. Il y a tant d'émotions dans ses yeux. De la colère ? De la tristesse ? Je n'arrive pas à les discerner.

— Attention à toi, déclare-t-il tout simplement.

— Tu sais très bien que je n'ai pas besoin de protection. Il faudrait bien plus qu'un accident de moto pour m'abattre.

— Je ne parlais pas de ça.

Et le voilà qui repart, sans se retourner. Je pince les lèvres. Callum a toujours eu cette sale habitude de sortir des avertissements sans queue ni tête et, surtout, sans explications. Pourtant, je sais que ses paroles ont toujours un sens, une raison. C'est son don. Le reste du temps, en revanche, il est très taciturne. J'ai toujours eu du mal à le comprendre, ce qui ne m'empêche pas de l'aimer.

Peu importe cette mise en garde. J'enclenche la première et file dans la nuit. Je quitte ce maudit manoir, perdu dans cette foutue forêt, pour m'engager sur une voie rapide.

Retrouver une civilisation avancée loin, très loin, de mes problèmes ancestraux.

CHAPITRE 2

Mya

Allez, dépêche-toi ! hurle Lena. On va être en retard !

— On ne peut pas être en retard à une soirée, répliqué-je.

— Quand il y a Jake, si ! ricane Joly.

— Hé ! gronde Lena. Je ne te permets pas !

— Quoi ? C'est vrai ! Va pas me dire que tu viens à la soirée pour autre chose que ses beaux yeux.

— Ce ne sont pas tes affaires !

— Ça le deviendra quand tu le ramèneras ici pour la partie de jambes en l'air la plus torride de ta vie.

Je lève les yeux au ciel et les laisse se disputer dans le salon, tandis que je rehausse mon regard brun d'un coup de mascara devant le miroir collé à ma porte. J'ajoute un coup de rouge à lèvres bien pétant avant de sortir de ma chambre. Ce soir, moi aussi je cherche quelqu'un. Cela fait bien trop longtemps que je n'ai eu personne. Le dernier, c'était Edward… Il est grand temps de passer à autre chose.

— C'est bon, je suis prête, déclaré-je en entrant dans notre petit salon.

— C'est pas trop tôt, bordel ! râle Lena.

Joly, elle, se contente d'un long sifflement en me détaillant de haut en bas avant de m'offrir une œillade qui en dit long sur ce qu'elle pense. Je l'ignore et lui fais signe de suivre Lena, impatiente, dans le corridor. Elle ferme la porte d'entrée et se précipite dans les escaliers, dévalant les trois étages en quelques secondes. Nous rions de bon cœur devant son empressement et la rejoignons dehors.

— Tu es splendide, me glisse Joly alors que Lena avance devant nous.

Je rougis. Mon amie est souvent avare de compliments.

— Merci, balbutié-je.

— Je suis heureuse que tu te décides enfin à oublier l'autre connard.

Je me renfrogne.

— Ce n'était pas un connard.

— Ah, bon ? C'est pas comme ça qu'on qualifie un mec qui t'a trompée durant les deux ans de votre relation, tout en te culpabilisant d'avoir Zach comme ami ? Excuse-moi, t'as raison. C'était le pire enfoiré de la terre. Puis franchement, te tromper ! On aura tout vu.

— Je n'ai pas envie de penser à lui.

— Tu as bien raison ! Imagine plutôt tous les petits culs qu'on verra ce soir. J'ai hâte !

C'est à mon tour de pouffer. Joly a surtout hâte de voir les filles se dandiner sous ses yeux. Je ne sais pas comment elle fait, mais elle ne rentre jamais seule. D'ailleurs, elle ne rentre jamais tout court, elle préfère passer la nuit chez ses conquêtes. Elle affirme que c'est plus simple pour s'éclipser, le matin.

Lena finit par nous rejoindre en fulminant.

— Allez, dépêchez-vous, je ne veux pas qu'il ait le temps de reluquer quelqu'un d'autre.

— C'est bon, on parle de Jake, là ! Il sera en retard, comme toujours.

— On l'est aussi, je vous signale.

Je souris et jette un coup d'œil à ma montre. Elle a raison, il est vingt-et-une heures trente. Nous avions rendez-vous une demi-heure plus tôt. Néanmoins, Jake est connu pour ses retards… indécents.

N'empêche, je comprends Lena. Quand j'ai commencé à fréquenter Edward, j'étais moi aussi complètement mordue. Si j'avais su…

Nous arrivons très vite à la coloc de Zach. C'est mon binôme en TP de biochimie. On s'est tout de suite très bien entendus et, en grand fêtard, il nous invite toujours. On est inséparables en cours, au point qu'on a souvent cru qu'on était ensemble. Edward était, bien entendu, jaloux de lui.

Pourtant, rien ne se passera jamais entre Zach et moi, malgré son sourire à se damner ; il est aromantique, et surtout, un ami formidable. Je ne voudrais le perdre pour rien au monde.

— Salut, les beautés ! s'exclame-t-il lorsqu'il nous ouvre la porte.

Lena fait à peine attention à lui, les yeux rivés sur le salon derrière lui. Zach ricane.

— Jake est en train de se servir une pinte dans la cui…

— Super, merci !

Et voilà Lena qui se précipite dans l'appartement sans en dire plus. Nous hurlons de rire.

— Désolée pour elle, reprend Joly après s'être calmée. Elle est insortable.

— C'est pas grave, sourit Zach. Surtout que c'est pour ce soir !

— Vraiment, Cupidon ? m'exclamé-je.

Zach a toujours eu cet instinct étrange, celui de sentir quand les gens allaient enfin conclure. D'où son surnom. Il avait aussi senti les trahisons d'Edward, mais je ne voulais pas le croire. Ça a été source de notre seule et unique dispute. Si seulement je lui avais fait confiance…

— Oui… D'ailleurs, aucune de vous ne repartira seule.

Joly glousse.

— C'était pas difficile à deviner, dans mon cas. Je trouve toujours une proie idéale !

Zach lui lance un regard de travers, que Joly ne remarque même pas, tant elle semble soudain happée par la vision de quelque chose dans le salon. Elle le dépasse pour aller se poser sur l'immense canapé défoncé de la coloc. Je comprends lorsque je la vois commencer à discuter avec une jeune et jolie blonde. Je soupire.

— On ne la changera jamais…

— Nous, non, déclare Zach, avant de pointer de la main la jeune blonde. Mais Maggie, si.

— Ah, ouais ?

— C'est une possibilité, oui. Je dirais que ça a soixante-quinze pour cent de chance d'arriver.

— De quoi, qu'elles se mettent en couple ?

— Absolument.

Je ris de bon cœur alors que notre hôte ferme la porte et m'accompagne vers le salon.

— Fais gaffe, dis-je, Joly risque de faire mentir tes pronostics pour la première fois.

Il hausse les épaules.

— Peut-être, peut-être pas. En tout cas, il y a…

Il s'arrête net. La sonnette de l'appartement vient de retentir à nouveau. Il fronce les sourcils, l'air soudain très sérieux. Il est rare de voir son visage aussi fermé.

— Ça va ? demandé-je, inquiète.

Ses yeux sont perdus dans le vague. Il semble… en transe. Même lorsque la sonnette résonne une deuxième fois.

Je lui prends le bras, mal à l'aise. Bordel, qu'est-ce qui lui arrive ?

— Eh, Zach ! gueule une voix masculine. Faudrait penser à ouvrir !

Damian, son coloc, débarque à toute allure pour ouvrir au nouveau venu. Je commence à paniquer devant l'absence de réaction de Zach, quand mes yeux se lèvent vers l'homme qui entre. Mon cœur manque un battement.

Je n'ai jamais vu de garçon aussi beau de ma vie.

Grand, brun, bien bâti, les cheveux coupés en brosse et la barbe taillée, il est le stéréotype parfait des acteurs américains. Je ne suis normalement pas du tout sensible à ce genre de physique et pourtant, là, tout de suite, maintenant, il m'est impossible de le quitter du regard. Je suis irrémédiablement attirée par ses prunelles sauvages, son élégance et le charisme fou qu'il dégage. Je peux presque sentir mes jambes flageoler et mon bas-ventre s'affoler. Un désir brûlant vient envahir mes veines, et mon esprit ne se focalise plus que sur une chose : je le veux. Dans mon lit. Aussi vite que possible.

— Ryan ! s'exclame Damian. Ça me fait super plaisir de te revoir. Entre, je t'en prie.

Ledit Ryan le salue à son tour d'une voix au timbre chaud, avant d'aller vers le salon.

En passant devant moi, il me jauge de haut en bas. D'habitude, je déteste ça. Je ne suis pas un morceau de viande ! Mais là… je n'ai qu'une envie : l'embarquer avec moi dans la chambre la plus proche.

Ce n'est que lorsque le contact visuel cesse que je reprends mes esprits. Je me rappelle soudain où je suis… et avec qui.

— Putain !

Le mot m'a échappé. Il n'y en a pas de plus juste pour décrire ce qu'il vient de se produire. J'en ai encore des bouffées de chaleur.

Ce n'est que lorsque je me tourne vers Zach et que je vois son teint brun pâlir que je me souviens de son espèce de malaise.

— Ça va ? lui répété-je, m'en voulant de l'avoir oublié l'espace de quelques secondes.

Il hoche la tête. Il semble reprendre pied dans la réalité, lui aussi. Puis il plonge ses yeux dans les miens et me lâche d'une voix grave et éraillée :

— Il est dangereux. Promets-moi de faire attention à toi.

Malgré l'attirance évidente que je ressens, quelque chose me souffle que Zach a raison.

CHAPITRE 3 :

Ryan

Je fonce à travers la ville, sans faire attention à ce qui m'entoure.

J'ai rencontré des types dans un bar il y a quelques jours de ça. Des étudiants, évidemment. L'un d'eux m'a parlé d'une soirée dans sa colocation. L'endroit parfait pour oublier. Pour s'"oublier.

Les vampires ont certes besoin de sang pour vivre, mais cela ne nous empêche pas de consommer autre chose. J'adore la nourriture humaine, et j'avoue apprécier plus que de raison l'effet de l'alcool sur moi. Il embrouille mon cerveau, me permet, un instant, de ne plus penser à ma famille ou à mes obligations. Ce n'est pas une solution, j'en ai conscience. Or, pour le moment, c'est le seul répit que je puisse m'offrirr. Enfin ça, et les parties de jambes en l'air. Avec les humains, c'est encore mieux : ils ne savent pas à quel point c'est excitant de sentir le sang pulser dans leurs veines. J'ai hâte de trouver ma conquête de ce soir.

Je gare ma moto dans un parking souterrain de la ville et me mets en route, un sourire aux lèvres. La seule perspective de ma soirée compense le reste. Je ne réfléchis plus aux derniers mots de Callum, encore moins à ceux de Matthew ou de mon père. Ce soir, ils ne sont plus rien. Il n'y a plus que la ville et ses promesses de débauche.

Je retrouve l'adresse sans effort. Après tout, j'ai vu cette ville s'étendre, les immeubles être érigés au fur et à mesure que la population grandissait. Il est fascinant d'observer la fourmilière géante qu'est la communauté humaine. Ils vont et viennent, éphémères. Parfois, je leur envie cette vie courte, mais intense. Leurs querelles intestines s'éteignent vite. Ce qui ne les empêche cependant pas de faire la guerre. Quand on possède une vie si courte, il est étrange d'être si prompt à la raccourcir.

Peu importe. Ici, ils sont bien loin des champs de bataille. Une chance et une paix qu'ils n'avaient pas connues depuis des siècles. Une partie de moi ne peut s'empêcher de penser que ce n'est que le calme avant la tempête. C'est toujours ainsi, avec les humains. Avec les autres espèces aussi, d'ailleurs.

Je monte les quelques étages qui me séparent de l'appartement et sonne à la porte. Mes idées morbides s'arrêteront dès que j'aurai franchi ce battant, je le sais.

Personne n'ouvre.

Je m'impatiente et sonne une seconde fois. J'entends, derrière la porte, le bruit de la musique et celui des conversations.

Damian m'ouvre enfin, un grand sourire aux lèvres.

— Ryan ! s'exclame-t-il. Ça me fait super plaisir de te revoir. Entre, je t'en prie.

L'odeur de sang et de sueur me prend à la gorge. Je ne peux contenir un petit sourire, comme un drogué qui aurait retrouvé sa came. Je rentre et avise deux personnes dans le couloir. Aussitôt, mon regard est happé par leur présence.

Le mec, la peau brune et les cheveux crépus, m'observe bizarrement. Son air perdu me rappelle un peu celui de Callum, lorsqu'il a ses prémonitions. Un sorcier, peut-être ? Ce serait plus qu'étrange, ici. J'essaye de sentir la fragrance de son sang. Toutefois, il y a trop d'odeurs dans cet appartement pour que je puisse la saisir. Il faudrait que je l'enlace. Merci, mais non merci, la créature à ses côtés est bien plus appétissante.

Une petite brune comme je les aime : des hanches rondes, une poitrine engageante, des lèvres pulpeuses… Oui, clairement, j'en ferais bien mon déjeuner. Et vu comme elle me regarde, ce doit être réciproque. En même temps, il est dur de résister au charme des vampires, encore plus des sang-pur comme moi. Matthew ou Callum auraient été à ma place, elle les aurait tout autant dévisagés.

Je ne suis pas là pour penser à eux. Je dépasse les deux humains avant de me diriger vers la cuisine pour me servir un verre. Beaucoup de regards s'accrochent à moi sans que j'y fasse attention. Il n'y a que la petite brune qui m'intéresse.

Lorsqu'elle pénètre à son tour dans la pièce, seule, quelque chose a changé. Je n'ai plus envie d'en faire un quatre heures, non, c'est bien plus puissant que ça : un désir irrépressible me tord les viscères. J'ai rarement ressenti quelque chose d'aussi fort dans ma vie.

Je réalise à peine que cet attrait soudain n'est pas normal et qu'il n'a rien à voir avec mon désir précédent : j'ai trop envie d'elle pour m'y attarder. C'est presque impérieux.

Je m'approche, félin prêt à fondre sur sa proie.

— Bonsoir, belle inconnue, susurré-je.

Matthew m'a déjà fait la remarque que mes phrases étaient clichées, mais je m'en fous. Ce n'est que la vérité : elle est belle. Et inconnue.

— Salut, lâche-t-elle.

Nous sommes si proches que nos souffles se mêlent. C'est là que son odeur m'assaille. Une odeur sensuelle, charnelle… irrésistible. Si séduisante que je ne peux m'empêcher de loger mon visage au creux de son cou et embrasser cette peau.

Une alarme s'allume en moi. J'entends à nouveau les mots

de Callum : «*Attention à toi.*»

Mes neurones ne se connectent plus. Rien n'importe plus que de la sentir contre moi, de caresser la moindre parcelle de sa peau… de la goûter.

Cette soif intense me donne le tournis. Si je pouvais la prendre, ici et maintenant, je le ferais.

Dans un dernier sursaut de conscience, je me souviens où je suis. Je ne peux pas me laisser aller au milieu d'humains. Père me tuerait.

— Viens avec moi, lui murmuré-je au creux de l'oreille.

— Tout ce que tu veux, me susurre-t-elle en retour, si suavement que je me sens à l'étroit dans mon pantalon.

Très à l'étroit.

Bordel, jamais personne ne m'a fait cet effet-là !

Je lui saisis le bras et nous sortons en courant, malgré les œillades étonnées. Je ne sais pas où aller, mais elle si, de toute évidence. Elle me tire dans une direction et je la suis, tentant, en vain, de juguler ma soif et mon envie d'elle.

C'est dans le flou le plus total que je la vois ouvrir une porte d'immeuble. Un brouillard de désir occulte le moment où nous grimpons les escaliers et où l'on débarque dans un nouvel appartement. La seule chose que je remarque, c'est que nous sommes seuls.

Qu'elle est mienne.

Et que je peux enfin succomber.

CHAPITRE 4

Mya

Je me perds avec délectation dans ses bras. Son toucher brûle ma peau, et je sais que je ne serai satisfaite que lorsqu'il sera en moi. Un instant, je me dis que c'est totalement anormal de ressentir ça. Mais d'une caresse, il balaye mes doutes.

Je lui enlève avec précipitation son t-shirt et son pantalon. Je ne me suis jamais connue aussi entreprenante, encore moins aussi empressée. Je n'ai d'ailleurs jamais eu de coup d'un soir. Pourtant, il m'est impossible de résister à ces muscles taillés, à ce torse parfait, à ce regard intense. Son caleçon dévoile une immense bosse qui me fait si envie que je la prends à pleine main.

— Putain ! jure-t-il.

Il me saisit les fesses et me soulève du sol. Aussitôt, j'enroule mes jambes autour de sa taille. Je sens contre moi son membre dur. J'en gémis d'expectative. Son torse contre moi est si frais que je frissonne. Comment peut-il être aussi froid et me donner aussi chaud ?

Ses baisers se font plus fougueux. Sa langue titille la mienne, avant de quitter mes lèvres pour venir tracer un sillon brûlant dans mon cou. Pendant un instant, ses dents viennent mordiller mon lobe, avant que je l'entende soupirer un «*Non*» dans mon oreille et revenir m'embrasser.

«*Non*» quoi ?

J'oublie aussitôt ma question quand une de ses mains se libère pour venir se poser sur mon sein. Il caresse de la pulpe du pouce mon téton durci par l'excitation, me coupant le souffle. S'il continue, je vais mourir de plaisir.

D'un coup, je sens qu'il me pose sur un meuble. J'ai à peine le temps de remarquer que nous sommes dans ma chambre, et pas celle d'une de mes colocs, qu'il m'arrache mon haut et mon soutien-gorge. Mon pantalon ne tarde pas à rejoindre le reste de mes vêtements, ne me laissant qu'une culotte en dentelle rouge pour couvrir mon intimité. Ryan me dévore du regard, avant de se jeter à nouveau sur moi.

— Bordel, tu sens tellement bon, gronde-t-il.

Jamais personne ne m'avait dit ça, et même si c'est étrange, je trouve ça incroyablement sexy. Son parfum à lui est brut, enivrant. Peut-être est-ce lui qui me fait tourner la tête. Si bien que je réplique :

— Toi aussi.

Ça le fait rire, avant de s'empresser de nous faire taire tous deux en s'emparant à nouveau de mes lèvres. Je soupire d'envie. Il ne va pas assez vite à mon goût, j'en veux plus.

J'agrippe son caleçon et le baisse pour dévoiler ce qu'il cache. Je ne suis pas déçue. Son membre dressé est aussi imposant que ce que j'imaginais. Je le saisis entre mes doigts et y imprime un mouvement de haut en bas. Aussitôt, les muscles de mon amant se tendent sous l'assaut de son propre plaisir et un grognement sourd monte de sa gorge.

— Tu ne devrais pas jouer avec le feu, me susurre-t-il.

— Et toi, tu devrais accélérer, ne puis-je m'empêcher de le provoquer.

Nouveau rire. Je tressaille quand il me saisit le poignet pour que je lâche sa verge, et qu'il me chuchote en retour :

— Que madame soit servie, alors.

Il ne prend même pas la peine de m'enlever ma culotte : il tire simplement le tissu sur le côté, avant de glisser un doigt dans ma fente humide. Il joue un moment avec mon clitoris, me tirant un râle profond. Il semble prendre un malin plaisir à insérer un doigt, puis un deuxième, au lieu de me donner ce que je souhaite si ardemment. Et pourtant, c'est si bon que je ne peux lui en vouloir.

Quand je le serre un peu plus contre moi, il finit par lâcher prise à son tour. Ses mains me caressent le ventre avant de se saisir de ma taille et de m'approcher de lui.

D'un coup de reins, il me pénètre.

Malgré mon manque évident d'entraînement ces derniers mois, je ne ressens aucune douleur. Bien au contraire. Ses va-et-vient, d'abord doux, me transportent dans un autre monde. Mais j'en veux plus, beaucoup plus. J'agrippe ses fesses pour l'enjoindre à aller plus vite. L'extase n'est pas loin, et je suis résolue à l'atteindre.

— Non, je ne devrais pas…, souffle-t-il pour lui-même.

Encore ce « non » ! C'est à me rendre dingue. Je lui murmure :

— Plus vite !

— Je ne peux pas, déclare-t-il d'une voix rauque de désir qui le contredit.

— S'il te plaît, gémis-je, de plus en plus frustrée.

— Je…

Je ne le laisse pas finir et le serre plus fort contre moi. S'il ne veut pas accélérer, alors je le ferai pour lui. J'ondule des hanches, pour le sentir encore plus profondément en moi. Un hoquet de surprise nous secoue tous les deux tant c'est bon. Je sens enfin ses dernières résistances s'effondrer, tandis que ses allées et venues sont de plus en plus rapides, de plus en plus fortes. Je pousse un cri lorsqu'un plaisir absolu fond sur moi, vif et ardent. Comme des vagues irrésistibles, il m'emporte.

Je le sens aussi gonfler en moi, sur le point de jouir à son tour, prolongeant mon propre plaisir. Alors qu'il lance son dernier assaut, il plonge son visage dans mon cou, comme pour m'embrasser. Avec délectation, je le laisse faire, trop assommée pour réagir.

Même lorsque je sens ses dents pointues effleurer ma jugulaire.

Même lorsqu'il me mord si fort qu'il m'arrache un nouveau cri.

Même lorsque, d'un coup, mon plaisir s'efface pour ne laisser place qu'au néant.

CHAPITRE 5

Ryan

Putain ! Merde, non ! Ryan ! Ryan, bouge-toi !

Avec un grognement, je repousse la main qui me secoue. Je suis trop plongé dans un état second pour qu'on vienne me faire chier. Un brouillard opaque m'entoure, et je refuse de le quitter.

— Ryan ! Bordel, lève-toi et explique-toi !

— Laisse-moi, marmonné-je.

— Te laisser ? Après ce que tu as fait à l'humaine ?

À l'humaine ? De quelle hu… ?

Mes souvenirs de la nuit passée me reviennent comme des flashs de lumière. La soirée. Puis la fille. Son odeur sucrée, irrésistible. Ses gémissements sous mes coups de reins. Et la jouissance…

Je me redresse d'un bond.

J'ai mordu l'humaine.

J'ai. Mordu. L'humaine.

Non. La réalité qui s'étale sous mes yeux est pire encore. Je suis dans sa chambre, bien au chaud dans son lit, alors que son corps nu à moitié affalé trône sur la commode. Sa peau, pourtant bronzée, est d'une pâleur de craie. Mais surtout…

Du sang.

Partout.

Et au milieu de ce carnage, Matthew, qui m'observe les yeux écarquillés.

— Putain !

C'est le seul mot qui décrit la situation dans laquelle je suis, à savoir, dans une merde profonde.

— C'est toi qui as fait ça ? murmure-t-il, comme s'il avait du mal à l'admettre.

Ce que je comprends. Moi-même, j'ai du mal à y croire, mais je ne peux nier l'évidence.

Je n'arrive pas à lui répondre. Mon air doit parler pour moi. Je suis nu, couvert de sang et je suis si en colère contre moi-même que, si je pouvais me dédoubler, je me tuerais.

— Je t'avais dit de faire attention à toi, déclare une autre voix, bien plus douce.

Callum est aussi dans la chambre, pas le moins du monde dérangé par ce qu'il se passe autour. Il est même d'un calme olympien qui nous déstabilise, Matthew et moi. S'il n'y avait pas cette lueur de tristesse qui passait dans son regard, je pourrais le penser insensible. D'ailleurs…

— Qu'est-ce que vous fichez là ? demandé-je.

— Callum a eu une… prémonition, explique Matthew, tandis que mon autre frère observe la chambre d'un air déconnecté. Il m'a mené ici et… Mais bordel, Ryan ! Pourquoi t'as fait ça ? Le meurtre d'une humaine ? Tu cherches l'exil ? La mort ? Être l'héritier du trône ne te sauvera pas !

Je ne trouve rien à répondre. Jamais coucher avec des humains ne m'avait fait cet effet-là. Je contrôle mes pulsions habituellement, mais là… J'ai perdu tous mes moyens. Je n'arrivais à rien faire d'autre que la mordre et lui aspirer son sang.

Et c'était si bon…

Je tente de chasser la voix dans mon esprit, mais elle est plus forte que moi. Elle m'impose le souvenir de la nuit passée. Je n'ai jamais éprouvé autant de plaisir avec qui que ce soit. Mon corps, ce traître, réagit à cet égarement et ma trique revient.

— Putain, Ryan ! Tu me dégoûtes !

La répulsion dans les yeux de mon frère me frappe de plein fouet, plus fort que la colère de mon père l'aurait pu. Je me sens affreusement mal. Sale. Monstrueux.

Et j'ai beau me prendre la tête, je ne comprends pas comment j'ai pu succomber. J'avais bien bu ma portion de sang avant de sortir.

— Peu importe, lâché-je, conscient de mentir.

Bien sûr que ça importe. Il faut agir.

Malgré tous les efforts du monde, je comprends que faire quelque chose maintenant ne changera pas la donne. Je suis le foutu héritier. D'une putain de couronne. Même moi qui rejette le trône, je réalise que mon acte est impardonnable : il nous condamne tous. Les familles n'accepteront jamais une telle impudence de ma part. Avec les tensions préexistantes, ce pourrait être l'étincelle qui mettrait le feu aux poudres. Nous serions plus que destitués : ils nous foutraient au bûcher.

Matthew grogne et se pince le nez ; il en arrive visiblement aux mêmes conclusions que moi. Seul Callum reste serein. C'est d'ailleurs lui qui rompt le silence.

— Ryan a raison, annonce-t-il avec flegme. Il faut qu'on se bouge. Sinon, elle mourra.

Elle mourra ? Je me tourne vers la fille, toujours immobile sur la commode. Pas si immobile. Un souffle, certes fragile mais présent, agite sa cage thoracique.

Elle est vivante.

Je ne l'ai pas tuée.

Il ne m'en faut pas plus : rapide comme l'éclair, je la prends contre moi. Malgré le pouls qui fait frémir ses veines et l'odeur ferreuse prégnante, je n'ai plus envie de boire son sang. Un pincement au cœur, inédit, me surprend : je veux la protéger.

Aussitôt, je l'emmitoufle dans une couverture. Les êtres humains prennent froid si vite ! J'en profite pour enfiler mon pantalon et mon t-shirt en vitesse.

— Je l'emmène voir Clayton, déclaré-je d'une voix qui ne souffre aucune discussion.

Le seul qui peut la sauver. Le seul assez discret pour garder le secret. Matthew acquiesce tandis que l'éclat de tristesse dans les yeux de Callum s'intensifie. Pourtant, il ne dit rien. C'est donc la bonne chose à faire.

— Toi, dis-je à Matthew, appelle Serena.

Il grimace.

— Ça va nous coûter cher.

— On a le choix ?

Il ne répond pas. Bien sûr qu'on n'a pas le choix, même si Serena nous le fera payer. Loups-garous et vampires ne s'entendent pas. Mais sa condition fait d'elle une alliée discrète. Un vampire ne garderait pas secrète cette pièce couverte de sang humain et de mon odeur.

Mon frère me lance un regard lourd de sens avant d'ajouter :

— T'as intérêt à ce qu'elle survive.

Comme s'il avait besoin de me le préciser. J'en suis cruellement conscient.

Je prends la fille dans mes bras et m'élance vers la porte.

Par chance, il fait encore nuit. Personne ne traîne dans les rues à part quelques soulards trop imbibés pour faire attention à nous.

Je ne sais comment, je retrouve ma moto et m'y juche, la fille bien collée contre moi. Sa peau est aussi froide que la mienne, mais elle respire toujours. J'allume ma bécane qui bondit sur le pavé.

Je la sauverai. Coûte que coûte.

CHAPITRE 6

Mya

Un gémissement douloureux m'échappe. J'ai mal. Partout à la fois.

Quelqu'un m'a réveillée du néant cotonneux dont j'étais prisonnière, pour mon plus grand malheur. J'aimerais leur dire d'arrêter de me torturer, de me laisser plonger dans le vide.

Mais il semblerait qu'ils ne veuillent pas me laisser partir. Un feu brûlant parcourt mes veines, plus puissant qu'un torrent. Le gémissement se transforme en cri de souffrance pur. Si je pouvais bouger, je m'arracherais la peau à coups d'ongles. Je veux que ça s'arrête, maintenant ! Même la mort serait plus douce !

Soudain, tout cesse. La douleur reflue, la vie reprend ses droits. Mes autres sens me reviennent. J'entends mon souffle chaotique, je sens des draps me couvrir, et mes paupières s'ouvrent enfin sur une lumière crue qui m'éblouit. En fond, il y a cette voix grave que je reconnais, comme dans un souvenir.

— Elle s'en sortira ?

Pas de réponse.

— Parfait, reprend la voix. Je compte sur ta discrétion. Le roi ne doit rien savoir.

Nouveau silence. J'essaye de bouger pour distinguer autre

chose que cette fichue lumière, mais le moindre mouvement me demande une énergie que je ne possède pas. Mon corps est trop lourd pour moi. Que s'est-il passé ?

— Prends soin d'elle. Je reviendrai vite.

Des pas, puis plus rien. Je reste immobile, paralysée. Un bruissement d'étoffe. J'essaye de reprendre mes esprits. Où suis-je ? Et pourquoi ?

Des bribes me reviennent, peu à peu. Je me revois, comme dans un rêve, discuter avec mes amies de la soirée à venir. Nos pas nous mènent chez Zach, puis c'est le néant. Je l'entends seulement me souffler «*aucune de vous ne rentrera seule*».

Que s'est-il passé ? Je suis rentrée avec le mauvais type ? Qu'est-ce qu'*il* m'a fait ?

Je ne suis pas à l'hôpital, j'en suis persuadée. La lumière crue, le plafond sombre, et surtout, les paroles échangées ne collent pas.

«*Le roi ne doit rien savoir.*»

Quel roi ? Un frisson désagréable me secoue l'échine. Serait-il possible que je sois tombée en plein trafic d'organes ? Mon état pâteux correspondrait bien à la prise de drogues ou d'anesthésiants, et le cadre me semble bien douteux…

Non, c'est impossible. Je refuse d'y croire. Il y a quelque chose qui cloche. On ne dit pas «*prends soin d'elle*» pour quelqu'un à qui on vole des organes !

Je dois avant tout réfléchir au moyen de me sortir de tout ça. Inutile d'envisager la fuite dans mon état : je suis trop faible. Il va falloir attendre. Attendre et collecter des informations.

Dans un immense effort de volonté, je tourne la tête sur le côté. Mes yeux tombent sur une silhouette vêtue d'une blouse, courbée sur un plan de travail blanc, très semblable à ceux que l'on possède en salle de TP de biochimie. C'est bien un labo. Je remarque un frigidaire à la porte transparente, contenant un nombre incalculable de poches rouges et de tubes à essai aux couleurs variées. De là où je suis, je ne peux pas lire les inscriptions dessus, juste deviner de quoi il s'agit. Des poches de sang, bien sûr. Les tubes, eux, restent une énigme. Je ne remarque aucun organe. Peut-être ne m'ont-ils encore rien prélevé ?

Les murs sont, comme le plafond, d'un gris informe, rocheux. Nous devons être dans un sous-sol.

Il n'y a pas de porte. Rien d'autre à observer. Je redouble d'efforts pour tourner la tête de l'autre côté. Le mouvement me brouille un instant la vue et la nausée monte en moi, avec un arrière-goût amer d'alcool. J'ai encore trop bu. Si je m'en sors, je me fais la promesse de ne plus jamais boire. On a sans doute glissé de la drogue dans mon verre pour m'assommer et me ramener ici.

Ma vision se dégage enfin et je découvre un autre brancard vide près du mien, puis une porte en fer forgé. On se croirait dans un bunker aménagé.

Plus j'observe, plus je me sens mal à l'aise. Un besoin pressant de m'enfuir me prend aux tripes et je manque de céder à la panique. Malheureusement, je ne peux bouger que ma tête. M'échapper n'est toujours pas une option.

Alors que j'avise une nouvelle fois l'étrange labo, je remarque que la silhouette a disparu. Aussitôt, l'angoisse m'enserre les viscères. Où est passé le laborantin ? Que… ?

Je hurle. Il a surgi, là, devant moi, d'un coup. Ma peurfait sourire l'homme, dévoilant une bouche béante, sans dents. Il a le crâne rasé, aucune trace de barbe, et un Belzébuth terrifiant tatoué sur le front. Il lève des mains couvertes de glyphes devant lui dans un signe de reddition, avant de sortir un calepin et un stylo de sa poche. Ce n'est que lorsqu'il commence à écrire que je comprends l'évidence : ce type est muet.

Au bout d'un moment qui me semble durer une éternité, il

me tend le carnet.

«*Ne vous inquiétez pas. Nous faisons tout pour vous soigner.*»

Dans un nouvel effort, j'ouvre la bouche pour répondre.

— Me soigner ? balbutié-je.

Par chance, si je puis dire, l'homme n'est pas sourd. Il se met aussitôt à griffonner.

«*Ce n'est pas à moi de vous expliquer, mais au prince héritier.*»

Une nouvelle fois, je tique. Après cette histoire de roi, voilà qu'il y a un prince ! Dans quoi je me suis fourrée ?

— Vous allez me tuer ?

La phrase est sortie avant que j'y songe. J'aurais préféré ne pas me montrer vulnérable. Mais je suis beaucoup trop effrayée pour faire face.

«*Non. Nous vous soignons. Tout devrait rentrer dans l'ordre.*»

Je ne comprends pas. Pourquoi ne suis-je pas à hôpital, dans ce cas ? Quand je pose la question, il me pointe du doigt la phrase déjà écrite : «*Ce n'est pas à moi de vous expliquer, mais au prince héritier.*»

Je n'aurai donc pas de véritable réponse. Est-ce une stratégie pour que je me tienne tranquille ? Je n'en ai pas la moindre idée. Quoi qu'il en soit, mieux vaut garder le silence pour le moment, puisqu'il ne compte pas m'en apprendre plus.

L'homme écrit sur son carnet une dernière fois.

«*Je vais vous prélever du sang à plusieurs reprises, pour vérifier vos constantes. Ne vous inquiétez pas.*»

J'acquiesce, incapable de faire quoi que ce soit d'autre. Dans mon crâne, les questions se bousculent. Quelles constantes ? Que m'arrive-t-il ?

Et quand verrais-je ce fameux prince censé me fournir des réponses ?

CHAPITRE 7

Ryan

J'enfile une chemise propre et un bas de costard repassé, avant de sortir de ma chambre.

Ce matin se tient le Conseil. Étant l'héritier, je dois y assister. Bientôt, je devrai le présider.

Dernièrement, l'état de mon père a évolué. Ses yeux se sont assombris. Son odeur est devenue plus douce. Nous le savons tous : c'est un signe de fin de vie. Pas que nous mourons de vieillesse, non. Mais notre esprit peut choisir qu'il est temps de partir et ce bouleversement affecte aussi bien notre physique que notre aura. C'est à l'héritier du vampire ou son plus proche parent que revient alors l'honneur de l'envoyer dans l'au-delà.

L'heure de notre roi approche. Personne ne s'y trompe, c'est bien pour ça qu'il y a dix ans, les nobles se sont battus pour que l'une de leurs filles obtienne ma main. Ce sont les Bridges qui ont remporté cette bataille stratégique.

Alors que je me dirige vers la salle où l'on m'attend, mes pensées se tournent vers la fille. Impossible de réfléchir à autre chose. Je suis arrivé en trombe il y a deux heures, pour la déposer à l'infirmerie de Clayton. Heureusement, le manoir était toujours calme, et j'ai pu utiliser le passage vers la crypte en toute discrétion pour être sûr de ne croiser personne.

— Soigne-la ! ai-je ordonné à notre médecin.

Il a obtempéré sans broncher. Il a une dette de sang envers nous : les vampires lui ont sauvé la vie.

Je suis resté là, à regarder le beau visage de l'humaine reprendre vie, jusqu'à ce qu'il soit temps que je parte. Clayton m'a assuré qu'elle vivrait, mais qu'il y avait d'autres examens à réaliser. J'ai beau la savoir entre de bonnes mains, les derniers mots griffonnés de Clayton ne me rassurent pas.

Une fois sur pied, nous lui ferons boire une potion d'oubli et nous la déposerons près de chez elle. Tout cela ne sera plus qu'une infortune de passage, rien qui puisse mettre à mal la famille. Tout sera comme avant.

Sauf moi.

Les souvenirs de cette nuit restent si prégnants que j'ai du mal à les éluder. Sa peau contre la mienne. Son regard empli de désir. Et cette nuit fantastique. Si seulement je ne l'avais pas mordue. Si seulement…

— Mon fils.

Je reviens à moi. Mes pas m'ont mené à la salle du Conseil. Mon père, installé sur le siège royal qui lui est réservé, m'observe avec un air circonspect. Un instant, mon cœur se serre à l'idée qu'il puisse êtreau courant. Non, nous nous sommes disputés avant ma fuite en ville. Il me toise, non pas parce qu'il a découvert l'humaine, mais parce qu'il cherche à me rappeler qu'il a toujours le pouvoir et que je suis son obligé. Soumis à la couronne.

— Mon Roi, lâché-je à contrecœur, avant de faire une révérence.

Je m'installe à sa gauche. Ma mère, la reine, est à sa droite et m'offre un sourire contrit, comme pour me donner du courage. Puis, nous cessons de nous regarder pour accueillir les conseillers.

Chaque grande famille vampirique désigne un représentant pour conseiller le roi sur les questions importantes qui concernent notre communauté.

La réalité est cependant plus traître. Les familles ont un pouvoir qui, cumulé, est supérieur à celui du roi. Les décisions que prend mon père doivent toujours satisfaire au mieux les familles, afin d'éviter qu'elles se liguent contre nous. Le roi n'est qu'un pion, entravé par son Conseil et ses manigances.

Le Conseiller Bridges est le premier à arriver, comme à son habitude. Sa famille est la plus influente et la plus riche. Ses terres couvrent à elles seules une bonne partie des Amériques et des îles du Pacifique. C'est pour cela que sa fille m'a été promise : une alliance avec les Bridges assure la pérennité du trône, et eux s'approprient une partie supplémentaire de pouvoir.

Vient ensuite Lady Arundell. Son armée personnelle suffit à elle seule à faire trembler n'importe quel autre dirigeant, notre famille y compris. La sienne descend de grands militaires, ce qui leur confère une force de frappe brute puissante et en fait des alliés de poids. Ma mère est une descendante Arundell, et c'est sa sœur qui siège au Conseil. Néanmoins, les liens de sang ne suffisent pas pour s'aimer.

Lord Despencer entre juste derrière. Il a la main mise sur notre industrie du sang. Si nous pouvons nous nourrir sans inquiéter les humains, c'est grâce à sa famille. Certains disent que c'est un parvenu, puisqu'il n'est entré au Conseil que dans les années 1900, contrairement aux autres vieilles familles. En réalité, mon père a eu le nez fin en le nommant remplaçant de ce traître de FitzRoy, qui avait tenté un coup d'État contre lui. L'intelligence de Despencer nous a sauvé la mise à plusieurs reprises. Et en l'intégrant parmi les nobles vampires, la famille Despencer a désormais une dette envers nous.

Lady Clifford et Lord Fiennes arrivent ensemble. Ils n'ont pas de spécialités, comme les autres, mais possèdent des terres et un pouvoir non négligeables. D'autant plus que leurs héritiers sont promis l'un à l'autre. Deux familles, donc, à garder sous notre coupe dans le Conseil…

Chacun s'installe autour de la table selon son rang, puis mon père se lève. Au-delà des formules d'usage obligatoires, il ne m'a pas accordé une seule seconde d'attention. Nos différends seront réglés dans l'intimité familiale.

— Bienvenue à tous et à toutes pour ce nouveau Conseil, nous salut-il d'une voix puissante. Je déclare la séance ouverte.

Il se rassoit et sort l'ordre du jour.

En ces temps de paix, il consiste principalement à régler les problèmes entre familles nobles, et vérifier que les clans de sorciers et de loups-garous, disséminés à travers le monde, n'opèrent pas des changements qui nous compromettraient.

C'est ainsi que sont réglés les premiers soucis : un différend sur la frontière entre les terres d'Arundell et celles des Fiennes. Ils se disputent un bosquet que nos historiens n'ont pas su départager, par manque d'informations. Mon père règle la situation comme à son habitude : il privilégie les Arundell, plus puissants, tout en veillant à ce que les Fiennes ne repartent pas les mains vides. Un compromis rondement mené. J'aurais fait pareil. Il n'y a pas d'autre manière de trancher, et tout le monde le sait.

S'ensuit une longue exposition par Lady Arundell sur la position des clans de lycans. Les deux plus puissants sont en pleine guerre, et la conseillère, ayant une frontière commune avec eux, veille à ce qu'ils restent sur leur territoire. Elle propose toutefois de profiter de leur faiblesse pour envahir leurs terres, ce qui est refusé par le Conseil. Le dernier conflit avec les lycans remonte à la Guerre des Trois, en 1896, et celle-ci demeure trop fraîche dans nos esprits. Un douloureux souvenir qui s'était soldé par une défaite chez les vampires et un traité de paix désavantageux.

— Nous possédons une force de frappe bien supérieure ! tente Lady Arundell. Et leur territoire regorge de minerais et de forêts qui sont d'une grande valeur. Sans compter qu'après ça, plus aucun paranormal n'osera s'en prendre à nous. Nous serions libérés ! Délivrés de leur menace à tout jamais.

— Aucun clan, qu'il soit sorcier ou lycan, ne nous a menacés depuis plus d'un siècle et demi, rétorque Lord Bridges. Ils ne sont, par ailleurs, pas assez soudés pour présenter le moindre danger.

— Lady Arundell a cependant raison sur un point, rétorque Lord Despencer, ses sourcils broussailleux froncés à l'extrême. Cela garantirait notre sécurité.

— Nous ne savons rien de ce qui unit les loups-garous aux sorciers, objecte Lord Fiennes. Il se pourrait qu'ils se liguent contre nous, et notre force de frappe ne vaudrait plus rien. Nous serions décimés. Inutile de prendre de tels risques.

Les esprits commencent à s'échauffer. Mon père échange un rapide coup d'œil avec ma mère. Elle secoue la tête. Il se tourne ensuite vers moi. Son visage est confiant. Il me demande aussi conseil, et cette attention me touche plus qu'elle ne le devrait.

Comme ma mère, je pense que déclarer une guerre serait imprudent. Alors je secoue la tête à mon tour. Cela n'en vaut pas la peine.

Le roi se lève. Celafait taire tous les conseillers. Il prend le temps de les fixer, tour à tour, avant de parler.

— Nos coffres sont pleins, notre présence dans le monde humain est discrète et notre puissance n'est pas remise en doute par les lycans ou les sorciers. La paix dure depuis des dizaines d'années, et chacun prospère de son côté. Je ne suis pas prêt à prendre part à une guerre pour le pouvoir. Nous en avons bien assez.

Si Lord Fiennes, Lady Clifford et Lord Bridges acquiescent, ce n'est pas le cas de Lady Arundell ou de Lord Despencer. Ils se renfrognent, mécontents.

La session se clôture sur ce dernier sujet. Le reste de la matinée est consacré aux salutations et discussions individuelles entre le roi et les conseillers. Je reste quelques instants dans le salon commun, pour discuter avec ceux qui patientent. Mon rôle est de veiller à m'entretenir avec eux s'ils le souhaitent, ainsi qu'à régler certains soucis mineurs que mon père daigne me soumettre. Un moyen comme un autre de prouver que je suis apte au pouvoir… Et aussi intransigeant que mon paternel.

Ce matin, après avoir déposé l'humaine, j'ai trouvé une note du roi sur mon secrétaire. Des problèmes de réapprovisionnement de sang synthétique se sont déclarés sur le territoire des Bridges, il faut donc que j'aille en parler avec Lord Despencer. Je m'y soumets sans plaisir.

— Lord Despencer ?

Le conseiller, en pleine observation d'une missive, relève la tête sur moi.

— Oui, Votre Altesse ?

— Puis-je vous voir un instant ?

La question est rhétorique : Despencer ne peut décemment me dire non. Il me suit donc avec un sourire de circonstance dans une alcôve bien à l'écart des autres conseillers. Un endroit assez isolé pour que même les oreilles les plus fines ne puissent nous entendre.

— Que me vaut ce plaisir ?

Sa voix est doucereuse. Je suis sûr qu'il ne parlerait pas sur ce ton à mon père. Ma mâchoire se contracte et je lui offre un regard sombre. Le Lord a le bon réflexe. Son sourire perd en éclat et sa suffisance fond comme neige au soleil. Pour le moment.

— Nos rapports font état d'un manque significatif de sang synthétique en Amérique du Sud.

Aussitôt, le conseiller se braque.

— C'est la loi du marché.

— Vos entrepôts contiennent assez de sang pour nourrir cette population.

— Ils n'ont pas assez d'argent pour le payer. Je suis un homme d'affaires, Votre Altesse. Ce n'est pas ma faute s'ils n'ont pas les moyens. Si je leur fais cadeau de ce sang, tous les territoires reclameront la même chose.

C'est un discours qu'il nous a déjà servi. Il a au moins la décence de ne pas changer de version. Or, nous savons qu'il ment. Il se fait une marge, même en diminuant son coût d'achat. Et personne n'exigera de lui d'aligner le prix au reste du monde, puisque le niveau de vie est supérieur ailleurs. Je réprime un soupir. Il faut que je trouve les bons mots, alors qu'il serait plus simple d'être honnête avec lui. Mais jamais il ne nous rendrait la politesse. Comme n'importe quel conseiller.

— Lord Despencer, vous savez que ce sang manquant augmente les risques d'attaques sur les humains. Par conséquent, cela se répercute sur l'ensemble de nos sujets vampires et, à terme, cela entraînera une intervention du Conseil.

Pas besoin d'expliciter : si la situation devenait critique, les Bridges, à qui appartiennent les terres touchées, se retourneraient contre les Despencer. La couronne ne pourrait maintenir l'équilibre que par un vote du Conseil. Il imposerait une baisse durable du prix du sang et demanderait aux deux partis de s'occuper des vampires qui auraient succombé à l'attrait des humains.

Lord Despencer me prend enfin au sérieux puisqu'il croise ses mains devant lui.

— Et mes pertes, qu'en faites-vous ?

J'éprouve une envie soudaine de frapper quelque chose. Je n'ai pas de temps à gaspiller avec un type d'un culot pareil. Il y a l'humaine. Et tout ce que ça implique. J'ai eu beau recevoir un message de Serena m'annonçant que tout était nettoyé, il reste à sauver la peau de celle que j'ai failli tuer.

Reconcentre-toi.

J'invoque le souvenir de Matthew. Il faut garder l'équilibre dans le Conseil. Lord Despencer est un membre puissant. Il faut trouver un compromis. Un compromis que mon père a déjà suggéré dans sa missive.

— La couronne peut vous aider en baissant la taxe des exportations à destination d'Amérique du Sud de cinq pour cent.

Un tic agite la lèvre du Lord, presque imperceptible. Il a gagné, il le sait.

— J'aurais besoin d'une baisse de dix pour cent pour couvrir les frais.

Je me retiens de lui envoyer mon poing dans la figure. Non content d'avoir trouvé un arrangement, il insiste jusqu'au bout. Son arrogance n'est pas tolérable.

— Cinq pour cent, Lord Despencer, répété-je d'une voix grondante. Ou vous vous débrouillerez avec le Conseil quand ça dégénérera.

Je me lève sans attendre sa réponse. Si ça ne tenait qu'à moi, j'aurais exigé le transport de marchandises sans aide financière. Mais mon père est encore sur le trône. C'est sa stratégie qui prime.

Je retourne dans la salle d'attente, pour discuter avec les autres conseillers. Lord Despencer nous rejoint sans rien dire. Peut-être que cette incartade sera relatée au roi. Sûrement. Peu importe. Je ne suis pas manipulable, et il est temps que les nobles le réalisent.

Lorsque le dernier conseiller est appelé en séance privée, je m'éclipse et rejoins ma chambre, avec la ferme intention de me changer pour rejoindre l'humaine.

Or, une fois la porte franchie, je me trouve nez à nez avec mes frères et Clayton, tous trois le visage soucieux. Je ne les ai jamais vus dans cet état. Mon cœur s'arrête un instant de battre. Même Callum semble assailli par cette panique sourde.

— Elle est morte ? demandé-je, étonné de ressentir une angoisse si profonde à cette simple idée.

— Non, répond Matthew. C'est pire.

Pire que morte ? Je ne comprends pas. Et qu'ils tournent autour du pot ne me plaît pas, surtout après ma discussion houleuse avec

Lord Despencer.

— Dites-moi ce qu'il se passe, commandé-je.

Matthew hausse un sourcil, peu habitué à ce que je fasse preuve d'autorité sur lui. Néanmoins, il finit par détourner le regard vers Clayton, comme s'il ne souhaitait pas m'expliquer lui-même. Il est rare que mon frère se dégonfle ainsi.

Clayton lève les mains, hésitant. C'est alors que Callum prend la parole, un air triste peint sur son visage.

— Elle n'est pas morte. Elle est… infectée.

J'ouvre de grands yeux, sans comprendre. Infectée ? Qui… ?

La réalité me frappe de plein fouet, me donnant le tournis. C'est moi qui lui ai transmis mon venin. Ce qui signifie que…

— Putain, dites-moi que c'est une blague !

— Non, me répond Matthew avec une grimace. Mais il y a autre chose.

Autre chose ? La transformer en vampire ne suffit pas ?

— Tu l'as aussi… liée à toi.

Je manque de m'effondrer.

Matthew a raison. Oui, définitivement, il aurait mieux valu qu'elle meure.

CHAPITRE 8

Mya

Je suis seule dans ce sous-sol macabre. Le médecin — si on peut appeler ainsi l'homme tatoué et muet qui a veillé sur moi — est parti il y a quelques instants, contrarié. *A priori*, mes prises de sang ne lui ont pas plu.

Peu importe.

Je me sens mieux, j'ai plus d'énergie. Je n'ai donc qu'une priorité : m'échapper d'ici.

Je me lève avec précaution. Plus de vertiges ni de sensation de nausée. J'attendais d'être seule pour bouger, afin de leur faire croire que j'étais encore faible.

C'est la première fois que je peux observer mon corps. Je porte une sorte de chemise de nuit blanche, et mon bras est perfusé et relié à une poche transparente. J'arrache aussitôt l'aiguille de ma peau. La douleur m'arrache une grimace. Qu'importe. Je ne sais toujours pas ce qu'ils cherchent ni ce qu'ils m'injectent. Hors de question de garder un potentiel poison dans mes veines.

Mes pieds nus se posent sur le sol froid et je frissonne. Un thermomètre sur le mur indique quinze degrés. Pourtant, je n'ai pas souffert de la température jusque-là. Ai-je de la fièvre ? Si c'est le cas, tant pis. Je devrai faire avec.

Je fouille rapidement le plan de travail et récupère un long bistouri.

Première étape de mon plan : être armée. Seconde étape : m'échapper, en espérant ne croiser personne. Et si jamais quelqu'un s'aventure sur mon chemin… la lame fera son affaire. Après tout, c'est de la légitime défense, non ? J'ai beau avoir pris un certain nombre de cours d'arts martiaux, je ne fais pas encore assez confiance à mon corps pour pouvoir porter de vrais coups.

Et si tu étais bien dans un hôpital ? Et si tu plantais un vrai médecin ? On te jetterait en prison ou dans un hôpital psy.

Non. Si j'étais soignée dans un établissement conventionnel, il y aurait des tas de médecins ou d'infirmiers qui m'auraient expliqué dans quelle situation je me trouve. Et mes parents auraient appelé pour vérifier que tout va bien. Or, aucun signe de tout ça. Je n'ai même pas mon portable sur moi.

Ce n'est pas normal.

J'avance à petits pas vers la porte. Mon cou me démange et je ne peux m'empêcher de le gratter. Mes ongles rencontrent deux croûtes encore fraîches, sans que j'arrive à me rappeller comment j'ai pu me blesser à cet endroit-là. Ma mémoire me fait encore défaut. Comme tout le reste, ce n'est pas ma priorité.

La porte est fermée, bien sûr, ce qui fait de moi une prisonnière. Qu'à cela ne tienne, je suis persuadée que la pièce cache un double des clés. Cet endroit clos ressemble trop à un tombeau. Et cette porte est trop épaisse : personne ne pourrait m'entendre hurler. Bref, il y a forcément un moyen de s'échapper si on se fait enfermer ici par inadvertance.

Je fouille tout, sans perdre de temps. Le plan de travail, d'abord. Je vide les tiroirs, je vais même jusqu'à ouvrir les emballages pour tout vider sur le comptoir. Quand on est malin, il n'y a que deux manières de planquer un truc précieux : soit à l'endroit le plus évident, soit dans un contenant trop étrange pour qu'on songe à chercher à l'intérieur.

Alors que je continue mon exploration sur le brancard, j'entends un cliquetis.

La porte. Quelqu'un arrive.

Mon cœur s'affole, et mon corps réagit aussitôt. Je me jette derrière le battant pour me cacher. Je n'aurai droit qu'à une seule chance : attaquer, puis fuir. Hors de question de rester encore allongée une seconde de plus ici.

La porte s'ouvre en grinçant sur ses gonds. Une voix filtre. Une voix que je ne connais pas.

— Nous n'avons pas le choix. Inutile de chercher à la tu… Où est-elle ?

J'attends d'avoir l'homme dans mon champ de vision. Des cheveux châtains, costaud, ça me fait penser à quelqu'un... Mais qui ?

On s'en fout ! intimé-je à mon débile de cerveau. Si ce mec est là, c'est qu'il est dangereux.

Le médecin qui l'accompagne dégage aussitôt le passage, les yeux rivés sur le capharnaüm que j'ai laissé là, sans me remarquer.

J'attends encore un peu que le type qui me barre la route me présente son dos. Mon cœur cavale dans ma poitrine, je ne suis pas loin de la crise de panique, mais me contrôle : l'angoisse ne peut que m'être fatale. Je fais un effort surhumain pour rester discrète, quitte à retenir ma respiration pour qu'ils ne l'entendent pas. Puis, prenant mon courage à deux mains, je me jette sur lui, lame en avant. Je vise le creux du cou et la plante sans aucune hésitation.

Il tressaute et se retourne vivement vers moi, son regard rouge étonné. Je le pousse de toutes mes forces afin de me dégager un passage et, dans un dernier élan de terreur, je me précipite dans le couloir sombre qui me sépare de la liberté.

À peine ai-je fait un pas que le type se retrouve devant moi, le manche du bistouri toujours planté dans sa nuque. Il a troqué son étonnement contre un air malicieux difficile à interpréter. Et comment a-t-il pu bouger aussi vite, putain ? Je ne l'ai même pas vu me dépasser ! Suis-je à ce point gavée de médocs pour perdre ainsi le sens de la réalité ?

Je me retourne, comme pour vérifier qu'il n'est plus derrière moi. Il n'y a que le médecin qui observe la scène avec un certain intérêt.

Bordel, c'est quoi ce merdier ?

— Laissez-moi partir ! hurlé-je.

Je me rends compte du ridicule de la situation. Mon cri n'arrangera rien, c'est certain. Je suis cependant trop effrayée pour me réfréner.

Mon cou se met à nouveau à me démanger, si bien que je le frotte, autant de peur que pour me soulager.

— J'aurais beaucoup aimé, rétorque calmement le type en face de moi. Mais ça ne va pas être possible.

— Pourquoi ? Mes colocs vont s'inquiéter, elles vont appeler les flics et…

— Ça m'étonnerait.

J'ouvre de grands yeux. Non, ils n'auraient quand même pas fait ça ?

— Elles… elles sont ici ? demandé-je en tremblant rien qu'à cette idée.

Un éclair de surprise traverse son visage avant qu'il ne se reprenne.

— Non, elles sont en sécurité. Chez vous. Elles ont juste reçu un texto de ta part qui leur signale que tu restes un peu plus longtemps chez ta conquête.

Les salauds, ils ont réussi à pirater mon téléphone ! J'imagine parfaitement Lena et Joly se réjouir que j'aie rencontré un mec. Elles ne me chercheront pas. Pas avant demain, au moins.

— Quoi qu'il en soit, tu vas bientôt les retrouver, tente de m'amadouer le type. Nous avons juste besoin de t'expliquer… la situation.

— Quelle situation ? Je me sens très bien ! Relâchez-moi, bande de psychopathes !

Il grimace.

— C'est vrai que tout ceci prête à confusion. Néanmoins, tu vas devoir m'écouter. Et arrête de te gratter, tu saignes !

Je me fige. En effet, je sens un liquide chaud couler le long de mon cou. Quand je retire ma main, je vois mes doigts tachés de sang. La démangeaison ne s'apaise pas, et il me faut toute ma volonté pour ne pas continuer.

Je prends une grande inspiration. Ce mec me barre toujours le passage, je n'ai plus d'arme, et le médecin pourrait me prendre à revers. Je n'ai aucune chance, soyons honnêtes.

Cependant, un détail me titille. J'ai planté le type. Et il ne montre aucun signe de gêne. Pire, son costard est toujours aussi impeccable.

— Je… Vous êtes blessé ? tenté-je, incapable de croire à ce que je vois.

Il hausse un sourcil, avant de comprendre de quoi je parle. Nouvelle grimace. Il s'arrache le bistouri, sans trembler, avant de me l'apporter. La lame est presque intacte, tachée d'une seule goutte de sang noir. Et le type ne moufte pas.

— Ça fait partie des choses que je dois t'expliquer.

Il se courbe pour que je puisse voir son cou. La plaie qui s'était formée est nette et… ne saigne déjà plus. Je ne suis pas docteur, mais je suis sûre que ça devrait pisser le sang.

— D'ici deux ou trois jours, elle devrait être refermée, appuie-t-il.

Non, non, non.

C'est impossible. Je dois rêver. Il n'y a pas d'autre explication.

Enfin si, il y en a une.

— Je suis folle.

Il ne peut en être autrement. Ça n'existe pas, une clinique dans un sous-sol, avec un mec muet et un autre qui guérit tout seul. On n'est pas dans un putain de film de super-héros.

— Non, tu n'es pas folle, s'esclaffe le mec. Il y a bien une explication. Un peu singulière, je te l'avoue, mais elle existe.

Il me fait signe de retourner dans la clinique flippante. J'obéis et, lorsqu'il m'enjoint à m'asseoir sur le brancard, je suis trop sonnée pour refuser.

Pas de blessure, une rapidité hors du commun… Ce n'est pas naturel. Ce n'est pas vrai.

— Je m'appelle Matthew, au fait, déclare le type. Et lui, c'est Clayton. Notre guérisseur.

Guérisseur ? Plus personne n'utilise ce mot. Ceci dit, ce n'est pas le truc le plus étrange que j'aie entendu aujourd'hui.

— Je suis Mya.

Ledit Matthew me sourit de toutes ses dents. Il est sacrément beau, à présent que j'y prête attention. Comme un acteur de cinéma.

— Eh bien, Mya, je n'ai plus qu'à te souhaiter la bienvenue chez les vampires.

C'est clair et net, désormais.

J'ai le cerveau complètement ravagé.

CHAPITRE 9

Ryan

Je ne peux m'empêcher de faire les cent pas dans ma chambre. En plus de la mordre et de boire son sang, je lui ai transmis mon venin et me suis lié à elle. Comment c'est possible ? Normalement, je me maîtrise. Et je suis certain de ne pas le lui avoir injecté. Je n'y ai même pas songé un seul instant, cette nuit-là ! Mon seul but était de lui pomper son sang, pas de l'empoisonner ! Et encore moins de nous lier !

Je tente de me souvenir de la soirée. Oui, j'ai voulu la faire mienne… Le temps d'une nuit ! Ça ne peut pas suffire à créer un lien, si ?

Impossible. Je ne peux pas y croire une seule seconde.

— Respire, intervient Callum.

Il est resté ici, avec moi, tandis que Matthew et Clayton sont allés voir la fille.

Nous avons songé à la tuer. Mais il est trop tard. Mon venin court déjà dans ses veines.

Elle se transforme en vampire. Pire ! Elle m'est liée. À jamais.

Bordel de merde !

Sa vie et la mienne sont désormais imbriquées. S'il lui arrive quelque chose, cela se répercutera sur moi, invariablement.

Si elle meurt… je meurs.

En temps normal, on ne réserve son venin qu'à son partenaire de vie. Comme mon père et ma mère. Comme j'aurais dû le faire avec Lady Bridges. Ma promise.

Putain, putain, putain !

— Tu devrais te calmer, reprend Callum.

— Me calmer ? ME CALMER ? Je suis lié à une inconnue, Callum ! Je ne pourrai pas me marier à Lady Bridges ! Je suis l'héritier, ce que j'ai fait nous met dans une merde si PROFONDE que je ne vois pas comment je pourrais en sortir ! Nous en sortir !

— Je ne suis pas d'accord avec toi.

Je lève les yeux au ciel, les poings serrés. Il m'énerve tant que j'ai envie de hurler.

— Alors, vas-y, Einstein, explique-moi en quoi cette situation est si merveilleuse.

Mon sarcasme et ma colère ne le troublent pas. Il a toujours cet air à la fois nostalgique et perdu, comme s'il sentait des choses que nous, pauvres vampires ignorants, ne pouvions pas saisir. Ce qui est le cas.

— On ne peut plus changer le passé. Mais l'avenir n'est pas encore tracé. Tu peux encore tout régler.

Je pourrais le prendre pour un fou, si son regard ne venait pas de changer du tout au tout. Une tristesse étrange empreint ses traits, avant qu'il ne retrouve son attitude normale.

— Est-ce que tu pourrais être plus clair, pour une fois ?

Il hausse les épaules et récupère un livre sur une de mes étagères, avant de me le tendre. Son titre est pompeux. *L'Art de la liaison vampire.*

— Sérieux ? grondé-je. Tu crois vraiment qu'enfoncer le couteau va m'aider ?

— Je n'enfonce rien. Comprendre ce qu'il se passe t'aidera à trouver une solution.

Je balance le livre sur mon secrétaire et me frotte le visage. Toute compassion pour lui me quitte.

— Callum. On a compris que tu voyais l'avenir. Tu ne peux pas être un brin plus précis, pour une fois, putain ? Dis-moi juste ce que je peux trouver là-dedans, qu'on en finisse !

Aussitôt, le visage de mon frère se fige, comme à chaque fois qu'on évoque clairement son pouvoir.

— Je ne vois pas l'avenir, je le sens, marmonne-t-il.

— Et c'est quoi la différence, hein ?

Dans un mouvement d'humeur que je ne lui connais pas, mon frère cadet me double pour accéder à la porte. Une étrange affliction semble le tourmenter, mais je ne relève pas. Il ne se fermerait que davantage.

— La différence, c'est que je sais que la solution est dans le livre, sans la connaître, déclare-t-il.

Il ouvre le battant, sans me jeter un regard, et claque la porte.

Fait chier. Il ne manquait plus que Callum parte.

Me voilà seul.

Démuni.

Je sais que c'est en partie ma faute, à moi et mon caractère de merde. Je ne peux pas m'empêcher, cette histoire me met les nerfs à vif.

Je reprends une inspiration pour me calmer. Le plan. Il faut penser au plan. Le premier pas est d'expliquer à la fille ce qu'il se passe. La convaincre qu'elle doit écrire à ses amis et sa famille pour les rassurer, et rester avec nous, le temps qu'on sache quoi faire.

Je m'assois sur mon fauteuil et pousse un soupir. Quoi faire…

La cacher, bien sûr. Du moins, pour le moment. Il ne manquerait plus que père soit au courant. Ou pire, les Bridges. Une humaine au manoir… Liée, qui plus est. Non, je me ferais tuer sur-le-champ et mon père se verrait destitué, reconnu complice malgré lui de mon crime par un Conseil qui sauterait sur cette occasion pour obtenir plus de pouvoir.

Je saisis le bouquin laissé par Callum. Si je suis persuadé que le lien ne peut être rompu, peut-être que la solution résiderait à en créer un deuxième entre Lady Bridges et moi. Est-ce seulement possible ?

Je feuillette l'ouvrage, en tentant de me concentrer. Rien n'y fait. L'image de la fille s'impose à moi chaque fois que je termine de lire une ligne. Je ressens comme un coup dans le cœur. Une étrange attraction qui me pousse vers elle.

La liaison a vraiment débuté.

Cette constatation devrait me dégoûter. Pourquoi me réchauffe-t-elle ?

Parce qu'elle devient ta liée. La personne la plus importante pour toi.

C'est terrifiant.

De plus en plus frénétiquement, je passe d'une page à l'autre. Je ne peux pas laisser faire ça. Pas quand cela peut compromettre ma famille.

Je tombe sur un premier chapitre, sur la liaison en elle-même. Un truc que j'ai appris par cœur il y a des années.

« *Le lien se forme lorsqu'un vampire injecte son venin à un autre vampire avec l'intention d'en faire son ou sa liée. Sans l'intention, il n'y a pas de liaison.*

Une fois la liaison faite, le venin devient mortel, pour les humains comme pour les autres créatures paranormales, vampires inclus. »

S'ensuit une description chimique et biologique de la réaction d'une liaison sur un vampire, ainsi que la modification que cela entraîne sur notre venin. Même si je voulais le comprendre, je n'y arriverais pas. Je ne suis pas scientifique.

La seule chose que je retiens, c'est que j'ai bien eu l'intention de faire cette humaine mienne hier soir, et que ça a suffi.

Alors que je manque d'arracher un morceau de papier tant je suis angoissé, je me fige. Voilà un titre de chapitre inédit.

« *Se délier.* »

Mon cœur s'arrête un instant, plein d'espoir. Je ne pense plus à elle ni même à Callum ou Matthew. Est-ce là la solution ?

« *Lorsque la liaison est totale, se délier n'est possible que par un seul biais : la mort des deux parties.* »

Merde, ça commence bien. Je tente de ne pas paniquer et saute la phrase. Si ça prend tout un chapitre, c'est bien pour une raison !

La page suivante est une longue liste de vampires qui ont tenté de se délier, à l'aide de la magie ou non. Ça s'est à chaque fois mal fini. Même les sorciers n'ont aucun pouvoir sur ce lien.

Super.

Je suis sur le point de me résigner lorsqu'un dernier paragraphe retient mon attention :

« *Un seul cas de déliaison réussie existe dans l'histoire vampirique : celle de Lady de Saxe et Lord Berkeley au XVI*^{e} siècle. Ils se lièrent afin de tenter de rapprocher les clans vampiriques français et anglais, en pleine guerre humaine. Mais Lady de Saxe ne transmit pas son venin à son époux, contrairement à lui, créant ainsi un lien dit "incomplet".

Lorsque la guerre éclata, les deux vampires se séparèrent. L'un rentra en Angleterre, l'autre resta en France. Il aura fallu plusieurs années, grâce à la distance, pour que le lien s'étiole avant de disparaître totalement. Lady de Saxe put se lier à un autre vampire sans le tuer de son venin et Lord Berkeley mourut au combat, bien plus tard, sans que son ancienne liée n'en subisse les conséquences. »

Je reste un instant coi face à toutes ces révélations. L'espoir se confronte à une complète désillusion : je n'ai pas plusieurs années devant moi. Mes fiançailles avec Lady Bridges sont déjà entérinées et, si le mariage n'est pas encore prévu, il ne saurait tarder. Mon père et le sien auraient très bien pu organiser ça dans notre dos. Après tout, nous ne sommes que des pions, soumis au bon vouloir de la noblesse.

Non, il faut que je me reprenne. Ce livre m'a donné une piste, et je compte bien la suivre. Déjà, il faut que je recoupe les informations. Si cet ouvrage dit vrai, alors il faut que je le confirme avec les biographies ou, mieux, les mémoires de l'un ou l'autre de ces deux vampires. Sans compter que si c'est la seule déliaison fructueuse qui a existé dans notre histoire, alors elle n'est pas fiable. Le processus peut, sans doute, gagner en efficacité, tout comme notre rite de liaison s'est amélioré avec le temps.

Je referme le livre et le pose sur mon secrétaire.

Alors que je me lève dans l'optique d'aller effectuer des recherches dans la bibliothèque, deux coups discrets résonnent à ma porte. J'ouvre, pressé de revoir Matthew.

— Matthew ! J'ai fait des recherches et…

Ce n'est pas Matthew. C'est un des valets de mon père.

Merde. Je vais devoir apprendre la prudence, et vite.

— Mon Prince, me salue-t-il d'une révérence bien basse. Votre père vous fait quérir dans son bureau. Sur-le-champ.

Inutile d'écrire un mot à l'attention de mes frères pour les prévenir. Maintenant que le valet m'a entendu, nul doute qu'il fera vérifier ce que j'écris par l'un des multiples espions de mon père. Ils devront se démerder sans moi.

Quant au livre… Eh bien, il est normal qu'un futur lié se renseigne sur ce qu'est la liaison, quand bien même on nous l'apprend dès le plus jeune âge.

— Je vous suis.

Je referme derrière moi et déglutis en traversant les couloirs. Mon père ne me convoque que pour deux choses : m'engueuler, ou parler du mariage. Je me demande bien lequel des deux l'emportera cette fois-ci.

CHAPITRE 10

Mya

Ils m'ont installée dans une chambre désaffectée. Enfin installée… enfermée, plutôt.

La fenêtre donne sur des barreaux et je n'ai pas la clé de la porte. Le parquet est poussiéreux, sans compter les meubles en vrac dans un coin ; sans doute un vieux débarras.

Je ne m'en plains pas. C'est mieux que le repaire de leur guérisseur. Et surtout, je suis seule. Seule pour réfléchir à tout ce que ce Matthew m'a expliqué.

« Bienvenue chez les vampires. »

On se croirait dans un mauvais film pour ado. Des vampires. Et pourtant…

Je me gratte au niveau du cou, avant de m'arrêter. Inutile de refaire saigner la plaie. Ces deux trous béants qui ont changé ma vie.

Foutu coup d'un soir.

J'ai retrouvé un peu la mémoire, au fur et à mesure de l'explication de ce Matthew. Des flashs intenses, des souvenirs vaporeux mais très agréables, j'en conviens... Cependant, si j'avais su que cela me vaudrait d'être enfermée *ad vitam æternam*, je me serais abstenue !

Et à quoi bon mettre des barreaux et fermer à clé ? De ce que j'ai compris, ces créatures sont surpuissantes. Je me rejoue les paroles du vampire :

« *C'est pour te protéger. Certes, ils ne mettraient pas longtemps à arracher les barreaux ou la porte, mais cela les ralentirait. Juste assez pour qu'on vienne te sauver.* »

Ouais. Et c'est qui ce « ils » ? Je l'ignore, il n'a pas voulu me le dire.

Génial.

Tout ça pour un mec.

« *Résister à un vampire est très compliqué. Ne t'en veux pas d'avoir succombé à Ryan. C'est lui, le responsable.* »

Je ne m'en veux pas. Je *lui* en veux. Pourquoi a-t-il fallu qu'il me morde, bon sang ?

Son frère n'a pas su me répondre. Apparemment, les vampires savent se contrôler, et blablabli, blablabla. Alors, pourquoi ?

Non mais déjà, c'est n'importe quoi. Tu ne vas pas croire ces psychopathes. Tu ne vas pas croire que tu deviens une vampire !

Mais pourquoi ils m'auraient raconté ça ?

Parce que tu es une jeune fille naïve.

Peut-être. Ils n'auraient pas tort. J'ai déjà bien trop de fois accordé ma confiance à des abrutis. Cependant, on n'est plus dans le cadre de la bêtise, ici, mais carrément dans celui du fantastique. Du paranormal.

Il manquerait plus qu'on me sorte qu'il y a des loups-garous et des sorciers parmi nous !

Après m'avoir expliqué en long, en large et en travers que j'étais chez les vampires — pire, chez leur roi ! —, Matthew m'a demandé de me faire discrète. Que ma transformation ne devait être connue de personne pour le moment. Une sombre histoire de noblesse et de complots, d'équilibre fragile de la monarchie. Et de la possibilité que je vide de leur sang tous les humains qui me croiseraient, une fois ma transformation terminée.

C'est un pur délire. Tu es tarée.

Je tente de me défaire de cette voix intérieure. Il m'a ensuite tendu mon téléphone portable, que je puisse écrire à mes amies pour les rassurer.

« *Et si je leur avouais tout ?* », ai-je vaillamment défié l'homme.

Il a souri. J'ai pu voir ses canines anormalement longues. Des sueurs froides m'ont traversé le dos, mais j'ai tout fait pour lui cacher ma peur. Hors de question de me laisser impressionner.

« *Tu passerais pour une folle. Et, dans le pire des cas, nous serions obligés de nous occuper d'elles.* »

Il aurait très bien pu bluffer… Je n'ai pas pris de risque. J'ai écrit un message sur Whatsapp à mes colocs, en les prévenant que le coup d'un soir se transformait en coup d'une journée aussi, ce qui les a beaucoup fait rire.

Si elles savaient…

Je suis censée rentrer demain. Je sais que ça ne se produira pas. J'ignore ce que les *vampires* vont faire, mais il est clair qu'ils ne me relâcheront pas de sitôt.

Je connais Joly et Lena. Elles vont s'inquiéter, si je ne retourne pas à l'appart. Elles vont flairer quelque chose. À moins que les foutus vampires trouvent une bonne excuse à leur fournir d'ici là.

Je ne veux pas qu'il leur arrive quoi que ce soit.

Je pense que Matthew l'a bien compris. Il sait qu'il peut me manipuler sur ce terrain-là. Et comme fuir est impossible pour le moment…

Je soupire.

Je devrais être angoissée à mort, mais depuis qu'on m'a sortie du sous-sol, la seule chose à laquelle j'arrive à penser c'est que je suis toujours en vie. J'en veux pour preuve mon cœur qui bat comme s'il faisait de la tachycardie.

Il y a cependant plus. Cette étrange attraction, au creux de mon estomac. Est-ce que je l'invente suite à l'explication de Matthew ?

«En te mordant, mon frère t'a non seulement transformée, mais il s'est aussi lié à toi.»

Est-ce ça, le fameux lien ? Je me souviens de ce que j'ai fait avec ce type, mais pas du tout de son visage. Ma mémoire me fait faux bond et, à part des bribes alcoolisées, je ne capte rien. Pas de nom. À peine le ton grave d'une voix.

Si on m'avait dit que coucher avec un gars était si dangereux… C'est pire qu'une MST, ce truc !

Cette réflexion me tire un rire nerveux, entre l'amusement et la détresse.

C'est faux, en plus. Zach m'a prévenue. Je ne l'ai pas écouté. Voilà ce qu'il m'en coûte.

Au moins, ça signifie que Joly va se mettre en couple. C'est une bonne nouvelle.

Nouveau ricanement, plus désespéré que le précédent.

Non. Il faut que j'arrête de tourner en boucle. Ce n'est pas sain pour moi. Je peux me laisser aller sur ce matelas datant du siècle dernier ou bien essayer d'avancer.

Je me redresse. Matthew a eu la délicatesse de laisser quelques livres sur mon chevet, histoire que je ne meurs pas d'ennui.

Un vampire peut-il seulement mourir ?

Arrête de les voir comme des vampires. T'as juste le cerveau cramé.

Toujours aussi sympathique, cette petite voix. Pour la faire taire, je saisis le premier bouquin qui me vient.

Vampires : légendes et réalités.

On dirait un vieux truc obscur qu'on trouve dans une brocante. Qu'à cela ne tienne, je l'ouvre. Imaginons un instant que tout ceci ne soit pas un rêve ou une hallucination : la logique voudrait que je me renseigne sur ce que je suis en train de devenir.

Je gratte mon cou, avant de m'arrêter. Fichu réflexe, je vais tacher les draps ! J'essuie mes doigts ensanglantés sur ma chemise de nuit, avant de me concentrer sur les mots qui défilent devant mes yeux.

Un jour, maman m'a dit que le savoir était la plus puissante des armes.

Hors de question de me laisser désarmer par ces mecs bizarres. S'ils ont des faiblesses, je veux le savoir. Ils connaissent bien la mienne, ce ne serait que justice. Et puis, peut-être qu'il y a entre ces pages un moyen de partir d'ici…

CHAPITRE 11

Ryan

Mon fils. Entre donc.

Je m'incline bas, comme ce matin au Conseil. Derrière moi, j'entends le valet fermer la porte du bureau.

— Mon Roi.

— Installe-toi.

Le ton de sa voix, toujours autoritaire, reste cependant poli, dénué de colère. Je ne suis donc pas là pour me faire engueuler. Un poids quitte mes épaules : j'ai un instant eu peur qu'il découvre l'humaine. Enfin l'humaine… La vampire en transition. Et ma liée, par la même occasion.

Je me redresse et m'assieds en face de lui, tentant de la jouer décontracté pour cacher les tensions qui m'habitent. Comme il ne prend pas la parole, je le détaille. Nous nous ressemblons, en certains points. Notre visage carré. Nos sourcils fournis. Jusqu'à nos cheveux, du même brun foncé.

Si nous étions chez les humains, nous passerions pour frères, et peut-être même que je paraîtrais plus vieux, à cause de mes traits plus marqués, moins lisses. Les vampires ne vieillissent pas physiquement. C'est comme si, aux alentours de la trentaine, notre métabolisme se mettait sur pause.

— Que me vaut cet honneur ? demandé-je finalement.

Son regard prend en intensité et il croise les mains sous son menton. Il semble sur la défensive. Ça ne peut signifier qu'une chose : il va parler de ma promise. Notre principale source de discorde.

Ce n'est vraiment pas le moment d'aborder mon mariage. Mais je n'ai pas le choix. Mieux vaut ça que parler de l'humaine.

— Tu as pu constater que le Conseil commençait à être en émoi.

— Lady Arundell ne saurait constituer une menace. Et nous ne déclarerons pas la guerre aux lycans.

Mon père soupire. Je vois que je l'ai déçu. Encore. Un pincement me tiraille le cœur. Même après cent cinquante ans, je ne m'y habitue pas.

— Le Conseil a des avis de plus en plus divergents. De plus en plus extrêmes. Chacun des conseillers teste nos limites, et l'un d'eux finira bien par les dépasser. Nous ne pouvons laisser cela arriver.

Je pense à Lord Despencer et je grimace. J'espère que les limites sont désormais claires pour lui.

— Ils l'ont toujours fait.

— Certes, mais cela empire. Il est temps d'asseoir nos positions. D'enfin nouer une grande alliance.

Nous y voilà. Je le savais.

— Je ne suis pas prêt…

— Je ne l'étais pas non plus, quand j'ai épousé ta mère.

Je me fige. Mon étonnement doit se lire sur mon visage, parce que mon père sourit. Jamais il ne m'a fait part de quelque chose d'aussi… intime. Jamais il ne m'a avoué un seul doute, une seule faiblesse. Une seule émotion.

— Je ne l'aimais même pas, continue-t-il. Une Arundell. Au XVIIIe siècle, lorsque nous nous sommes mariés, nos familles étaient ennemies. Or, c'était le seul moyen d'éviter la guerre. Je l'ai fait par honneur. Et pour sauver les vampires d'un conflit qui aurait pu nous être fatal. Je ne le regrette pas un seul instant. Elle est devenue mon monde, le centre de mon univers. Puis vous êtes arrivés. Même après 1896… j'ai la chance d'avoir une famille aimante.

Je ne moufte pas à la mention de la guerre, tentant d'enfouir ma culpabilité très loin de moi. Sans 1896, nos vies auraient été différentes. Ma vie aurait été différente. Je secoue la tête pour me recentrer sur le présent.

J'ai encore du mal à réaliser que mon père, jusque-là inébranlable, est en train de me parler de sentiments. Puis je saisis enfin, à son regard assombri, à son demi-sourire nostalgique. Il pense à la mort depuis plus longtemps qu'il n'y paraît. Il va bientôt partir. Et il souhaite me voir marié à Evelyn Bridges avant de s'éteindre.

— Rien n'indique que ça sera la même chose avec Lady Bridges, lancé-je en désespoir de cause.

— Vous allez vous lier. Bien sûr que ce sera la même chose.

«*Non, parce que je me suis déjà lié à quelqu'un comme un crétin, et que la seule chance de se délier, c'est d'avoir dix ans devant nous. Et dix ans, tu ne les tiendras pas, Père. Et les Bridges non plus.*»

Quel enfer ! Sans cette putain d'humaine, j'aurais dit oui. Je me serais, comme toujours, incliné devant le roi, surtout après une telle déclaration. Il ne peut laisser le trône à son seul héritier. Pour l'équilibre de notre race, il faut me marier. Et je ne peux pas. Pas en l'état.

Sauf qu'il m'est impossible de lui dire. Si seulement…

— Laissez-moi un peu de temps.

— Tu as eu dix ans pour te faire à l'idée, Ryan, reprend-il très calmement. Le temps des excuses est terminé.

— Je demande juste…

— Tu n'as rien à demander, me coupe-t-il, sans hausser le ton. Les familles sont invitées à un bal, qui aura lieu dans dix jours. Tu danseras avec ta fiancée. Et nous en profiterons pour déterminer la date de votre mariage.

J'ouvre la bouche pour protester mais un geste de sa main me laisse coi. Mon père a quitté son masque sympathique. Il est redevenu le roi. Intraitable.

— C'est non négociable, conclut-il.

Sa voix me broie, comme un étau. Il utilise sa faculté de persuasion. Bien que j'essaye de lutter, je n'y parviens pas. Il a plus de pouvoir que moi..

Je suis piégé. Je le sais parfaitement.

J'hésite un instant à tout lui avouer. Que les raisons qui m'empêchent d'accéder à son ordre ne sont pas superficielles, et que même si elles relèvent de mes erreurs, il va falloir faire avec. Mais son expression ne laisse aucune place à la compréhension. Je l'ai déjà déçu aujourd'hui au Conseil. Je ne le supporterai pas une seconde fois.

— Bien, Mon Roi.

— Parfait. Tu peux disposer.

— Comme il vous siéra.

Il me lance un regard désapprobateur, prenant mon ton comme de l'insolence. S'il savait, en réalité, ce qu'il se passe ! Je me lève du fauteuil, nauséeux, et me dirige vers la sortie lorsqu'il m'arrête une dernière fois.

— Et plus question de petites virées chez les humains. Me suis-je bien fait comprendre ?

Je me fige, me mords la lèvre pour ne pas hurler, avant de prendre une grande inspiration pour m'aider à conserver mon calme.

— Absolument, Mon Roi.

Seuls les bruissements des papiers qu'il manipule me répondent. Pas un seul regard, pas un seul geste dans ma direction. C'est comme si je n'existais déjà plus. Comme si je n'avais jamais existé autrement que pour un mariage arrangeant. Il en a toujours été ainsi depuis 1896, et il en sera toujours ainsi jusqu'à sa mort.

J'ouvre la porte de son bureau et m'en vais, l'estomac plus noué que jamais.

Je suis désormais bel et bien prisonnier de ma stupidité.

CHAPITRE 12

Mya

Le grincement de la porte me réveille. Je n'avais même pas réalisé que je m'étais endormie. Il faut dire que les démangeaisons de mon cou n'ont jamais cessé et que la fatigue m'a perclus les os jusqu'à la moelle. Je perçois, de manière floue, quelqu'un entrer dans ma chambre.

— C'est Matthew et Clayton, résonne une voix. Il faut qu'on parle.

Je cligne plusieurs fois des yeux pour récupérer un semblant de vision, et tente de me redresser. C'est plus dur que je ne le pensais : mes muscles hurlent de douleur. C'est comme si j'avais effectué la pire séance de sport de ma vie et que les courbatures me paralysaient. Ma souffrance doit se lire sur mon visage car Matthew s'empresse d'ajouter :

— Je suis désolé, je sais que la transformation est douloureuse…

Il se garde bien de me dire qu'elle le deviendra encore plus. Je l'ai lu dans un des livres qu'il m'a donnés. Ça, et tant d'autres choses. Trop pour que je les retienne toutes, dans cet état.

Je me lève en vacillant, soutenue par le vampire. Clayton signe quelque chose de ses mains, et le prince hoche la tête.

— Je te porterai, si tu l'acceptes, m'annonce-t-il. Nous allons retrouver Ryan et Callum.

— Pour quoi faire ?

Et qui est ce Callum ?

— Tu le découvriras très vite.

Trop faible pour ajouter quoi que ce soit, j'acquiesce juste pour qu'il me porte. En une seconde, je me retrouve dans ses bras.

Le trajet est flou. J'essaye de rester éveillée, sans réel succès. Je me perds dans un demi-sommeil comateux, et c'est à peine si je constate toutes les précautions que prennent les deux hommes pour ne croiser personne dans les couloirs.

Enfin, nous arrivons dans une nouvelle pièce, une sorte de grenier, et Matthew me dépose sur un fauteuil. Je suis presque touchée par tant d'égards.

Ils t'ont kidnappée ! Arrête de t'attacher à eux !

J'avais oublié ce *léger* détail.

Alors que Matthew et Clayton se sont lancés dans une conversation en langue des signes, je retombe dans l'inconscience. Si bien que lorsque la porte s'ouvre brutalement, je sursaute.

— Qu'est-ce qu'il se passe enc… ?

La voix du nouveau venu se bloque dans sa gorge quand ses yeux se posent sur moi. Et c'est comme si l'Univers retrouvait enfin toutes ses couleurs.

Oubliés, la fatigue, les douleurs et le kidnapping. Tout s'illumine face à lui. Il est si beau que j'en perds mes mots.

Ryan…, me souffle une voix dans mon esprit.

Oui, c'est lui. Les souvenirs me reviennent. La soirée chez Zach. Son arrivée. Comment le monde s'est arrêté de tourner lorsque je l'ai vu. Et ce désir, implacable, qui m'a saisi lorsque nos lèvres se sont rencontrées.

Je l'ai ramené à l'appartement. Je sens encore ses mains me

couvrir de caresses, ses lèvres goûter ma peau, sa langue me faire frissonner en traçant des sillons brûlants. Jusqu'à l'extase.

Je hoquette, tandis qu'un tiraillement s'éveille au niveau de mon ventre : le lien qui nous unit se tend, comme pour nous rapprocher. C'est physique. Je désire soudain l'avoir contre moi. Un désir si fort que je suis sur le point de me lever lorsque sa voix retentit.

— Pourquoi vous l'avez ramenée ici ?

La panique qui transpire dans ses mots me fait l'effet d'une douche froide. Je me rassois et ne bouge plus. Visiblement, mon attraction n'est pas partagée.

— Parce qu'on a une urgence, déclare Matthew.

— Notre urgence, c'est de l'éloigner de moi ! déclare Ryan.

Sa colère me saisit de plein fouet. Mon cœur s'emballe sous l'assaut d'une peur qui n'est pas la mienne. Je peux presque ressentir ses émotions. Et elles ne sont pas positives à mon égard.

— Qu'est-ce que tu veux dire ? s'inquiète à son tour Matthew.

— Je… j'ai lu dans ce bouquin de Callum qu'on pouvait se défaire de cette connexion. À condition d'éloigner les deux liés. Il faut qu'elle parte. Loin. Père a organisé un bal avec toutes les familles dans dix jours pour prévoir la date du mariage. Et je ne pourrai épouser Evelyn que si je me délie de cette… *humaine.*

« Humaine » sonne comme une insulte. Et cette question de mariage… J'ai presque l'impression d'entendre mon cœur se briser dans ma poitrine, avant que la colère ne pointe le bout de son nez. Il rejette la responsabilité sur moi ou je rêve ?

— Hé ! l'apostrophé-je. Ladite humaine n'est là que par ta faute !

— Comme si je pouvais l'oublier, gronde-t-il. Il faut l'exiler, et vite !

— Et je partirai avec plaisir ! Tout plutôt que de revoir ta tronche ! répliqué-je, acide.

Les épaules de Matthew s'affaissent. Quelque chose cloche. Ryan doit le capter aussi car, au lieu de répliquer, voilà qu'il observe son frère étrangement.

— Qu'est-ce qu'il se passe ?

La porte s'ouvre sur un nouvel individu. Le fameux Callum, j'imagine. Ce doit être un prince, lui aussi, vu la ressemblance avec Matthew et Ryan. Il nous regarde à tour de rôle, sans vraiment faire attention à nous, comme si nous étions des fantômes. Il brise alors le silence :

— Ce n'était pas un accident, n'est-ce pas ?

Nous nous figeons tous. Je ne comprends pas tout, mais j'entends presque le raté du cœur de Ryan. Ce qui va suivre n'est pas une bonne nouvelle. Du tout.

— Quoi ? murmure l'héritier.

— Callum a raison, soupire Matthew. C'est ce que Clayton a trouvé ce matin. Il a analysé une nouvelle fois le sang de Mya et il a profité de ton absence lorsque tu étais au Conseil pour prendre des mesures de phéromones dans ta chambre. Les résultats sont sans appel.

Il s'arrête là, nous mettant au supplice. Je sens ma gorge se serrer. Ses yeux se posent un instant sur moi, avant de revenir sur Ryan.

— Tu peux en venir au fait ? le presse celui-ci.

— De la *Saleinia Mefilis*. Elle a été absorbée ou injectée à Mya.

— PUTAIN !

Le hurlement de Ryan me fait sursauter. Mon estomac se tord, manquant de m'arracher un cri. Alors que la panique menace de me submerger, j'ose poser une question.

— C'est quoi, de la *Saleinia Mefilis* ?

Ryan ne m'offre comme réponse qu'un regard noir que je

lui renvoie. Il se prend pour qui ? Matthew, lui, grimace. C'est Callum qui, à nouveau, prend la parole.

— La *Saleinia Mefilis* est une plante très rare qui ne pousse que dans les zones glaciales. Les êtres humains ne l'ont pas encore découverte, et pour cause ! Les familles vampiriques ont fait en sorte de la cacher. Elle est dangereuse pour nous. En grande quantité, elle nous tue. En petite... C'est comme une drogue.

— J'ai été droguée ?

C'est trop. Je ne peux pas avoir été droguée chez Zach, j'ai à peine bu un verre. Si ?

— Oui, mais tu ne crains rien, reprend Matthew. Ton organisme humain va le détruire rapidement.

— Alors, pourquoi c'est si grave ?

Enfin, si, quoi qu'il en soit, C'EST grave. Quelqu'un m'a droguée. Je tente de me rappeler de la soirée. Qui j'ai croisé, comment... Rien ne vient. J'étais trop obnubilée par Ryan. Zach ? Non, impossible. Il ne s'est pas servi en même temps que moi. Je revois les verres, déjà remplis. Peut-être que la drogue a été versée dans un verre au hasard et que le hasard m'a malheureusement choisie.

Callum décroche de la conversation, comme si ça ne l'intéressait plus. Le voilà de nouveau avec son air vague, un peu comme Zach juste avant qu'il ne fasse ses prédictions. Il fronce les sourcils, comme s'il venait de penser à quelque chose de très désagréable.

— Ça ne fait rien aux humains en apparence, reprend Ryan à sa place, la voix si rauque qu'elle semble brisée. Elle change cependant votre odeur, vous rendant... irrésistibles pour nous, les vampires.

Je tente de connecter ces informations, mais entre ma fatigue, cette histoire de drogue en soirée et la présence de Ryan qui torture mon cœur, j'ai du mal à me concentrer.

Matthew continue ses explications :

— C'était un piège. Depuis le début. Quelqu'un voulait que Ryan succombe à ses pulsions. Probablement pour qu'il te tue et qu'il se fasse bannir de notre royaume. Seulement, tu as survécu et tu es devenue sa liée, ce qui n'est… pas mieux.

Ça, je le saisis bien. De ce que j'ai lu, s'en prendre aux humains est proscrit depuis plus d'un siècle. Le but des vampires, et plus largement des paranormaux, c'est de cacher leur existence. Les humains sont trop nombreux. Ils pourraient les chasser et les tuer, par peur ou par ignorance. Si bien qu'un décret condamne au bannissement, voire à la mort, tout vampire s'attaquant à eux.

Mais quelque chose d'autre me titille.

— Peu importe, dis-je. Vous savez que c'est criminel. Vous en avez même les preuves. Vous devez bien avoir des policiers vampires, non ? Autant leur en parler et l'affaire sera close !

Ryan pousse un soupir à fendre l'âme. Il considère vraiment ma question, avant de ricaner.

— Ils ne nous croiront jamais. Moi, le prince ayant toujours fui mon héritage, j'aurais été piégé ? N'importe quoi. Ils penseront que je me suis lié à une autre pour couper l'herbe sous le pied de mes parents et garder un semblant de liberté. Ça ne passera pas. Et encore moins avec le Conseil. Ça finira en bain de sang.

— Elle n'a pas forcément tort, me rejoint Matthew.

— Non.

Nous nous tournons tous vers Callum.

— Ce n'est pas la bonne solution, reprend-il. Pas à long terme.

Un «*fait chier*» résonne du côté de Matthew. Aucune idée de pourquoi il se range aussi facilement du côté de ses frères. J'essaye autre chose.

— Ryan a parlé d'un déliage. Il n'y a qu'à faire ça, alors.

Une expiration bruyante me coupe.

— Tente pas de nous aider alors que tu viens tout juste d'arriver dans notre monde. Surtout si c'est pour sortir des conneries pareilles.

— Va te faire foutre, répliqué-je. Tu…

Matthew s'interpose entre nous, les mains levées en signe d'apaisement.

— On se calme. Vous disputer comme des gosses ne servira à rien.

Je lève un sourcil, tandis que Ryan se rembrunit.

— Bon, déclare Matthew, pour faire simple, le lien qui vous unit, même s'il est incomplet, vous rapproche l'un de l'autre, mais surtout… il vous lie jusque dans la mort. Si tu meurs, il meurt.

Quoi ? Il ne m'avait pas expliqué ça ! Il m'avait parlé d'une sorte de mariage, comme si on partageait les émotions de l'autre, pas… ça !

— Parfait ! C'est génial ! Est-ce que par hasard il y aurait encoreautre chose que je ne sais pas sur ce lien ? grondé-je.

Les princes se regardent l'un l'autre, avant que Callum ne consente à me répondre.

— On ne peut créer qu'un seul lien.

— Par conséquent, reprend Matthew, la personne qui a tenté de mettre Ryan en porte-à-faux peut tout simplement te tuer pour mettre mon frère hors-jeu.

Évidemment. Comme si se transformer en vampire et se retrouver liée à tout jamais à l'un d'entre eux n'était pas assez. Il faut maintenant que je sois — que nous soyons, plutôt — en danger de mort. C'est formidable.

— On ne peut pas t'éloigner pour briser le lien au risque que quelqu'un en profite pour te tuer. Donc mon mariage est foutu et notre famille court à sa perte ! conclut Ryan en pestant.

— Ton mariage est foutu ?

J'ai dû mal à saisir ce que vient faire son histoire de mariage ici. Il me foudroie du regard.

— Une fois lié, le venin d'un vampire change de propriétés et devient mortel, y compris pour les autres vampires, souffle-t-il avec colère. Or, un mariage chez nous correspond à l'échange des venins des deux partenaires et à une liaison. Si je mords ma fiancée, elle meurt, et l'on saura que je suis lié à quelqu'un d'autre. Si je ne la mords pas, elle saura que je suis lié à quelqu'un d'autre aussi. Bref, ce mariage est foutu et, sans, nos familles vont s'entretuer !

Je pince mes lèvres. Effectivement, c'est loin d'être glorieux.

— Il faut que l'on se délie avant que je me retrouve face à l'autel avec Evelyn. Il faut qu'on l'éloigne de moi, c'est le seul moyen !

— Ou pas, intervient Callum.

Nous nous tournons vers lui.

— Que veux-tu dire ?

— Tant qu'elle est ici, elle est en sécurité. Et même si tu lui es lié, toi aussi.

— On est en sécurité alors qu'on raffermit le lien ? T'es sérieux ? C'est ton don qui s'exprime, là, ou c'est toi ?

Callum ne répond pas. Pourtant, malgré ses paroles sibyllines, les autres semblent le croire. Encore.

— De toute façon, on n'a pas le choix, reprend Matthew. La relâcher ferait d'elle une proie idéale. Et puisque tu as trouvé comment te délier, Ryan, on pourra appliquer ta technique juste après avoir trouvé le coupable.

— Ce n'est pas si simple. Ils parlent d'une dizaine d'années et de centaines de kilomètres de séparation avant de pouvoir se lier avec quelqu'un d'autre. Je rappelle que Lady Bridges arrive dans dix jours et que, connaissant notre père, le mariage sera organisé dans la foulée !

— Peut-être qu'il n'y a pas besoin de s'éloigner de milliers de kilomètres pour avoir une distance suffisante.

— Le manoir suffirait ? ironise Ryan.

Le silence lui répond. Et moi, je prie pour qu'il suffise de ne pas se voir pour que ce foutu lien disparaisse.

Clayton s'approche à son tour et parle un instant avec ses mains.

— Oui, quoi qu'il en soit, rien ne nous empêche d'effectuer des recherches et d'aviser par la suite, déclare Matthew. La priorité, c'est de rester en vie et de garder Mya près de nous.

— Super, déclarons-nous en même temps avec Ryan, d'un ton amer.

Nous échangeons un nouveau regard noir. Pourquoi est-ce qu'il m'en veut autant ? Je suis tout autant victime que lui, je n'ai jamais choisi ça ! Moi aussi, j'ai beaucoup perdu !

Reverrais-je seulement un jour mes proches ?

Cette idée m'angoisse. Rester là toute ma vie, avec des vampires…

Tu crois vraiment que les paranormaux existent ? Pauvre fille, ce sont juste des fous qui n'ont rien trouvé de mieux comme occupation que de te faire marcher.

Enfin, entre une famille de tarés qui ne cherchent pas à me tuer et des vampires, je ne sais pas ce qui est le plus plausible. De toute façon, comme l'a si bien dit Matthew, pour rester en vie, je suis dans l'obligation de les croire.

— Bon, je vais demander à Anna de me filer du rab de nourriture, soupire Matthew. Je te l'amènerai, Mya. Il faut que tu manges.

— Tu veux l'impliquer là-dedans ? contrecarre Ryan.

— Je dirai que j'ai particulièrement faim, elle n'y verra que du feu. Et puis, c'est notre ancienne nounou, Ryan ! J'ai confiance en elle.

Ryan hausse les épaules.

— Il faut qu'on monte la garde tour à tour devant sa chambre, aussi, reprend Matthew.

Il pense tellement à tout que j'ai l'impression que c'est lui, l'héritier. Ryan se contente d'acquiescer.

— Oui, il faut, renchérit Callum.

C'est comme si le messie avait parlé : Ryan arrête de jouer en solo, les sourcils froncés et, ensemble, ils montent un plan pour savoir qui se mettra devant ma porte. Je trouve curieux que les kidnappeurs échangent de telles informations devant leur victime. Enfin, une victime qui est en danger de mort.

— Parfait, on fait comme ça, conclut Ryan. Merci d'être avec moi sur ce coup.

C'est la première fois qu'il sort un truc gentil. Il se redresse, ne me lance même pas un coup d'œil et quitte la pièce. Sympa.

Aussitôt que mon lié est parti, je me sens à nouveau moi-même. Les émotions parasites refluent et, même s'il y a ce lien qui se tend entre nous comme une boussole qui me guiderait à lui, je n'ai plus la sensation d'avoir l'esprit brouillé.

Comme si elle n'attendait que son départ pour se manifester, ma fatigue revient en force et me cloue au fauteuil. Matthew s'approche de moi, sans doute pour me ramener, lorsque Callum l'arrête.

— Je vais le faire. Je suis en premier sur le tour de garde, en plus.

Matthew hausse un sourcil, mais le laisse faire et s'en va à son tour, avec le guérisseur, après un regard compatissant. C'est la première fois que je me retrouve seule avec le troisième frère.

Il me prend dans ses bras, comme si j'étais en porcelaine. Ces gestes sont doux et me mettent en confiance. J'ose poser la question qui me brûle les lèvres.

— Tu es un prince ?

— Oui. Le benjamin.

J'avais donc raison. Mais c'est autre chose qui m'intéresse vraiment.

— Pourquoi t'écoutent-ils autant ?

— À cause de mon don.

— Ton don ?

— Je… sens les choses avant qu'elles n'arrivent.

Il y a une certaine douleur dans sa voix. Comme si son don n'en était pas vraiment un.

— Tu vas nous sortir de là, alors ?

— J'espère. Je dois tout faire pour.

Encore une fois, une souffrance suinte à travers ses mots. Je ne peux qu'imaginer ce qu'il ressent. Notre futur ne doit rien augurer de bon, alors je n'insiste pas.

Lorsqu'il me dépose dans mon lit, je suis déjà à moitié endormie. Néanmoins, je l'entends souffler :

— Prends soin de lui.

Alors, je me laisse emporter dans le sommeil.

CHAPITRE 13

Ryan

Une semaine. Cela fait une semaine que toute cette merde a commencé. Et nous n'avons pas avancé d'un pouce, de quoi me rendre fou. Jour et nuit, je ne pense qu'à ça. Qu'à elle. Et à notre survie, qui ne tient qu'à un fil.

Trouver les mémoires de Lady de Saxe s'est avéré plus compliqué que prévu. Je partais très mal : à part son nom, rien ne m'était connu d'elle.

Heureusement, Matthew, Callum et Clayton se sont aussi penchés sur le sujet. Nous avons passé des nuits entières à fouiller la bibliothèque royale pour trouver la moindre mention de son nom. Comme toujours, c'est l'instinct de Callum qui nous a montré la voie. Son don s'est réveillé très tard, à la vue d'un bête livre d'histoire, dans lequel il est fait mention de cette noble et, surtout, de ses grands faits et lieux de résidence.

En collant les petits bouts un à un, nous avons découvert qu'elle avait bien écrit ses mémoires, comme nombre de vampires de son époque, avant de s'éteindre dans les années 1850. Ces derniers étaient conservés à la Bibliothèque Nationale Française. Nous avons demandé leur extraction avec effet immédiat et nous devons les recevoir aujourd'hui même.

Trois jours à peine avant le bal.

Ne pas paniquer, ne surtout pas paniquer…

— Qu'en penses-tu, Ryan ?

Je sors de mes pensées, presque en sursaut. Mon père et ma mère m'interrogent du regard. De quoi il s'agit, déjà ?

— Les fleurs pour le bal, m'indique gentiment ma mère.

Le roi, lui, semble plus agacé par mon comportement qu'autre chose. J'observe les bouquets devant moi, blasé. Cette occupation m'a toujours exaspéré. Comment peut-on accorder une si grande importance à un seul élément de décoration ? Ne serait-ce pas à nos serviteurs de s'en charger ?

Un soupir coupe mes réflexions. Mon père.

— Ce n'est pas possible, maugrée-t-il.

— Ce n'est pas un choix facile, tente de me protéger ma mère.

Edmond se lève, et fait les cent pas, l'air sévère. Déçu. Comme d'habitude.

— Tout est une question de signification, gronde-t-il en m'adressant un regard sombre. Chaque élément du bal sera scruté et interprété par les familles nobles ! Y compris ces fleurs, Ryan ! C'est notre premier événement depuis bien longtemps, tous les autres en découleront. Ce bal-là, plus que n'importe lequel jusqu'au mariage, est d'une importance capitale pour la paix !

Même s'il est vrai que je m'en contrefiche comme de ma première chasse, il n'en reste pas moins qu'il a raison. C'est essentiel pour notre cour. Nous devons leur envoyer le bon message.

Je fouille dans mes souvenirs sur les cours de bienséance, sur les significations de chaque couleur, de la disposition des fleurs pour chacun des bals auxquels j'ai pu assister. Je finis par pointer du doigt un ensemble de deux fleurs.

— Iris violet, pour la confiance et la paix. Avec du blanc, pour l'élégance et la pureté.

Je n'ai pas nommé l'autre fleur, parce que je n'ai aucune idée de ce que c'est.

Un éclat de surprise passe dans les yeux du roi, tandis que ma mère m'offre un sourire. J'ai tapé juste. Je rends son regard à mon père, à la limite de l'affront. J'en ai assez qu'il me fasse sentir inférieur et décevant. Je ne suis plus un enfant. Nous ne sommes pas faits du même bois, il n'empêche que je vaux autant que lui.

— Tu veux vraiment envoyer ce message à la cour ? demande-t-il, pour me tester.

Ne peut-il juste pas avouer que j'ai raison, pour une fois ?

— Les Arundell sont tendus, et nous avons beaucoup fait attendre les Bridges.

— La faute à qui ?

Je ne relève pas. Ça ne sert à rien. Je poursuis, comme si de rien n'était :

— Il faut donc envoyer un message apaisant. Si nous affirmons notre domination, nous risquons juste de nous faire des ennemis.

Nous nous affrontons encore une fois du regard. J'entends ma mère soupirer devant ce combat bien puéril. Peu importe. Si le grand Edmond Cadbury veut jouer à ce jeu, il trouvera un adversaire. Je ne serai pas le premier à perdre mon sang-froid, pour une fois.

— Bien, la question est donc réglée, finit par déclarer ma mère en se levant. Je vais aller passer le mot à nos paysagistes et à nos décorateurs. Edmond, il me semble que tu as une audience.

Mon père acquiesce et se détourne enfin de moi. J'ai l'impression d'avoir à la fois gagné et perdu cette bataille. Une bataille futile, j'en ai bien conscience.

Il part sans même m'avoir demandé de disposer. Ma mère

grimace. Je sens bien que cette situation l'accable. Comment ne le pourrait-elle pas ? D'un côté, son mari tente de tout faire pour pouvoir prendre sa retraite, puis mourir, entraînant inexorablement sa liée avec lui. De l'autre, il y a son fils aîné, loin d'être le candidat idéal pour la couronne. Et, pourtant, le seul qui puisse la porter.

Si elle savait, pour Mya…

— Ne lui en veux pas trop, me rassure-t-elle d'une voix douce. Il est à cran.

Ses cheveux châtain clair cascadent autour de son visage, figé dans la jeunesse. Il est limpide qu'elle, à l'inverse de mon père, n'est pas encore prête à mourir. Son odeur reste celle que je lui ai toujours connue.

Beaucoup de liés finissent par se ressembler comme deux gouttes d'eau. Je me demande comment mon père et ma mère réussissent à rester aussi différents l'un de l'autre.

— Je le suis aussi, je ne le blâme pas.

— En es-tu si certain ?

Mon premier réflexe est de m'offenser. Mais ma mère n'est pas du genre à lancer des paroles en l'air, alors je prends le temps d'y réfléchir. Peut-être bien que nous sommes tous deux dans un cercle vicieux, à ne plus savoir où la colère a commencé et où elle finit. Peut-être que ce combat constant est en réalité une faute que l'on se rejette à chaque instant l'un sur l'autre.

Un peu déstabilisé, je me lève et m'incline. J'ai beaucoup à faire, et je suis certain qu'elle le sent.

— Ma Reine, murmuré-je.

Elle sourit, et fait un signe gracieux de la main pour me congédier. Je ne me fais pas prier. Il y a tant de choses que j'ai besoin d'étudier. Tant d'erreurs que je dois cacher ou régler.

Je me mets en route vers les ailes du manoir qui sont vides. Sur le chemin, je croise Lord Bridges, qui m'offre un signe de tête pour me saluer. Je le salue à mon tour. Il a décidé de rester ici, afin de superviser lui aussi le bal et, sans doute, le mariage. Il est d'ailleurs curieux qu'il n'ait pas rejoint mon père. Je n'ai cependant pas le temps de m'attarder là-dessus. Je dois surtout faire en sorte que ni lui ni mon père ne tombent sur Mya. Ce serait la fin.

Je poursuis ma route jusqu'au grenier. Je sens mon lien se tendre, et un malaise me saisit. Cela n'a rien d'étonnant. La transformation de Mya est en cours et ce n'est pas une partie de plaisir. Plus je m'approche d'elle, plus je ressens ses souffrances. Elle n'a même plus la force de manger ou de se lever, ce qui nous a posé souci. Elle ne peut plus tenir à l'écart sa famille et ses amis humains en leur écrivant. Nous avons dû inventer tout un stratagème pour les éloigner de nous. Elle serait à l'hôpital, avec une grave maladie exotique interdisant toute forme de visite pour éviter la contagion. Merci Clayton, qui a pu fournir de faux résultats médicaux. Évidemment, ses proches y ont cru, et heureusement. Manquerait plus de rajouter des humains dans l'équation, déjà bien assez compliquée, de notre survie.

Je tente de rester loin d'elle, pour éviter sa détresse, mais nous avons convenu avec mes frères d'étudier les mémoires de Lady de Saxe ensemble, loin des yeux et des oreilles indiscrets et donc à proximité de sa chambre pour continuer de la protéger.

Je pénètre dans la salle que nous nous sommes dédiée. Clayton est là, lui aussi. Après tout, il trempe dans le secret depuis le début. S'il avait voulu nous dénoncer auprès de mes parents, il l'aurait fait depuis longtemps.

Devant nous, plusieurs caisses en bois, ouvertes sur une bonne vingtaine d'ouvrages.

— Eh bien, sifflé-je. Lady de Saxe était une grande écrivaine.

— Tant mieux pour nous, acquiesce Matthew. Ne perdons pas de temps.

J'observe Callum, le regard absent. C'est habituel, pourtant je ne m'y fais jamais.

— Tout va bien, Callum ?

Il sursaute, comme si je venais de le sortir d'une transe. Sans doute est-ce le cas.

— Oui. Je tentais de savoir si Mya était en danger.

— Et ?

— Je ne sens rien. L'alarme que nous avons posée à sa porte devrait suffire, et nous sommes près en cas de besoin.

Il m'a fait flipper, ce con. Malgré mon statut d'héritier, protéger ma liée est difficile. Impossible de faire confiance aux gardes de mon père. Il n'y a donc que nous quatre pour veiller sur elle. Nous nous relayons pour assurer une certaine présence à la cour ; mais nous devons parfois être tous trois présents devant les nobles, sans compter qu'il faut que je me tienne éloigné d'elle le plus souvent possible. Et comme Clayton doit souvent intervenir dans le manoir, il faut qu'il soit dans son cabinet. Sa porte est donc ainsi sans surveillance de temps en temps, d'où notre système d'alarme posé à la va-vite.

Foutue erreur.

Non, pas une erreur. Un piège. Nous sommes toujours dans le flou. Qui a monté tout ce stratagème ? Aucune idée. Et entre les recherches sur le déliage, la protection de Mya et ce fichu bal qui arrive, impossible de mener une véritable enquête.

— Ryan ?

Devant moi, Callum me tend un livre.

— Ne t'en fais pas, on est près d'elle, déclare Matthew. S'il y a quoi que ce soit, on interviendra tout de suite.

Il se méprend sur mes inquiétudes, mais je ne le reprends pas. On a déjà discuté de ces choses, un nombre incalculable de fois. La priorité est le déliage. Une fois qu'elle ne sera plus ma liée, la personne qui nous a piégés n'aura plus de moyen de pression sur moi. Sur nous.

J'attrape le livre en souriant.

— Allons-y. Découvrons le secret de Lady de Saxe.

CHAPITRE 14

Mya

Une douleur fulgurante traverse mes veines. J'aimerais hurler, mais ma gorge est si serrée qu'aucun son n'en sort.

Impossible de bouger sans souffrir le martyre. Impossible de calmer le feu qui parcourt la moindre de mes cellules.

Impossible d'appeler à l'aide.

L'inconscience se dérobe à moi, m'empêche de couper court à cette torture.

Pourquoi ?

La question s'efface lorsqu'un nouvel assaut me broie les os.

La seule certitude que j'ai, à cet instant, c'est que j'aimerais que tout s'arrête.

J'aimerais mourir. Pour de bon.

CHAPITRE 15

Ryan

Je sursaute. Une douleur m'enserre la cage thoracique, m'empêchant de respirer.

De *respirer* ?

Les vampires n'ont pas besoin de respirer, à proprement parler. Nous actionnons nos poumons pour nous donner un semblant d'humanité et humer les odeurs. En réalité, nous avons bien moins besoin d'oxygène que les mortels.

Pourquoi suis-je donc à bout de souffle ?

Il me suffit de quelques secondes pour comprendre ce qu'il se passe.

Le lien.

— Putain…

Alors que je ne rêve que de me délier, cette connexion se raffermit. C'est pas possible.

Je regarde le journal devant moi. L'étudier dans le grenier était trop compliqué. Même si le stock s'y trouve, nous emportons chacun un exemplaire avec nous, afin de le lire dès que nous pouvons.

Pour le moment, vingt-quatre heures après leur arrivée, nous n'avons rien trouvé d'intéressant, si ce n'est que Lady de

Saxe était une sacrée chieuse.

«*Aujourd'hui, Philippe m'a demandé près de lui. Quel culot ! Lui qui a failli me renier suite à l'esclandre du bal de l'Hiver, en prétendant que tout était ma faute… N'avait-il pas saisi qu'un tel manque de goût était répréhensible ? "Non, on ne vide pas de son sang un serviteur pour l'exemple !" m'a-t-il rétorqué. "Je devrais te bannir !" Bannir sa sœur, et puis quoi encore ?*»

Je referme le bouquin, toujours hors d'haleine. Je peine à me concentrer. Ce n'est pas normal, même pour un lié. Ça commence même à me faire flipper : il n'y a qu'un seul moyen de rendre malade un vampire, hors de son lien. Le poison.

Je planque soigneusement l'écrit dans le triple fond de mon secrétaire. Ce n'est pas le plus sûr, mais impossible de le mettre ailleurs. Sous le lit ? Les serviteurs changent les draps tous les jours. Dans l'armoire ? Il en va de même avec mes vêtements. La salle de bain est passée au peigne fin tous les matins. Le secrétaire est le seul meuble dont l'accès leur est interdit.

Je me lève avec difficulté. J'ai des courbatures. Jamais mes muscles n'ont été aussi lourds et gourds. Enfin si : hier, dans la soirée, mais ce n'était rien comparé à ce que je vis en cet instant.

Rapidement, je sors de ma chambre et vais vers la clinique de Clayton. Je le trouve endormi sur son plan de travail. Rien de vraiment étonnant : c'est un sorcier. Un ancien sorcier. Un mortel, quoi. Il a besoin de repos.

Je le secoue avec vigueur. Il ouvre les yeux et m'observe, les sourcils froncés. Dans la pénombre, ses tatouages se fondent tellement dans sa peau qu'on dirait que l'encre lui couvre entièrement le visage.

— Désolé, Clayton. Je me sens mal.

Son regard s'assombrit et il me fait signe de m'installer sur le brancard. D'un seul mouvement, il récupère son petit chariot couvert d'aiguilles et de compresses stériles. Nous ne sommes sensibles qu'aux bactéries nécrophages, peu présentes autour de nous, mais Clayton ne prend jamais de risques. Il désinfecte toujours ses ustensiles.

Il pique l'une de mes veines sans prévenir et prélève un peu de sang. Enfin du sang… Ça n'en est pas tout à fait, chez nous. Certes, c'est notre liquide vital, et il est envoyé dans nos veines grâce à notre cœur, mais à bien plus faible vitesse que celui des humains, ce qui donne souvent un électrocardiogramme muet. Quant à sa couleur… Il est presque noir. Pas étonnant qu'on nous ait pris pour des démons, au Moyen-Âge..

Aussitôt le sang prélevé, Clayton dépose le tube dans une machine vibrante qui lance les analyses. Il ne faut que quelques minutes d'attente pour que les résultats sortent.

— *Tout va bien*, signe Clayton. *Personne n'a tenté de t'empoisonner. C'est sans doute à cause de ta liée.*

— Ce ne serait dû qu'à elle ? Je me sens particulièrement… mal.

— *Il y a peu de documentation sur les vampires qui transforment les humains et en font leur lié*, m'accorde Clayton. *Mais deux liés sont censés ressentir les souffrances de l'autre. Si elle est au dernier stade de sa transformation en vampire, alors sa douleur doit être telle qu'elle te la transmet, en partie.*

Je soupire. Au niveau du timing, ça collerait. On est bien une semaine après son injection de venin, même un peu plus.

Fait chier.

— Ça dure longtemps ?

— *Entre douze et quarante-huit heures, selon la dose de venin, le corps de la victime et ses défenses immunitaires.*

Quarante-huit heures ? Je ne tiendrai jamais, à ce rythme-là. Pas avec les devoirs que j'ai à la cour ni avec ces journaux que je dois lire dès que j'ai un peu de temps.

Ai-je seulement le choix ?

Non, bien sûr que non. C'est ma punition, pour avoir été aussi con.

Il faut que j'arrête de considérer cette fameuse nuit comme une erreur. C'était une embuscade. Cependant, j'ai beau tenter de me remémorer la soirée, je ne me rappelle aucun visage familier. Cela dit, je ne m'étais pas éternisé.

Je remercie Clayton et vais dans les jardins. La lune est encore haute, mais on remarque déjà les premières lueurs du jour en contrebas. Le bleu foncé se teinte de ses premières touches d'or et de feu. Plus j'avance dans le parc, plus je sens le lien s'éloigner. Ça m'apaise. Un peu. J'ai tout de même la nausée à chaque pas. Quelle sensation étrange ! Comment font les humains ? Ils sont sans cesse malades. Ça doit être insupportable.

S'ils le font, je peux le faire.

Je m'apprête à faire demi-tour, lorsqu'on m'interpelle.

— Votre Altesse.

La voix, féminine et gracieuse, est presque tentatrice. Je me tourne vers Lady Arundell, vêtue d'une robe du XVIIIe siècle qui lui va à ravir. Je suis sûr qu'elle en est consciente.

— Lady Arundell, la salué-je d'un signe de tête. Je ne savais pas que vous arriveriez si tôt.

— Oh, voyons. Le bal est demain. Il est normal que je me sois déplacée avant. J'adore observer les préparatifs. Ce choix de couleurs et de fleurs est d'ailleurs tout à fait… judicieux.

Je manque de lever les yeux au ciel. Les nobles n'ont vraiment rien d'autre à faire que d'accorder de l'importance à ces foutues fleurs ?

Comme pour appuyer son propos, Lady Arundell me tend son bras pour marcher à mes côtés. À mon plus grand déplaisir. Je fais tout pour esquiver les membres de la cour, d'habitude. Même si elle est ma tante, elle n'échappe pas à la règle.

Ce serait cependant très malvenu. Alors, j'ouvre mon bras à

mon tour et elle le crochète. Comme tout bon prince, j'enchaîne avec des banalités.

— Vous a-t-on déjà octroyé des appartements ?

— Oh, bien sûr ! La reine m'a prévenue que la suite rose nous était accordée, à ma famille et moi. Vos serviteurs sont remarquables. Je suis arrivée dix minutes après les avoir informés de ma venue et tout était déjà prêt.

Je ne la déteste qu'un peu plus. Elle nous teste. C'est insupportable.

— Votre famille est donc avec vous ?

— Non, pas encore. Ils arriveront demain, pour le bal. Mais je me devais de venir dès aujourd'hui, pour que tout soit en ordre. Et pour le Conseil de ce matin, évidemment.

J'avais presque oublié. En même temps, je commence à avoir si mal au crâne que ma concentration ne tient qu'à un fil. Comment abréger ce moment désagréable ?

— Eh bien, nous nous y retrouverons alors, déclaré-je, désireux de mettre fin à cette conversation au plus vite.

Lady Arundell n'est pas de cet avis. Sa poigne se fait plus forte et elle ignore sciemment ma demande de tranquillité.

— À dire vrai, je voulais vous voir en privé avant.

Ce n'est pas le moment. J'ai presque des vertiges.

— À quel propos, ma Lady ?

— Pour tout vous avouer, certains des conseillers et moi-même vous trouvons très silencieux durant les Conseils. Et pourtant, vous êtes notre futur roi.

— Mon père n'a pas encore pris sa retraite.

Mon ton est froid. Sec. C'est comme si elle souhaitait l'enterrer d'avance.

— Certes. Pour être tout à fait transparente avec vous, vous êtes son héritier, votre mariage est prévu sous peu. Nous ne sommes pas dupes, et vous non plus. Cela signifie très clairement que le pouvoir changera de mains dans les prochaines années, si ce n'est les prochains mois. Nous nous y préparons tous.

Je suis à la fois stupéfait par son culot et agréablement surpris. J'attends depuis des années qu'on soit clair et concis avec moi. Lady Arundell ne prend plus de pincettes et c'est rafraîchissant. Néanmoins, elle n'a pas à parler du roi actuel sur ce ton.

— Vous prenez des risques, à vous exprimer ainsi.

— Des risques pesés, Votre Altesse. Mes paroles sont honnêtes, et en aucun cas je ne cherche à déstabiliser le trône. Votre famille mérite sa place.

— Alors, que signifie tout ceci ?

Elle me sourit. Un sourire maîtrisé, entre la détermination et une forme de tendresse, comme si elle s'adressait au neveu et non au prince héritier. Beaucoup se seraient laissés abuser. Pas moi. On m'a préparé aux faux semblants depuis presque deux cents ans. Et que cela vienne de ma tante, de ma propre famille, ne change rien. Au contraire. Plus les nobles nous sont proches, plus il faut se méfier.

— Ryan. Vous devez commencer à réfléchir à votre manière de diriger. Vous n'êtes pas votre père, et vous pouvez très bien prendre une autre direction. Une meilleure direction.

La voilà, la pomme empoisonnée. Prononcée à demi-mot, enrobée de sucre pour cacher le parfum de la trahison. Elle désire utiliser ma relation bancale avec mon père pour me faire entrer en guerre contre les autres peuples.

— Je ne reproduirai pas les événements de 1896.

— Il n'est pas question de reproduire une guerre perdue, mais de vengeance. Reprendre ce qui nous est dû. La paix n'a été accordée que grâce à un sacrifice d'un bout de notre territoire. Nous pouvons le reprendre. Sans presque aucun risque. Et, ainsi, apaiser nos maux et nos morts.

— Ne me parlez pas des morts, grogné-je.

Je me sens si mal physiquement que penser à la guerre me met hors de moi. Elle n'a pas le droit d'utiliser nos pertes contre moi.

— Je vous rappelle que j'ai beaucoup perdu, moi aussi ! contre-attaque-t-elle. Les os de mes fils aînés, vos cousins, ne m'ont jamais été restitués !

Nous nous sommes arrêtés en plein milieu du jardin et nous dévisageons avec colère, à la limite de la haine. Puis, elle semble s'adoucir. Elle contrôle bien mieux ses émotions que moi.

— Cette occasion, nous l'attendons depuis plus d'un siècle. Qui sait quand elle se représentera ?

— Il y a déjà eu assez de drames, Lady Arundell.

— Le drame, c'est que nous ayons tout perdu. Enfants, frères et sœurs, parents… et territoires. Nous ne le méritions pas. Nous n'avons pas déclenché la guerre, ce sont eux qui nous ont attaqués !

Elle laisse flotter ses mots un instant, avant de lâcher mon bras et de me faire face. Au même instant, un éclat de douleur m'aveugle. Je manque de vaciller, mais ma volonté prend le dessus. Pas devant Lady Arundell. Pas après cette conversation.

L'éclat disparaît aussi vite qu'il était apparu et… plus rien. Plus de douleur, plus de gêne. Quelque chose d'autre s'éveille en moi. Non, ça suffit, je ne veux plus, ne peux plus être parasité par le lien. Je le fais taire. Cette fois-ci, ça marche. Une preuve que le lien s'effiloche ? J'en ressens un tel soulagement que je ne reprends pied que lorsque Lady Arundell me salue d'une profonde révérence.

— Je vous laisse, Mon Prince. Mais sachez que ce ne serait que pure justice qu'ils connaissent la même chose. N'oubliez pas qui sont nos véritables ennemis.

Sur ce discours obscur, elle quitte les jardins. J'attends de la voir disparaître pour partir dans le verger et m'asseoir au milieu des arbres fruitiers. Maintenant que j'ai toute ma tête, il faut que je réfléchisse au sens de ses paroles.

Lady Arundell est-elle celle qui m'a piégé, pour obtenir gain de cause ?

«*N'oubliez pas qui sont nos véritables ennemis.*» À qui faisait-elle référence ?

Les loups-garous ? Ils sont trop faibles. Je doute qu'avec leurs guerres de clans intestines, ils prennent le temps d'ourdir un complot contre les vampires.

Les sorciers ? Il y en avait bien un, à cette soirée. Enfin, je n'ai pas pu sentir son odeur, mais j'en suis bien certain. Il m'a regardé d'un drôle d'air, comme s'il savait.

Les sorciers… Ce serait une piste. Néanmoins, quelle serait leur motivation ? Ils tiennent autant à cette paix que nous. Eux aussi ont beaucoup perdu dans cette guerre, et ils n'ont pas repris leurs forces.

Peut-être cherchent-ils à nous fragiliser, comme le sont les loups-garous, et se venger. D'une pierre deux coups : les deux camps adverses seraient en position de faiblesse, donc faciles à combattre. Faciles à soumettre. Ce sont peut-être d'ailleurs eux qui ont poussé les loups-garous dans leurs guerres de clans.

Non mais tu t'entends ? Ce serait fou.

Sauf que les sorciers *sont* fous ! Ne sont-ce pas eux les premiers instigateurs de la guerre de 1896 ? Ils avaient manipulé les loups pour qu'ils nous attaquent. Ce sont des vipères. Ils…

— Ryan ? Ryan ?!

Callum et Matthew déboulent vers moi, paniqués. Je bondis aussitôt sur mes pieds.

— Que se passe-t-il ?

— Elle… Mya a disparu ! s'alarme Matthew.

— Quoi ?

— Sa fenêtre était ouverte, et les barreaux sont écartés. Son odeur est trop changeante pour qu'on arrive à la pister, renchérit Callum.

Lady Arundell m'aurait-elle éloigné de Mya pour la faire kidnapper ?

Cela voudrait dire qu'elle la connaît… Qu'elle m'a piégé… Encore !

Putain !

— Il faut que tu nous aides à la trouver, me ramène Matthew à moi.

— Comment ?

— En sondant votre lien, me souffle Callum.

Mon corps se fige à cette mention. Ce lien que j'ai fait taire il y a quelques instants seulement, trop ravi d'avoir enfin la paix. Peut-être qu'il m'indiquait ce qu'il se passait, et moi…

Non, inutile de songer au passé. Je dois me concentrer sur le présent.

— Si je sonde le lien, je le renforce, maugréé-je.

— Tu vois une autre solution ? s'énerve Matthew.

Non. Je n'ai pas un meilleur flair qu'eux. Seul un des espions de mon père pourrait nous aider à suivre une odeur que nous ne percevons plus et je ne fais nulle confiance à des vampires au service du roi. Ils s'empresseraient de rapporter la vampire nouvellement née au couple royal, et cela ne ferait qu'aggraver la situation.

— Fait chier !

Je ferme les yeux et tente de retrouver, au fond de moi, ce qui me relie à elle. Comme s'il n'attendait que ça, le lien se découvre à moi, m'enserre le cœur et tente de me tirer vers l'avant. Il est puissant. Sans doute plus qu'avant.

Ne pas paniquer à cette idée.

L'important, c'est de la retrouver.

J'ouvre mes perceptions pour tenter de remonter ce cordon

entre nous deux. Aussitôt, des sensations m'envahissent. La vitesse. L'adrénaline. Et cette odeur, que je connais si bien.

Un désir brûlant me saisit alors que je salive.

L'odeur du sang.

Le soulagement me secoue tout entier. Elle n'est pas en danger. C'est le plus important, pour ma famille… Et pour mon cœur.

— Elle a fini sa transformation, indiqué-je à mes frères. Elle n'a pas été kidnappée… Elle est en chasse.

CHAPITRE 16

Mya

Je ne suis plus que douleur.

J'ai l'impression de sentir le moindre de mes os se disloquer. La moindre de mes cellules imploser. La moindre goutte de sang brûler l'ensemble de mon corps.

Mon corps convulse une nouvelle fois et des larmes acides coulent sur mes joues. Ma peau est devenue une cage. Je ne peux m'en échapper. Je ne peux que subir.

La mort serait une douce, si douce échappatoire. Je ne rêve que de ça. Mais la torture ne semble pas avoir de fin. Je suis ballottée par un océan de souffrance. Suis-je piégée ici pour l'éternité ? Est-ce une forme d'enfer ?

Pitié, sortez-moi de là ! *Tuez-moi…*

Comme si quelqu'un m'avait entendue, mon corps s'arque, se plie, avant de s'affaisser, prêt à succomber. Une dernière fois, dans un sursaut de volonté, mon cœur bat. Puis je le sens s'éteindre.

Ma respiration se bloque dans mes poumons, mon corps se rigidifie. Tout devient plus supportable que cette infernale agonie qui plombe mes muscles et tord mes entrailles.

Alors que j'expire une dernière fois, je me sens enfin partir.

La mort est là, si proche que je pourrais la toucher du bout des doigts. Comme une sauveuse, elle aspire ma douleur. Je veux qu'elle m'emporte aussi. Tout plutôt que risquer de revivre cet enfer.

Or, elle se détourne et m'abandonne ici, sans que je puisse m'échapper.

Non…

Mon râle se perd dans la pièce sombre. Rien ne me répond, si ce n'est le silence et cette douce brise nocturne qui vient caresser mon visage.

J'aurais tant aimé…

Mes pensées se brisent contre un rempart implacable. Le vent m'apporte un message. Une odeur.

Du sang.

Aussitôt, mon corps se met en mouvement.

Je n'ai plus mal. J'ai la sensation que je n'aurais d'ailleurs plus jamais mal. Mais j'ai soif. Une soif si puissante qu'elle m'assèche la gorge, qu'elle me fait perdre la tête.

Il faut que je boive du sang.

Maintenant.

Une gourde se trouve sur ma table de chevet. Elle sent bon. Je l'ouvre et engloutis le sang qu'elle contient. Je grimace. C'est loin d'être aussi bon que ça le promettait. Et l'odeur… L'odeur est toujours là, à m'inviter ailleurs.

Dehors.

Elle m'attend.

Des barreaux me bloquent le passage, mais je les écarte sans effort.

J'enjambe le montant de ma fenêtre. Le sol se trouve à six mètres en contrebas. Je n'hésite pas : je bondis. Je me réceptionne avec souplesse dans l'herbe encore couverte de rosée. Une petite partie de moi s'étonne que je ne me sois pas blessée dans cette entreprise. Je la fais taire bien vite. Il n'est pas question d'écouter autre chose que cette soif qui me fait suffoquer.

Je lève le visage vers le ciel, hume les fragrances autour de moi. L'herbe, fraîchement coupée, le parfum entêtant de bouquets de fleurs. Plus loin, je perçois la senteur de la résine et des sapins. Et derrière, plus loin… Une odeur musquée, presque sauvage.

Du sang. Humain.

Je cours en ligne droite vers cette forêt garnie de mon prochain repas. Je ne sens même pas la terre que je foule sous mes pieds nus, et lorsqu'une haie me coupe la route, je l'enjambe avec l'agilitéd'une biche.

Je pénètre au milieu des arbres, me guidant à la saveur du vent. L'odeur se précise, devient de plus en plus nette. J'approche de ma proie.

En quelques secondes, je la découvre, au milieu des buissons, fusil dans le dos.

Un chasseur, ai-je le temps de penser avant de lui sauter dessus.

Tout armé qu'il soit, je sais qu'il ne peut rien contre moi. Il se retrouve plaqué au sol par ma force surhumaine. Je me juche sur lui, bien décidée à fondre sur sa gorge.

— Qu'est-ce que… ? bafouille-t-il.

Je quitte sa carotide des yeux pour le fixer et, immédiatement, il se détend, hypnotisé. Qui m'avait dit que les vampires avaient un charme irrésistible après des humains, déjà ?

— Eh bien, ma belle, je ne pensais pas chasser ce genre de créature, aujourd'hui, déclare-t-il d'une voix fiévreuse.

Sous moi, je sens quelque chose gonfler. Répugnant.

Je me reconcentre sur sa peau tendre, sur cette veine qui pulse là, dans le creux de son cou. Elle m'envoûte.

Non, ne fais pas ça. Rappelle-toi ce qu'on t'a dit. Le meurtre est proscrit chez les vampires.

Je ne vais pas tuer cet homme. Juste lui ponctionner ce dont j'ai besoin.

Je passe une langue sur mes canines outrageusement longues, avant de m'approcher de son visage, puis de son cou.

— T'aimes ça, hein ? sort le mec en se frottant contre moi, tandis que mes lèvres touchent sa peau.

Il faut en finir au plus vite. Je ne supporterais pas qu'il se tortille ainsi davantage.

Sans plus attendre, je plante mes crocs dans sa peau. Un cri de surprise lui échappe et il cesse enfin de se dandiner. Quant à moi...

Le sang a un goût délicieux. Ferreux, un peu sucré, un brin gras... parfait. Un homme repoussant, mais une belle prise. J'en veux plus. Toujours plus. J'aspire de tout mon saoul, sans parvenir à m'arrêter. J'ai si soif. Et c'est si bon. Même le gémissement douloureux de l'homme, qui fait écho à mes souvenirs, ne peut m'empêcher de continuer.

Alors que je savoure ce moment, j'entends un bruissement derrière moi.

— Arrête !

Je reconnais cette voix. Elle éveille en moi quelque chose de... complexe. Assez complexe pour que je quitte ma proie et relève la tête vers l'homme qui me fait face. Mes perceptions aiguisées me permettent de le détailler comme en plein jour. Cheveux bruns, barbe taillée, sexy en diable.

Je sens tout mon corps tendre vers lui, aimanté.

Ryan.

Ses pupilles sont dilatées. Je vois comme il lorgne sur le corps que je laisse par terre. Il a soif, lui aussi. Je peux le sentir à travers notre lien.

Il tourne son visage vers le mien. Nos regards se croisent,

s'accrochent. Plus rien d'autre n'existe que lui.

Je me lève et m'approche, jusqu'à frôler sa joue de mes doigts. J'ai terriblement envie de l'embrasser, de sentir ses lèvres contre les miennes, sa peau brûlant ma peau. Je me penche vers lui…

Il me saisit la main, doucement mais fermement, et l'écarte de son visage. Je lis dans son regard l'écho de ma propre douleur alors qu'il m'éloigne. J'ai tant envie de lui.

— Non, décrète-t-il.

— Non ? répété-je.

— Non. Nous ne pouvons rester liés. Tu le sais.

Et pourtant, je sens combien cela lui coûte de me repousser. Il serait tellement plus simple de succomber.

— Arrête ça, reprend-il. On ne peut pas.

Il se détourne de moi et récupère le corps du chasseur sans chercher à étancher sa soif. Il le jette sur ses épaules, avant de me prendre la main sans une seule once de tendresse. Je comprends tout de suite que c'est pour que je ne m'échappe pas. Encore.

Ma colère, jusque-là oubliée, me revient de plein fouet. Je le hais pour ça.

— Il est encore vivant, déclare-t-il. Allons-y.

Il me jette un nouveau regard, indéchiffrable. Comme s'il regrettait de devoir garder cette distance entre nous. Peut-être est-ce vraiment le cas. Rien qu'à cette pensée, toute rage s'éteint en moi et mon cœur s'emballe.

— Et en silence, ajoute-t-il. Personne ne doit nous voir.

Ma mémoire se réveille. Je vois enfin au-delà de mes pulsions brumeuses. Bien sûr. Il doit se lier à sa fiancée et régler les intrigues de sa cour. Avant, je n'y voyais aucun inconvénient. Mais aujourd'hui, je me sens attachée à lui. Je ressens ce qu'il ressent. Il ne veut pas de son mariage et me tient pour responsable de tout ce bordel. Il veut me haïr, mais, au-delà de ses paroles, c'est son désir qui transparaît.

— Nous pourrions aussi partir, lui proposé-je dans un sursaut de lucidité. Loin.

Il considère l'offre. Il la considère avec un tel sérieux, avec une telle envie, que je le sens prêt à se laisser aller. Mais quelque chose l'en empêche. Son visage se ferme.

— Non.

Il se met à courir. Comme il m'a pris la main, je suis obligée de le suivre. Enfin, quand bien même il m'aurait laissée libre de mes mouvements, je l'aurais accompagné.

Après tout, nous sommes liés.

CHAPITRE 17

Ryan

Et maintenant, tu restes ici.

La fille me renvoie un regard farouche qui chamboule mon salopard de cœur.

— Pour me faire chier à tout jamais, pendant que monsieur prend du bon temps au bal ?

— Oui.

Je jette un coup d'œil à Matthew et hoche la tête. Aussitôt, il lui lance son téléphone portable avant qu'elle ne s'insurge. Elle réceptionne l'objet d'un geste fluide. Elle est désormais bel et bien vampire. Si elle en doutait encore, ses capacités hors normes et sa soif de sang en sont des preuves irréfutables.

— Vous m'aviez pris mon téléphone ?

— Oui, pour écrire à tes proches pendant ta… transformation. Tes parents et tes amis te croient à l'hôpital. Rassure-les.

— Vous allez me laisser les voir ?

Je vois l'espoir qui illumine son visage. Je le sens. Si je le pouvais, je lui accorderais au moins ça. Or, je ne le peux pas. Nous ne le pouvons pas.

Matthew plonge sa main dans sa poche et en ressort un tube à la couleur rouge profond. Il le débouchonne sans attendre.

Aussitôt, Mya se tend. Je vois ses canines pousser dans sa bouche entrouverte, ses pupilles se dilater. Elle est sur le point de se jeter sur le sang, mais se contient. Très difficilement.

— Désolé, tant que tu n'as pas appris à contrôler ta soif, nous ne pouvons pas te laisser fréquenter les humains, soupiré-je tandis que mon frère rebouche le tube.

— Ils vont se douter de quelque chose, grommelle Mya. Je ne peux même pas les appeler en visio, mes canines refusent de se rétracter !

Elle pointe du doigt sa bouche. Mon regard s'y perd. J'ai une furieuse envie de l'embrasser. Je me détourne en sursaut, avant que mes pensées ne prennent le pas sur mon corps.

Trop tard. Mya l'a senti. Elle m'observe avec une lueur de défi dans le regard. De défi et de désir.

Merde, il faut que ça cesse. Je dois m'éloigner d'elle.

— Prétends que le réseau est mauvais, réplique Callum. S'ils entendent ta voix, cela suffira à les calmer.

L'attention de Mya se focalise sur mon frère, me permettant à nouveau de réfléchir. Les paroles de Callum me rassurent plus que de raison. Il ne manquerait plus que les proches humains de ma liée se ramènent par ici. On a déjà bien eu du mal à sauver ce chasseur.

Par chance, je suis arrivé à temps. Matthew et Callum, moins rapides, n'ont même pas tenté de me suivre. Elle ne l'avait pas tué ni ne lui avait injecté son venin. Je l'ai ramené discrètement à Clayton, qui l'a supplémenté en sang, avant de monter un plan simple : on lui a fait boire une potion d'oubli et on l'a redéposé dans la forêt. Si jamais il garde tout de même de vagues souvenirs, il pensera à une simple hallucination provoquée par un abus d'alcool.

Quel dommage qu'on n'ait pas pu faire quelque chose d'aussi simple avec Mya ! Il faut dire que notre ennemi a mis toutes les chances de son côté.

Ma liée pousse un long soupir et s'allonge sur le lit, dans une position lascive. C'en est trop pour moi. Le lien s'est renforcé avec sa transformation et notre… contact, dans la forêt. Rien qu'à penser à ses doigts sur ma peau, j'en ai des frissons. J'ai tant envie d'elle que ç'en est indécent.

— Je dois me rendre au Conseil, déclaré-je subitement.

Je me détourne, avant que quiconque m'empêche de sortir de cette chambre. Je ressens la désapprobation de Mya au plus profond de moi, mais qu'importe. Il faut nous éloigner l'un de l'autre. Sans quoi, même si l'on trouve quelque chose dans les mémoires de Lady de Saxe, rien ne pourra nous sauver.

Peu importe mon désir brûlant d'être auprès d'elle, je dois sauver ma famille. Si ça ne tenait qu'à moi, je serais déjà de retour dans ma propre chambre, à étudier ces journaux. Néanmoins, il est trop tard. Le Conseil va se réunir dans quelques minutes. Je dois me dépêcher.

Alors que je tourne à l'angle d'un couloir, une voix m'interrompt.

— Bonjour, Votre Altesse.

Je me retourne pour observer Lady Clifford avancer à ma hauteur armée d'un sourire. Elle a sorti le grand jeu : une robe verte cousue d'or, qui rehausse ses cheveux blond clair.

Il faut que je demande à ma mère qui est déjà arrivé pour le bal. Je déteste me faire surprendre ainsi, chez moi.

— Lady Clifford, la salué-je poliment.

Tout comme Lady Arundell quelques heures plus tôt, elle m'offre une profonde révérence. Avant, je n'avais droit qu'à un signe de tête. J'ai l'impression que, depuis l'annonce du bal, ils me prennent pour le roi.

Mais tu es le futur roi…

— Cette rencontre tombe à point nommé, déclare-t-elle avec douceur. Nous n'avons pu nous entretenir ensemble, il y a une semaine.

En effet, après avoir vu Lord Despencer, Lady Clifford avait eu son entretien avec mon père et n'avait pas attendu mon retour pour partir. Ce n'est pas un comportement étrange en soi ; je n'ai pas besoin de parler chaque semaine à tous les conseillers. Néanmoins, si elle tenait à me parler, pourquoi s'en aller sans m'attendre ?

— Un sujet que vous souhaitiez aborder ? demandé-je poliment.

— J'ai reçu le renouvellement du traité de paix entre notre royaume et le clan sorcier du Sud. Le roi m'a demandé de vous le confier.

Elle me tend un papier que je parcours du regard. Puisque c'est elle qui possède la frontière avec ces sorciers, c'est un émissaire de ses terres qui a été envoyé. Et comme j'ai la charge de vérifier que chaque renouvellement se déroule avec succès, c'est à moi de le récupérer. C'est d'ailleurs étonnant que Lady Clifford en ait d'abord fait part au roi, puisque c'est mon rôle depuis cent ans. À quel jeu joue-t-elle ?

— Merci beaucoup, Lady Clifford. Je le notifierai. Il n'y a pas eu de problèmes durant les échanges ?

— Aucun, Votre Altesse.

— Et les échanges commerciaux ? Les avez-vous de nouveau négociés ?

Les sorciers, à notre grand désarroi, nous sont indispensables pour la pérennité de notre espèce. Bien que nous ayons Clayton à nos côtés, ce dernier n'est pas immortel et surtout, pas suffisant pour gérer à lui seul la demande en potions de toute notre espèce. À peine l'est-il pour la famille royale et sa cour.

— Nous sommes en discussion, déclare Lady Clifford. Votre père lui-même s'en charge.

Je manque de grimacer. Évidemment. J'ai le droit de consigner des traités, mais entrer dans le vif du sujet, ça, ça m'est encore impossible.

Il va bien falloir qu'il me laisse faire, un jour. S'il veut vraiment me laisser accéder au trône. Quand donc se décidera-t-il enfin ?

À tous les coups, Matthew, lui, est au courant... Il est bien meilleur que moi en négociations, je le reconnais. Cela ne m'empêche pas d'être intimement blessé d'être mis sur la touche.

— Parfait, alors, réponds-je en espérant que mon désarroi ne s'entend pas.

Lady Clifford n'a pas le temps d'ajouter quoi que ce soit. Nous ne sommes qu'à quelques encablures de la salle du Conseil et Lord Despencer vient d'apparaître au bout du couloir. Il s'arrête en nous voyant, nous sourit et nous attend. Nous le rejoignons sans mot dire.

— Votre Altesse, me salue-t-il d'un hochement de tête. Lady Clifford.

Nous le saluons à notre tour. Lord Despencer est, comme à son habitude, impeccable. Comme si je ne lui avais pas imposé, une semaine plus tôt, un arrangement qu'il aurait préféré plus profitable. C'est le jeu de la cour. Apparaître toujours souriant. Pour ensuite mieux comploter.

Une vague de stress m'envahit, mais je la calme. Mon père n'a rien dit concernant ma discussion avec Lord Despencer. C'est que, pour une fois, j'ai agi comme il le souhaitait. Je n'ai donc pas fait de faux pas.

J'ai beau avoir cent ans d'expérience, trouver l'équilibre avec les conseillers me semble toujours aussi complexe. Et insupportable. Plus j'y pense, et plus je trouverais ça simple que nous nous entraidions tous plutôt que de tirer dans les pattes des autres en espérant en tirer un maximum de profit. C'est très idéaliste, comme pensée. Et impossible. S'ils ont atteint cette place, c'est que chaque conseiller est ambitieux. Et, malheureusement, ambition rime bien trop souvent avec trahison.

— La préparation du bal avance-t-elle à votre convenance ? me demande Lord Despencer, sur le ton de la conversation.

Je me demande s'il nous a entendus, Lady Clifford et moi. Les vampires ont d'excellentes perceptions, mais il était loin. Et même si le sujet n'est pas d'une grande importance, tout ce qu'un conseiller ignore ne peut être utilisé contre la couronne.

Puisque le Lord souhaite échanger des banalités au sujet du bal, je décide d'aller en son sens. Et de parler de la couleur des fleurs, puisque cela semble tant les intéresser.

Enfin, nous rejoignons le reste des nobles à la table du Conseil. Par chance, nous sommes arrivés pile à l'heure.

Alors que je m'apprête à m'asseoir près de mon père, je remarque Lord Fiennes agité sur son siège. Il me jette de nombreux coups d'œil, avant de se reprendre et de pincer ses lèvres.

Encore un élément étrange de cette journée.

Je m'installe à mon tour et laisse vagabonder mon regard sur chacun des conseillers. Ils me le rendent bien. J'en suis désormais certain : c'est l'un d'eux qui nous a piégés. Ce sont les seuls qui ont à la fois les moyens de tromper la vigilance du roi et de ses espions, et les couilles de le faire.

Mais qui ? Et pourquoi ?

CHAPITRE 18

Mya

Oui, papa, ne t'en fais pas. Je te donnerai vite des nouvelles.

— Tu m'as fait si peur, ma chérie !

— C'est pas ma faute. Tu sais, la fièvre jaune…

— Je sais, je sais. Repose-toi bien. Je suis heureux d'entendre ta voix.

— Merci, papa. Allez, bisous à tout le monde.

— Je t'embrasse. Prends soin de toi !

Je raccroche avec un soupir. Mes parents me manquent soudain terriblement. Avant, j'allais pourtant les voir peu souvent, peut-être une fois tous les deux mois. Alors que nous habitions à une heure à peine les uns des autres ! Cela ne me dérangeait pas. À présent, le fait que je ne puisse plus leur rendre visite est un crève-cœur. J'essaye de me rassurer en me disant que cette situation n'est pas éternelle, que je pourrais bientôt les revoir…

J'écris quelques textos à mes colocs, pas plus rassurées que mes parents. C'est dingue comme cette histoire de virus ultra contagieux les a convaincus. Il a suffi de broder une histoire autour de mon coup d'un soir, comme quoi il revenait de voyage en étant porteur sain d'un virus étrange, et boum, dans la boîte.

Évidemment, qui dit contagieux dit quarantaine, d'où l'impossibilité de les voir. Cela les a beaucoup inquiétés, mais maintenant que je peux leur écrire et les appeler H24, ils sont plus rassurés. Comme quoi, tout ne tient qu'à un fil.

Quelqu'un frappe à ma porte, me tirant de mes pensées.

— Entrez.

Je sais avant de les voir de qui il s'agit. Si Ryan était venu, notre lien se serait tordu, affirmé. Là, je le sens loin. Comme s'il se trouvait à des milliers de kilomètres alors qu'il est dans ce même manoir.

— Bonjour, Mya.

Matthew entre, suivi de Callum. Ils m'apportent un plateau garni de nourriture humaine et d'un thermos, que je devine rempli de sang.

— Salut.

Ma voix est rauque tant ma gorge est sèche. Penser à boire du sang suffit à me mettre dans tous mes états.

S'il me fallait une preuve que je ne suis pas folle, c'est bien celle-là. Et tant d'autres : mon cœur ne bat presque plus, je respire plus par automatisme que par besoin et, si la nourriture humaine a toujours le même goût, je n'ai plus faim. Uniquement soif.

C'est pour ça que je ne tente pas encore de m'échapper. Les souvenirs du chasseur me reviennent. Je m'en foutais de le tuer, de le vider de son sang, pourvu que j'étanche ma soif. Ryan a réussi à détourner mon attention, Mais c'est en suspens : Ryan détruit notre lien consciemment et je n'ai encore aucune idée de comment je pourrais me tenir face à ma famille. Oublierais-je qui je suis face à eux ? Les tuerais-je par soif ? Cette simple idée me hante. J'en ferais des cauchemars, si j'arrivais à dormir.

— Comment vas-tu ? demande Matthew en posant le plateau sur ma table de nuit.

La chambre a été quelque peu réaménagée. Même si des

moutons de poussière continuent de traîner çà et là, des meubles ont été débâchés et des tas de livres m'ont été apportés. Je dois l'admettre, c'est bien plus confortable que la chambre d'hôpital que je vends à mes proches.

Et pourtant…

Je me sens terriblement prisonnière. Pire : je me sais inutile et impuissante. Cela fait à peine vingt-quatre heures que je me suis transformée en vampire, et je ne me sens déjà pas à ma place. J'ai besoin de bouger. De faire quelque chose.

— Je vais, réponds-je simplement.

Ni bien ni vraiment mal.

— Je suis désolé, soupire Matthew en s'asseyant sur le lit, à côté de moi. On ne peut rien faire d'autre que d'attendre.

— Ne devrais-je pas apprendre à être une vampire ? Maintenant que je fais partie de votre univers…

Il me désigne les livres sur un bureau, comme si cela suffisait à répondre à ma question. Dans un sens, il n'a pas tort. J'ai appris beaucoup, grâce à eux. Mais rien ne vaut l'expérience.

— J'en ai marre de lire.

Et de me farcir l'histoire des vampires en long, en large et en travers depuis que je suis arrivée ici. Je connais chaque guerre qui a secoué les paranormaux. Je connais même les usages chez les loups-garous, leurs ennemis ancestraux.

— Je ne peux rien te proposer d'autre, malheureusement.

— Je dois vivre avec vous pour comprendre comment votre société fonctionne ! Enfermée ici, je n'apprends plus rien et je me sens…

Les mots se bloquent dans ma gorge. Un vampire peut-il pleurer ? Je ne sais pas. Depuis quelques heures, en pensant à mon emprisonnement et cette impuissance terrible qu'on m'impose, j'ai envie de fondre en larmes. Ou détruire quelque chose.

Mais je ne peux pas. Pleurer est inutile et défoncer mes

meubles risquerait de faire du bruit et d'attirer l'attention. Deux options inenvisageables.

Matthew prend ma main. Je pourrais juger ce geste déplacé. Cependant, il est ce qui ressemble le plus à un ami. Si on peut appeler le frère de son kidnappeur comme ça.

— Je suis désolé.

— Même si je te combats en Tezeki, ça ne marcherait pas ?

C'est un rituel qui permet de départager deux vampires en conflit. Un rituel mortel, évidemment. À croire que les vampires aiment autant boire du sang que verser le leur. Du point de vue d'une citadine comme moi, cette tradition est quelque peu barbare.

Il laisse échapper un petit rire.

— Même. Puis tu devrais me tuer et je ne suis pas sûr que tu apprécierais.

Je me mords la lèvre, au comble du désespoir.

— Je ne pourrais pas me glisser parmi vos serviteurs ? J'ai déjà bossé en restauration, je saurais m'adapter, tenté-je malgré tout.

— Ça te rapprocherait de lui. On doit détendre le lien, tant qu'on le peut.

J'ai envie de hurler. Putain de Ryan ! Je le désire autant que je l'abhorre. Tout est sa faute…

Enfin, non. Tout est la faute de la personne qui l'a piégé. Or, même ça, enquêter avec eux, je ne peux pas.

— Ou peut-être…

Nous nous tournons tous deux vers Callum. Il est souvent là, bien qu'il parle peu. Je n'ose jamais l'interrompre, de peur qu'il me prédise quelque chose. Est-il seul dans ce cas ou tous les vampires ont-ils un don ? Ce n'est pas mentionné dans les livres qu'ils m'ont donnés.

— Quoi, Callum ?

La voix de Matthew prend un ton féroce. Lui aussi est à bout. De ce que je sais, ils n'ont toujours pas trouvé d'indices pour nous délier ni sur le coupable. Le ou les coupables.

— On devrait l'infiltrer parmi les serviteurs.

Ce retournement de situation me prend au dépourvu. Matthew me lâche la main de surprise et se lève pour rejoindre son frère, les sourcils levés.

— Attends… Tu es sûr de ce que tu dis, là ?

— Je le sens. Il…

Il semble un moment perdu, cherchant ses mots, puis son regard s'illumine.

— C'est ça ! s'exclame-t-il. Pendant le bal, nous serons obligés d'être présents, Ryan, toi et moi. Clayton, lui, aura du pain sur la planche avec tous ces vampires saouls. Aucun de nous ne sera là pour la protéger.

Jamais je ne l'ai entendu débiter quoi que ce soit aussi rapidement. Ni parler autant. On dirait qu'il revit. Il a l'air si possédé par ce qu'il dit que je passe presque à côté du fait que les vampires peuvent se saouler. Incroyable !

— C'est une vampire, tente Matthew. Et jeune, en plus. Elle peut se défendre, même seule ici.

Comme la transformation d'un humain est interdite depuis plusieurs siècles, les princes avaient mal jugé ma force de « nouvelle-née ». Peut-être que notre ennemi commun pourrait aussi commettre cette erreur.

— Elle ne sera pas de taille face à quelqu'un d'expérimenté ou qui s'y connaît en poison, réplique Callum. Pas besoin de se battre quand on peut empoisonner d'une fléchette ajustée, ou en plaçant le bon produit dans une assiette. Rappelle-toi comment Ryan et elle ont été piégés. Si la mauvaise personne la découvre ici, elle est fichue. Sans parler du fait qu'elle n'a aucune formation de combat. Elle a beau être puissante, un guerrier pourrait facilement la vaincre.

Je ne tente pas de lui dire que j'ai reçu quelques cours d'arts martiaux dans ma vie ; je doute que ça fasse vraiment le poids face à un vrai combattant.

Je jette un coup d'œil à la fenêtre. Ils l'ont renforcée pour qu'elle soit dure à briser, même pour moi. Je comprends pourquoi, à présent. C'est pour leur donner le temps d'intervenir en cas de problème. Or, si une personne parvient à rentrer ici pendant le bal, ils seront trop loin pour empêcher un quelconque empoisonnement… ou un quelconque combat. J'ai beau être plus forte, je ne doute pas un seul instant de me faire maîtriser par quelqu'un qui s'y connaît.

— Mais le lien…, tente Matthew.

— La priorité, c'est de la sauver, enchaîne Callum. Si elle meurt, Ryan y passe, et tout le monde saura qu'il a une liée lors de son autopsie. Le scandale éclatera au pire moment : le trône n'aura plus d'héritier officiel, et Père est déjà affaibli.

Les deux vampires se tournent vers moi. Callum me sourit, sûr de son coup. Matthew semble encore partagé.

— Tu es sûr ? répète-t-il.

— Je ne m'approcherai pas de Ryan, promis, déclaré-je.

— Ils n'enverront pas une nouvelle en salle, de toute façon, intervient Callum. Tu t'occuperas probablement de remplir les coupes ou de transférer les assiettes de la cuisine au comptoir.

Il semble bien connaître le système de service. Matthew se prend la tête entre les mains, toujours peu convaincu.

— Il ne faudra pas prévenir Ryan, grogne-t-il.

C'est étrange d'entendre sa voix si grave et sérieuse. Il ressemble un peu plus à son grand frère, comme ça.

L'image de Ryan me revient en pleine face. Je ferme les yeux et tente de penser à autre chose. Je déteste comme son souvenir me tord le cœur. Et, en même temps, j'adore ça. Un plaisir coupable que je ne peux me permettre, si on veut que le lien s'étiole.

Après un silence, Callum acquiesce.

— C'est certain. Il nous empêcherait de mettre en pratique ce plan et vous mettrait en danger.

— Il ne risque pas de sentir le lien se renforcer ? osé-je.

— Si, marmonne Matthew. Mais avec un peu de chance, il sera tellement concentré sur le bal et sur sa promise qu'il n'en fera aucun cas.

Sa promise… J'avais presque oublié que, s'il me rejette, c'est parce qu'il est déjà fiancé. Pourquoi est-ce que rien que cette idée me fait si mal ?

— Bien, reprend Matthew. Si tu es d'accord, Mya…

— Je le suis ! crié-je presque.

Tout plutôt que de rester encore seule, dans cette chambre morbide.

Matthew joue avec ses doigts, sans doute un tic nerveux. Je sens bien qu'il a peur d'aller contre ce qui était prévu et de mentir à son frère. Néanmoins… de ce que j'ai compris de leur histoire, chaque fois qu'ils ont écouté Callum, ça s'est bien fini. Il ne pourrait en être autrement : s'il le dit, c'est que c'est la chose à faire.

— Bon, alors je t'accompagne, souffle Matthew. Plus vite tu y vas, plus vite tu t'adapteras.

— Non, je vais le faire, le coupe Callum.

Matthew hausse un sourcil.

— Ce serait plus logique que ce soit moi qui l'accompagne, reprend le benjamin de la fratrie. Ils s'interrogeront si c'est toi qui l'amènes à la dernière minute. Tandis que si c'est moi… Eh bien, tu sais ce qu'on dit. Que je suis fou. Ils penseront que ce n'est qu'une autre de mes extravagances.

Il dit ça avec un ton si posé que je n'ose pas relever ses paroles. Matthew est tout aussi décontenancé que moi.

— Je pensais que ces bruits de couloir avaient cessé.

— Non, jamais. Ce n'est pas grave. Ça nous arrange, pour le coup.

Nouveau soupir. Nouvel acquiescement.

— D'accord. Mais une fois le bal terminé, je remettrai ces idiots à leur place.

— Comme bon te semble !

Callum me tend sa paume, tout sourire. C'est la première fois que je le vois aussi guilleret. Ça me rassure, au fond. Je lui saisis la main et me lève de mon lit. Matthew nous observe d'un air peu rassuré, et nous accompagne jusque dehors.

— Prends soin de toi, Mya. Au moindre danger, trouve l'un de nous. Quitte à pénétrer dans la salle de réception. J'inventerai… quelque chose, pour le justifier.

— Très bien.

Il me lance un dernier regard intense, avant de partir de son côté. Callum, lui, me mène vers des couloirs adjacents. Je devine à leur taille et leur manque de faste que ce sont probablement des couloirs réservés au personnel. Nous n'y croisons personne.

— Ils sont déjà tous en train de préparer la réception, m'indique-t-il.

Je remarque avec surprise que sa joie est retombée. Il a l'air plus sombre que jamais. Oh, oh… Avait-il simplement revêtu un masque pour convaincre son frère ?

— Que se passe-t-il ? Tu vas bien ?

Il ne me regarde pas. Hausse les épaules.

— Chaque action entraîne des conséquences.

— Je ne comprends pas.

Ou alors, je ne comprends que trop bien. A-t-il demandé que je sois serveuse pour une bonne raison ? Une autre raison que de me sauver et sauver son frère ? Quelle vision a-t-il vraiment eue ? Je commence à flipper.

— Tu ne le peux pas.

Il se tourne enfin vers moi, m'offre le sourire le plus triste de l'univers. Le voir dans un tel état me retourne l'estomac.

— Ne t'en fais pas. Je ferai tout pour sauver ma famille. Quitte à tout perdre.

J'ouvre la bouche pour répondre, mais des bruits résonnent autour de nous et j'ai peur qu'on nous entende. Sans compter que Callum s'est désintéressé de moi aussitôt ses mots prononcés. Je suis plus perdue que jamais. S'il fait ça, c'est donc bien pour protéger sa famille ?

Quelques pas plus tard, mes pensées changent du tout au tout. Nous débouchons devant deux grandes portes d'où sort un fumet exquis. Des serveurs apprêtés ne cessent d'y entrer et d'en sortir, qui avec des plats vides, qui avec des pièces montées en suspens.

À l'intérieur, on entend une femme aboyer des ordres. Callum n'hésite pas : il ouvre à son tour les portes et se plante devant une grande femme élancée, au visage taillé à la serpe. Alors qu'elle s'apprête à hurler à nouveau, son regard tombe sur son prince.

— Callum ! déclare-t-elle avec un sourire, sans même s'incliner. Que me vaut ce plaisir ?

Comme il ne répond pas tout de suite, elle regarde ailleurs. Ses yeux sautent de serviteur en serviteur, comme pour s'assurer que tout le monde fait bien son travail. Si elle se comporte avec aussi peu de révérence, il doit sans doute y avoir une raison.

— Anna, voici Emmy. Je veux qu'elle rejoigne tes équipes ce soir.

La fameuse nounou, si je me souviens bien. Malgré sa position, je trouve assez déroutant la familiarité avec laquelle elle s'adresse à un prince. Quoi qu'il en soit, je suis heureuse qu'il m'ait présentée sous un prénom d'emprunt. Autant prendre un maximum de précautions.

L'attention d'Anna retombe sur lui. Puis sur moi. Elle me jauge de haut en bas, comme une pièce de viande. Charmant.

— Je n'ai besoin de personne, déclare-t-elle de but en blanc.

— Je suis sûr qu'Emmy saura se montrer utile. Elle a de l'expérience en restauration.

Je suis plus gênée que jamais. Je ne suis clairement pas la bienvenue. Je mets mes mains dans mon dos et tente de garder une allure digne devant ce regard perçant. Je suis persuadée que si j'avais été introduite par quelqu'un d'autre qu'un sang royal, elle m'aurait envoyé paître sans aucune pitié.

Je la sens sur le point de rejeter l'offre de Callum, quand celui-ci insiste :

— S'il te plaît, Anna.

Elle pousse un grognement inarticulé.

— À vos ordres, Mon Prince.

Puis elle siffle dans la cuisine et, aussitôt, un vampire à l'allure d'ado se retrouve près d'elle.

— Willow, va l'habiller. Puis tu lui expliqueras la plonge. Vous avez cinq minutes.

— Bien, Anna.

Elle se détourne, sans même saluer le prince, et reprend ses aboiements. Callum me fait un petit signe de la main, puis me laisse là, auprès de Willow. Ce dernier m'adresse un sourire contrit et pressé, avant de se mettre en route en trottinant. Je le suis.

Eh bien, ça promet…

CHAPITRE 19

Ryan

Le Conseil n'a rien apporté de plus que le précédent. Toujours les mêmes disputes inutiles.

Et toujours Lady Arundell, qui réclame la guerre. Je sens qu'elle ne lâchera pas le morceau tant que les loups seront vulnérables. Ce qui peut durer un sacré bout de temps.

Je ne sais plus quoi penser. J'observe chaque conseiller, passe en revue chacune de leurs expressions faciales pour tenter de comprendre qui dissimule quoi.

Et qui m'a piégé.

Le ou la coupable m'aurait-il approché sans trembler comme l'ont fait Arundell et Clifford ? Ou, au contraire, se cache-t-il, en attendant son heure ?

J'étais persuadé d'être prêt à faire face à la cour et à ses intrigues, de m'y être correctement préparé. C'était avant elle.

Mya.

Je sens toujours mon cœur qui se tire vers elle, mais le lien s'affaiblit. Plus vite que je ne le pensais. A priori, une centaine de mètres suffisent pour qu'un lien incomplet s'effrite. Est-ce parce que je le sens moins qu'il est moins dangereux ? Je n'en suis pas si sûr. En particulier parce que rien que le souvenir de son visage me vrille le cœur.

Si seulement j'avais le temps de lire les journaux de Lady de Saxe…

— Ryan.

Mon prénom claque dans l'air. Les conseillers sont partis, ne laissant que mon père, ma mère et moi. Contrit, je m'approche.

— Lady Helen Bridges et Lady Evelyn Bridges arriveront incessamment sous peu. Nous nous devons de les accueillir.

Et merde ! Je pensais avoir au moins le temps de retourner à ma chambre. Lire quelques lignes, calmer un peu mes angoisses, avancer…

L'arrivée de ma promise change tout.

— Elles ne devaient pas arriver cet après-midi ? tenté-je, malgré tout.

— Elles veulent déjeuner avec nous pour nous rendre hommage. Rappelle-toi qu'elles n'ont encore jamais rencontré tes frères ni visité le manoir.

Fait chier ! Évidemment, je ne le dis pas à voix haute. Je me contente de m'incliner devant mon roi et ma reine, puis de les suivre jusqu'à l'entrée. Une myriade de valets sont déjà présents, à attendre la berline qui apparaît dans l'allée, quelques minutes plus tard.

La tradition voudrait que seul le fiancé soit autorisé à rendre visite à sa promise, jusqu'au mariage. En tant que futur roi, elle ne s'applique pas à moi. Il est d'ailleurs étonnant qu'elle ne soit pas venue plus tôt, avec la cérémonie princière qui arrive à grands pas.

Mon cœur s'emballe comme celui d'un jouvenceau humain. Non pas que j'attende ma fiancée avec tant d'impatience. C'est plutôt l'image de Mya qui me paralyse. Encore.

Sera-t-elle jalouse ? Triste ? À sa place, je me sentirais mal.

Soudain, ça me frappe. Avait-elle un petit ami, elle aussi ?

Un fiancé ?

Elle n'en donnait pas l'impression. Cependant, le charme d'un vampire efface toute trace d'amour humain. Peut-être l'ai-je arrachée à une relation qui lui tenait à cœur. Rien qu'à cette idée, je me sens minable.

Ce qui est fait est fait, et il est hors de question que je l'interroge sur le sujet. Que je m'approche d'elle. C'est trop dangereux. Il faudrait même que je cesse de penser à elle, alors que j'en suis tout bonnement incapable.

La berline se gare devant les escaliers qui mènent à notre hall. Un valet se précipite pour ouvrir la porte arrière. Lady Bridges mère en sort, toujours impeccable. Elle porte une combinaison dorée qui fait ressortir ses yeux ambrés perlés de grenat. Ses cheveux crépus forment une auréole parfaite autour de son visage brun. Elle est irréprochable, de sa tenue à sa posture. Il est question d'une femme d'affaires puissante, et elle compte bien le montrer.

Sa fille sort à sa suite. Sa tenue se compose d'une robe fendue beige, certes moins vive que celle de sa mère, mais qui lui sied à merveille. Sa peau d'un brun plus clair est lisse et ses cheveux ondulés cascadent jusqu'à ses reins.

Ma promise est belle, j'en ai bien conscience. J'en avais conscience au moment de la rencontrer, et j'en aurai conscience jusqu'à la fin de ma vie. Mais la beauté n'induit pas l'amour. Je ne me sens pas prêt à m'engager.

Dixit le type qui souhaiterait rester avec sa liée et mettre fin à cette mascarade.

Je tente de repousser cette idée loin de moi. Pourtant, elle tourne en boucle dans mon esprit, tandis que les Ladies montent les marches. Si je n'étais pas enchaîné à ce fichu trône, j'aurais succombé à l'attrait du lien. C'est certain.

Comment pourrais-je capituler à cet appel égoïste quand je

tiens la vie de mes proches entre mes mains ?

Lady Helen Bridges s'incline la première devant nous. Sa combinaison suit ses mouvements à la perfection.

— Vos Majestés.

À ses côtés, Lady Evelyn Bridges fait sa révérence à son tour. Ses yeux d'ambre, hérités de sa mère, me transpercent. Je n'y lis pas plus de sentiments qu'elle ne doit en lire dans les miens. Le courant n'est jamais passé.

Mon père a ignoré cet état de fait quand je le lui ai confié, après notre première visite chez les Bridges. «*C'est le lien qui fait tout*», selon lui. Ma mère l'a plus considéré, compatissant avec moi, avant de rejoindre l'avis de mon père. «*L'amour grandit avec le lien.*»

Je leur en foutrais, moi, des liens !

— Lady Helen, Lady Evelyn, les salue mon père. Bienvenue au manoir. Nous vous attendions avec grande impatience.

— Merci, Votre Majesté, répond aimablement Lady Helen. Nous avions hâte de découvrir cet endroit prestigieux. Nous sommes navrées d'avoir tardé à venir. Des affaires urgentes requéraient notre attention.

— Vous êtes tout pardonnées.

Mon père nous fait signe d'entrer. Je tends le bras à ma promise, comme l'exige le protocole. Elle le crochète sans hésiter, mais je sens bien le malaise. Aucun de nous deux ne désire être là. A-t-elle un amant ? Une amante ? Suis-je en train de la tirer dans une direction qu'elle aussi abhorre ?

Peu importe. Nous ne choisissons pas. Notre mariage est une alliance avant tout. Étant donné l'état du Conseil, elle est sans doute la seule chose qui maintienne l'équilibre.

— Avez-vous fait bon voyage ? demandé-je pour être poli.

— Remarquable, me répond-elle, le ton de sa voix posé. Vos jardins sont splendides !

— Nos paysagistes sont les meilleurs du pays.

La conversation s'arrête là. Plus pathétique, tu meurs. Heureusement, nos parents sont en pleine discussion, ce qui les empêche d'assister à ce fiasco.

Après un apéritif pris en privé dans les appartements royaux, nous voilà partis pour le déjeuner. Lord Bridges nous y rejoint. Bien qu'ils ne s'échangent aucune embrassade avec sa femme, leur regard exprime l'amour transi qu'ils se portent. J'en serais presque jaloux.

Je m'assois à côté d'Evelyn, sans réussir à participer aux sujets qui sont lancés. La plupart tournent autour du bal, des invités en particulier. Cela ne m'étonne guère. Tout le gratin de notre royaume sera présent. Hommes et femmes d'affaires, riches marchands et autres personnalités connues, personne ne manquera l'évènement. De nombreuses opportunités se présenteront, de nouveaux contrats à établir, des alliances à tisser. Bien entendu, la royauté aura besoin de bien se faire voir et de nouer les accords les plus favorables. C'est d'ailleurs la mission de Matthew. En tant que futur conseiller du couple royal, il doit gérer nos associés.

Quelle honte ! Tu es le premier roi depuis plus de cinq siècles à avoir besoin de ton frère comme conseiller. Assistant, même.

Foutue voix.

Elle a raison. Mon père n'a jamais eu besoin de sa fratrie pour le protéger. En même temps, tous sont morts dans la guerre de 1896. Nous avons tant perdu…

Ne pas y penser, ne pas y penser.

Je tente tant bien que mal de me concentrer sur la conversation pour me sortir de ces sombres pensées.

— Des ducs français seront présents à la réception ? s'étonne Lady Helen.

— Certains se déplaceront, oui. Nous avons également invité un marchand de vin très renommé. Nos tables manquent de crus millésimés.

Merci Lord Fiennes, qui possède une bonne partie des terres françaises. Ce n'est pas pour rien qu'il s'est lié à Lady Clifford : à eux deux, ils possèdent l'Europe entière.

— Quel malheur que nos sols ne soient pas en mesure de produire un breuvage d'aussi bonne qualité.

— Vous avez bien d'autres points forts, sourit ma mère.

Lady Helen s'esclaffe.

— Vous avez raison.

Voilà comment maintenir la paix entre vampires : envoyer ses meilleures délégations pour prouver aux autres à quel point nous sommes supérieurs à eux dans un domaine.

Alors que je suis sur le point de décrocher à nouveau, un curieux tiraillement me prend aux tripes, comme si ma liée s'approchait de moi.

Ce n'est pas possible. Et même si ça l'était, je dois absolument penser à autre chose.

Je me tourne vers ma promise, espérant lâcher une phrase profonde. Cette dernière a le regard perdu dans le vide, plus paumée que moi encore. Lorsqu'elle remarque que je l'observe, elle m'adresse un sourire pincé et lance :

— Cette soupe est délicieuse.

Je n'ose lui dire qu'elle mange un plat en sauce, de peur de commettre un impair.

Par chance pour moi, cet affreux déjeuner se transforme en mini-conseil entre Lord Bridges et mon père. Ma mère décrète le repas terminé et propose aux deux Ladies de les mener à leur appartement. J'en profite pour disposer en m'inclinant devant les deux femmes.

Je retourne à ma chambre, soulagé de n'y voir encore personne. Un peu de temps seul me fera du bien, avant le grand événement de ce soir. Nul doute que valets de chambre et costumiers s'y précipiteront sous peu. En attendant, je m'installe au secrétaire et sors le journal de Lady de Saxe que je parcours avec avidité.

C'est de pire en pire. L'image de Mya me revient sans cesse, j'ai de quoi devenir fou.

C'est au bout de cinq minutes que j'atteins enfin ce que je recherchais.

« *Je me suis liée à Lord Berkeley ce matin même, en comité restreint. Je suis quelque peu retournée. Ce choix a été aussi rapide que secret. Mes parents n'ont jugé bon de m'en informer que cette nuit, lorsqu'une tripotée de servantes se sont précipitées à mon chevet pour m'habiller, alors que j'étais tranquillement en train de lire.*

Ils ne m'ont pas laissé le choix, prétendant que ce geste permettrait de calmer les tensions entre mon pays et l'Angleterre. Essai vain, à mon sens : la guerre est en route. Les petits nobles que nous sommes n'y pourront rien.

Lord Berkeley n'est, en outre, pas l'homme idéal que j'ai pu m'imaginer plus jeune. Il est grand, certes, plutôt beau, mais son air condescendant m'a refroidie. J'ai fait semblant de me lier à lui. Mes dents ont percé sa peau, sans que j'y injecte le moindre venin.

Malheureusement, cela ne change rien. Je sens le lien se former. Et je le hais déjà.

Ses premières émotions m'envahissent. Elles sont d'une violence et d'une perversité que je n'ai jamais connues. Trop pour que j'ose les évoquer ici. Quelle étrange sensation que de détester ce que ressent une personne et se sentir liée à elle à la fois. Vouloir mourir pour elle… Quelle horreur !

Encore heureux que je ne lui ai pas injecté de venin. Peut-être que cette précaution peut déboucher sur autre chose. Je me ferais tuer par mes parents pour ne serait-ce qu'envisager cette idée.

Peut-être devrais-je chercher à me délier… »

Trois coups résonnent à ma porte.

Merde.

J'ai à peine le temps de planquer le journal que les serviteurs font irruption dans ma chambre.

— Votre Altesse, s'inclinent-ils dans un parfait ensemble.

La frustration doit se lire sur mon visage, car l'un d'eux ajoute :

— Nous devons vous habiller pour ce soir. Ordre du roi.

Je ferme les yeux pour me reprendre. J'arrivais enfin à cette histoire de déliage !

Toutefois, les ordres sont les ordres… Je n'ai d'autre choix que de m'y plier.

— Allez-y. Et faites vite.

Putain de bal de mes deux.

CHAPITRE 20

Mya

Je ne m'arrête plus, les mains plongées dans l'eau savonneuse. Les assiettes, les plats, les couverts sales s'enchaînent si vite que je n'ai pas le temps de faire autre chose ni même de réfléchir.

Je parviens néanmoins à intercepter les regards approbateurs de la part d'Anna. J'ai bossé dans la restauration tous les étés depuis que j'ai seize ans. La plonge, je connais par cœur.

Soyons clairs, il s'agit d'une occupation plus que bienvenue en pareille circonstance. J'ai senti mon lien tirailler à quelques reprises, preuve que Ryan rôdait dans le coin. Rien de semblable à ce qui a pu se passer le soir de notre rencontre ou encore lorsqu'il est venu me chercher dans la forêt. Je ne pense pas que ce rapprochement puisse mettre en danger les divers plans établis. Ce n'est qu'une soirée.

C'est dommage. Je me sens en sécurité, ici. Qui oserait m'empoisonner ou me poignarder dans une cuisine aussi animée ? Je suis cernée de témoins, personne ne s'y risquerait.

Un sourire m'échappe. Si cette entreprise se solde par une réussite, je pourrai proposer de rester à ce poste. Matthew, Callum et Clayton seraient ainsi libres d'enquêter sur la personne qui veut du mal à la famille royale, plutôt que de me protéger. Et moi, je ne m'ennuierais plus.

Ce serait parfait.

Je suis sûre qu'ils accepteraient. Enfin…

Eux, oui. Ryan, non.

Quelle fichue tête de mule, celui-là ! Il serait temps qu'il réfléchisse avec les deux neurones qu'il reste lui dans le crâne !

Deux adorables neurones…

Je secoue la tête pour chasser son image. C'est pas vrai, d'être aussi accro. Je déteste ça. C'est bien pire que ma déprime post-séparation d'avec Edward. Enfin, il faut avouer qu'entre Edward et Ryan, il y a tout un monde. L'un n'est qu'un humain stupide, et l'autre un vampire… stupide aussi, d'ailleurs.

Non, mais arrête-toi, Mya !

Si seulement je pouvais en parler avec Lena et Joly… Ça me ferait un bien fou de les revoir. De les serrer contre moi. De discuter, comme avant, de tout et de rien. J'aimerais tellement…

Un fracas de vaisselle brisée détourne mon attention. Un serveur vient de s'écrouler au sol, plié en deux par des spasmes. Le choc général est tel que, l'espace d'un instant, il n'y a plus aucun bruit dans la cuisine.

Sans se départir de son sérieux et de son calme, Anna s'approche.

— Julian, appelle Clayton ! Vite !

Julian, le second d'Anna — d'après Willow — obtempère. C'est un grand vampire, un peu trop sûr de lui à mon goût. Nul doute qu'il rêve de remplacer sa patronne.

Néanmoins, c'est avec professionnalisme qu'il se précipite en courant vers la sortie. Non, pas en courant. Il est trop rapide pour appeler ça de la course. J'avais presque oublié à quel point les vampires étaient… spéciaux.

— Et vous autres, au travail ! Bob va s'en sortir. Les invités, eux, ne peuvent pas attendre !

Quelques-uns se remettent timidement à la tâche. Anna pousse un long soupir et renchérit :

— Dois-je vous rappeler à qui vous avez affaire, ce soir ?

La menace qui suinte de sa voix suffit à convaincre l'ensemble des subordonnés de s'activer dans un brouhaha étonné. Pas sûre que même en sachant qu'il y a un blessé, la noblesse vampirique accepte un retard pour le service de son si précieux buffet.

Je me replonge dans ma vaisselle. Anna sort le pauvre serveur, toujours pris de de convulsions. J'ai à peine le temps d'apercevoir Clayton derrière les portes qu'elles se referment.

Ma tranquillité vient de s'effondrer, remplacée par un mauvais pressentiment. Les vampires ne tombent pas malades. Jamais. Le seul moyen de les atteindre, c'est soit par empoisonnement, soit par blessure. Ce serveur, ce qu'il a subi… Ce n'est pas naturel.

Anna revient très vite, comme si de rien n'était. Elle ne change même pas ses équipes, alors que les serviteurs semblent sur le qui-vive. Malgré leur agitation, aucun n'objecte ses ordres.

Seulement voilà, tout ne tourne pas comme prévu. Un premier cuisinier vampire se blesse, en se coupant les doigts, laissant une traînée de sang noir visqueux derrière lui. J'évite de regarder pour ne pas tourner de l'œil ou vomir sur mes pompes. Ça ne semble choquer personne, alors si je tombe dans les vapes, je risquerais d'attirer l'attention.

— Faites un peu plus attention, bande d'incapables ! beugle Anna. Nous sommes déjà deux de moins ! Augmenter la cadence, oui. Vous précipiter et vous blesser, non ! Gérald, va voir Clayton !

Ce n'est pas normal, ce n'est pas normal, ne puis-je m'empêcher de me répéter, de plus en plus inquiète.

Cinq minutes plus tard, un commis se brûle tout le côté droit du visage. Sa peau forme des cloques abominables, tandis que l'odeur de chair brûlée envahit la pièce. La nausée me prend.

Retiens-toi, Mya, retiens-toi…

Lui aussi se retrouve chez Clayton.

— C'est bien, ça ! hurle Anna. Continuez donc de vous cramer la tronche ! C'est pas comme si le feu était mortel pour des vampires !

Folle de rage, elle réorganise ses équipes, et demande à Julian de lui ramener une certaine Chris, normalement à la blanchisserie, pour les aider.

S'ensuit une vague de malaises chez trois nouvelles serveuses ainsi qu'un nouveau blessé en cuisine. J'ai l'impression de vivre une hécatombe qui n'a rien d'une coïncidence.

Je vais y passer…

— Le prochain qui se blesse, je vous jure que je le vire ! s'égosille Anna, au bout du rouleau. Jamais eu une équipe aussi catastrophique de ma carrière ! Et je bosse ici depuis cent cinquante ans !

Pas rassurant. Pas rassurant du tout. Évidemment, le rythme de plonge baisse en même temps que le nombre de personnes présentes en cuisine.

Je ne cesse de laisser traîner mon regard à droite et à gauche chaque fois que je me sens seule, dans mon coin. C'est alors que je remarque des yeux posés sur moi.

Julian. Le second d'Anna.

Il ne se détourne même pas.

Qu'est-ce qu'il me veut ? Est-ce… un espion ?

Une main se pose sur mon épaule et me fait sursauter. Ce n'est qu'Anna, qui me détaille encore une fois de haut en bas.

— Tu as bien de l'expérience en restauration ?

J'acquiesce, incapable de sortir un mot. Derrière elle, Julian s'est détourné même si, parfois, il me considère d'un air empli de satisfaction. Ce mec est louche. Très louche.

Il faut que j'en parle à Matthew.

— Tu saurais donc servir en salle ? insiste Anna.

Sans le savoir, elle m'impose un dilemme : soit je reste ici, à la plonge, sous le regard menaçant de Julian. Soit je m'éloigne de lui et me rapproche inexorablement de Ryan et de sa fiancée.

Bordel…

Un choix impossible. Je commence à paniquer quand le souvenir de Callum s'impose à moi. Si son instinct lui a soufflé que je devais me trouver là, sans me recommander une ligne de conduite particulière, c'est qu'il a confiance en moi.

J'ai déjà une certaine préférence. Une préférence appuyée par les instructions de Matthew, qui m'a sommée de tout faire pour les rejoindre si je me sentais en danger…

Et je me sens en danger ! C'est une évidence !

Inutile de tergiverser plus longtemps.

— Oui, je sais servir, déclaré-je.

— Bien.

Elle se tourne vers son second.

— Julian ! Appelle-moi Betty pour qu'elle lâche ses draps et vienne nous aider à la plonge !

Julian hausse un sourcil étonné puis, sans rien rétorquer, obéit. Pendant qu'il sort de la cuisine, Anna me tend un torchon.

— Essuie-toi les mains et prends un plateau. Tu seras de service petits fours. Tu te glisseras discrètement au milieu des invités pour les leur proposer. Tu ne leur parles pas, tu te contentes d'être à disposition. C'est compris ?

J'ouvre la bouche pour lui demander si je ne serais pas mieux au niveau des buffets : une place statique et bien plus discrète que de me faufiler au milieu des nobles. D'un en particulier. Or, les portes s'ouvrent sur Julian et Betty, et Anna me fait signe de disposer, l'attention déjà ailleurs.

Merde, merde, merde.

Tant pis, je resterai du côté de la salle où Ryan n'est pas. Avec un peu de chance, je serai assez agile pour l'éviter.

Sauf que la soirée vient à peine de débuter. Comme les vampires ne dorment pas, leurs bals sont loin d'être comme ceux des humains. Ils peuvent durer toute la nuit.

Ne pas céder à la panique. Je n'ai pas le choix, de toute façon.

Je récupère un plateau de petits fours et m'élance vers la salle de réception.

En dehors des couloirs de service, je n'ai pas eu l'occasion de découvrir le manoir dans lequel je suis emprisonnée, si bien que je reste subjuguée une seconde.

La hauteur sous plafond est démentielle, une dizaine de mètres au moins. Un immense escalier à courbes symétriques, sur ma gauche, conduit vers des balcons qui surplombent l'espace. Le plafond est recouvert de peintures d'anges et de chars. Des moulures dorées encadrent ces fresques, et descendent en arabesques flamboyantes jusqu'au sol, orné d'un parquet verni du plus bel effet.

Dans cette salle qui semble dater de plusieurs siècles, les invités ne détonnent pas. C'est comme si je retournais dans le passé. Du moins, un passé assez hétéroclite. De la robe redingote du XVIIe siècle à celles à cerceaux, en passant par les robes tuniques, les femmes sont toutes vêtues selon une mode différente. Pareil chez les hommes, leurs costumes n'ont pour seul point commun de ne pas être modernes.

Une fois la surprise passée, je me mets en mouvement. J'observe du coin de l'œil mes collègues pour imiter leurs pas gracieux et la manière dont ils s'éclipsent après avoir servi les nobles. Je ne suis, certes, pas très bonne à ce jeu-là, mais je rentre assez dans le moule pour qu'aucun ne me remarque.

Je reste cependant sur le qui-vive. Mon lien me sert de boussole. Par chance, il m'indique que Ryan est à l'autre bout de la pièce. Je peux l'éviter, même si je dois trouver Callum et Matthew pour qu'ils comprennent que je suis en danger.

Soudain, l'orchestre se met à jouer plus fort, manquant de me faire sursauter. Aussitôt, tout le monde s'écarte du centre de la pièce pour former une piste de danse, vide pour le moment. Je suis le mouvement, à l'affût.

Mes collègues continuent de distribuer des douceurs aux non-danseurs. Je les imite. Enfin, je remarque Callum et Matthew dans la foule, à l'opposé de mon lié.

Je les rejoins en quelques pas. Ils ne s'en aperçoivent pas, ce qui me rassure à nouveau sur mon costume : je fais bien illusion.

— Une douceur, Vos Altesses ? tenté-je dans un murmure.

Autour de nous, personne ne nous prête attention, le regard rivé sur quelque chose qui m'échappe. Mais Callum et Matthew ont dû reconnaître ma voix, car ils se tournent vers moi. Je distingue un éclair de compréhension — voire de panique — passer dans les prunelles de Matthew. Callum, lui, se contente de hocher la tête, comme si ma présence dans la salle était parfaitement normale, avant de saisir un petit four à la crevette et de se tourner vers la piste de danse.

À son tour, Matthew se désintéresse de moi, comme l'exige sans doute l'étiquette. Il ne faut pas que l'on remarque notre manège.

Je m'apprête à m'en aller, rassurée de les savoir près de moi, quand je remarque que les conversations se sont tues pour ne laisser place qu'à la musique. Curieuse, je jette un œil vers la piste de danse.

Une femme superbe s'y trouve. Sa peau brune est rehaussée par sa robe couleur bleu nuit, parcourue de fils d'or. Ses cheveux noirs sont lissés et ramenés dans une coiffure complexe, piquée de boutons dorés. Il n'y a rien à dire, elle est… royale.

En face d'elle se trouve un jeune homme à la mise soignée.

Ses cheveux bruns sont coiffés vers l'arrière et sa barbe est parfaitement taillée. Quant à sa redingote blanche et son veston noir, ils sont impeccables.

Ryan.

Mon cœur bondit dans ma poitrine. Impossible pour moi de le réfréner.

Impossible pour moi de le cacher à mon lié.

Son regard quitte un instant la jeune femme splendide qui lui fait face pour se planter dans le mien. Le temps se suspend. J'y lis de la surprise, du désir… Puis une colère vive, à la limite de l'aversion.

La musique commence, et il se détourne de moi pour saisir le bras de la femme et l'entraîner dans une valse irrésistible.

Je peux entendre mon cœur dégringoler de ma poitrine pour se briser à mes pieds. Je ne ressens rien via le lien, rien qu'un rejet qui me murmure que je n'ai rien à faire ici.

Je ne suis rien, face à elle.

Je me dégage de la foule, anéantie, pour retourner en cuisine. Au dernier moment, je prends finalement une sortie annexe. Hors de question qu'Anna m'oblige à retourner en salle. Hors de question de le revoir, dans les bras de cette femme.

Non, pas cette femme.

Sa fiancée.

CHAPITRE 21

Ryan

Le bal avait pourtant relativement bien commencé. Nous avons accueilli nos invités comme il se doit. Matthew s'est montré très charmant, comme à son habitude. J'ai vu ses yeux briller en observant les Bridges. Normal, leurs costumes ont été travaillés pour dévoiler toute leur richesse. Boutonnières en or et diamants, coiffes complexes, tissus rares… Autant de signes que n'importe quel vampire bien né sait reconnaître. Néanmoins, ils ont eu la finesse d'être moins ostentatoires que notre famille.

La politique se joue jusque dans les robes de bal et les costumes trois-pièces.

Nul doute que mon frère se régale de ces règles idiotes de la noblesse. Callum, quant à lui…

Il a été étrange. Plus que d'habitude, s'entend. Son regard s'est fixé sur ma promise pendant de très longues secondes, après qu'elle ait fait une entrée très remarquée, comme le veut la coutume. Je le vois l'observer régulièrement, depuis.

A-t-il eu des visions ? De quelle nature sont-elles ?

Il faudra que je l'interroge là-dessus. Si tout n[illegible] pas [illegible]ille.

Parce qu'*elle* est là.

J'ai été si surpris que j'ai eu le réflexe le plus con de l'univers : la rejeter en bloc.

Que fout-elle ici ? Elle ne devrait pas être ici. Et maintenant, elle s'est enfuie, avant même que je puisse tirer cette histoire au clair. Et ce lien, qui me transmet sa douleur, sa détresse…

Fait chier !

J'aurais dû me douter qu'elle n'en ferait qu'à sa tête. Malgré toute la colère qu'elle m'inspire, j'ai plus envie d'aller la retrouver pour la consoler que de l'engueuler pour ce faux pas.

— Tout va bien, mon cher fiancé ?

Je reviens à la réalité. À cette danse que je partage avec Evelyn. À son sourire parfait que je devine contrit.

Malgré la peine qui secoue mon cœur, je ne peux pas me permettre de courir à la suite d'une roturière.

Et s'il lui arrivait quoi que ce soit ?

Non, Callum le sentirait. Or, son regard est perdu dans le vide, comme d'habitude, et aucune panique ne déforme ses traits. Tout va bien. Aussitôt la danse finie, j'informerai Matthew de ce qu'il se passe et tout ira bien.

— Je ne vois pas comment je pourrais aller mal, avec vous à mes côtés, répliqué-je à Evelyn.

Elle sera ma femme. Autant essayer d'attiser une pseudo-flamme avant la liaison. En espérant que je me délie de Mya…

Elle éclate de rire. Autour de nous, d'autres danseurs se sont joints à la valse. La musique couvre les conversations, créant un brouhaha que même le plus doué des vampires ne pourrait percer. Au milieu de tout ce bruit, impossible d'écouter les autres. Dommage, ça m'aurait aidé à enquêter sur ceux qui veulent notre déchéance.

— Arrêtons un instant cette hypocrisie, Ryan, me susurre ma fiancée. Nous sommes aussi ravis l'un que l'autre de cette alliance.

J'oublie ceux qui m'entourent, même ce lien qui ne me laisse aucun répit, pour observer ma promise. Son sourire s'est fait amer. C'est la première fois que nous parlons d'autre chose que de banalités.

— Pardon ?

— Pour une fois que nous pouvons être francs l'un avec l'autre sans être espionnés par nos parents, cessons de nous cacher. Si ce mariage a mis tant de temps à se concrétiser, ce n'est pas seulement parce que vous le rejetiez, Ryan. Je n'en veux pas non plus. C'est pourtant évident.

— Nous n'avons pas le choix.

Elle ricane derechef. J'ai l'impression de rencontrer une toute nouvelle personne.

— Bien sûr que non. Et bientôt, nous serons liés pour l'éternité. Nos parents vont annoncer la date de mariage ce soir. Heureux ?

Je soupire. Je me doutais qu'ils nous feraient ce coup-là. Me prendre de court est le piège favori de mon père.

— Autant que vous.

Elle me sourit vraiment, cette fois-ci. Le silence s'installe entre nous, alors que je me mets à réfléchir. Quelque chose dans cette soudaine confession sonne étrangement. Elle se mord la lèvre, comme si elle voulait me dévoiler autre chose. Est-ce que ma promise va elle-même devenir une conspiratrice ? Ou bien est-ce… quelque chose de différent ?

Décidément, Evelyn cache bien son jeu derrière son apparence impeccable. Je suis sûr que si ça avait été Matthew à ma place, il se serait régalé de ce manège.

— Pourquoi me dire tout cela maintenant ? demandé-je.

Un éclat de surprise parcourt ses pupilles ambrées. Elle ne s'attendait pas à ce que je cherche à en savoir plus.

— Parce qu'il n'y aura pas de retour en arrière possible. Et aussi…

Nouveau mordillage de lèvres. Nul doute que j'aurais trouvé ce tic attendrissant, voire même très sexy, avant.

Avant Mya.

Elle me revient en pleine face, et notre lien avec. Comme en écho à la sienne, je ressens une grande tristesse. J'avais déjà bien du mal à gérer mes émotions avant, alors les siennes ! Une colère sourde naît en moi, aussitôt étouffée par les remords. Tout ça, c'est en partie de ma faute. Si j'avais su tenir ma queue un peu plus…

Evelyn semble ailleurs, elle aussi, toujours indécise. Il faut que je me concentre là-dessus. J'ignore à nouveau le lien qui me tiraille et reprends cette conversation.

— Et aussi ? la relancé-je.

Elle me dévisage un instant. Elle doit chercher à savoir si elle peut me faire confiance, sans doute. Elle n'a pas tellement le choix. Nous sommes liés, nous aussi, d'une certaine façon. Nous sommes dans le même bateau.

Enfin, elle se lance à l'eau.

— J'aimerais passer un marché.

— Quel genre de marché ?

— Il est clair que nous ne sommes pas épris l'un de l'autre. Ne le prenez pas mal mais… je ne veux pas me lier à vous. Jamais.

Voilà qui est nouveau. Je tente de garder mon calme face à cette annonce. Serait-il possible que ce soit elle qui nous donne la solution à ce problème qui nous prend la tête depuis dix jours ?

Elle se méprend sur mon manque de réaction car elle continue.

— Je ne veux me lier à personne. Je trouve cette tradition… si déconcertante ! Comment peut-on remettre sa vie entre les mains d'un étranger ? Même par amour, je ne m'en sentirais pas capable. Je veux rester moi-même. Jusqu'au bout. Et non pas me lier et devenir une chimère, à moitié soumise aux émotions de mon mari.

Je suis sous le choc. Elle me propose réellement de ne pas me lier avec elle. Ça change tout ! Nous aurons le temps de mener à bien le déliage entre Mya et moi, le temps de trouver qui nous en veut… Ce mariage ne nous mettra plus en danger. Nous pourrons nous concentrer sur la traque de notre ennemi !

— Comment comptez-vous procéder ? demandé-je tout de même.

— De la manière la plus simple qui soit. Lorsque nous nous mordrons mutuellement, nous n'injecterons notre venin ni l'un ni l'autre. Nous jouerons la comédie. Je suis sûre que ça s'est déjà fait, par le passé. Et que personne n'a rien vu.

Jouer la comédie, durant des siècles et des siècles. Mais ne pas être lié. Étrange à concevoir. Les apparences seront dures à maintenir. C'est le prix pour rester libres.

— Nous ne serons pas malheureux, continue ma fiancée tandis que nous changeons de danse. Je suis sûre que vous tenez autant à votre liberté que moi à la mienne. Il n'y a aucune attraction entre nous, nous ne risquons donc pas de tomber amoureux. Nous serons comme… des amis. Rapprochés par le pouvoir et le trône. N'est-ce pas à cela que ressemblent vos parents ?

Si, évidemment. On ne les voit jamais, ou presque, s'adonner à des gestes tendres en public. C'est à peine s'ils le font en privé. Pourtant, ils sont liés. Je le sais à la manière dont ils se regardent, parfois. Aux infimes mouvements qu'ils s'autorisent, lorsque nous sommes en famille.

Ils pourraient se montrer, comme tant d'autres. Mais mon père s'y refuse : pour lui, démontrer qu'il peut vivre sans sa liée est un signe de puissance. Pour les Bridges aussi.

— Et les héritiers ?

— Eh bien, ce sera notre seule et unique obligation. Nous

pourrons nous retrouver, à une date donnée, pour… faire ce qu'il y a à faire afin que je tombe enceinte. Deux enfants devraient suffire.

Je ne peux m'empêcher de sourire, incapable de réfréner le soulagement soudain qui m'envahit. Evelyn est vraiment… unique. À vouloir manipuler tout le monde, y compris sa future famille, pour ne pas se lier. Je ne sais pas encore si je trouve ça audacieux ou carrément suicidaire.

Ni si ce qu'elle me raconte est la vérité. Comment savoir si, au milieu de tous ces intrigants, elle est digne de confiance ?

— Vous n'êtes pas obligé de me donner votre réponse tout de suite, conclut-elle dans un tourbillon de jupons. Mais, croyez-moi, c'est un marché équitable.

Oh oui, c'est équitable. Et je suis prêt à lui donner ma réponse dès maintenant. Néanmoins, même si c'est ma promise, je me dois de prendre des précautions. Est-ce un test cruel proposé par son père, pour vérifier que je serai bien prêt à me lier ? Ou bien est-elle sincère et fait-elle tout ça dans le dos de ses parents ? Il va falloir enquêter. Encore.

Je veux quand même y croire. C'est une porte de sortie inopinée. Du moins, le temps que je me libère de Mya. Oui, c'est…

Je me fige. Une douleur aiguë vient de tracer un sillon brûlant sur mon biceps. Toute ma concentration vole en éclat et mon lien me revient avec la violence d'une voiture lancée à pleine vitesse.

Peur et danger inondent mon organisme, tandis que ma blessure fantôme palpite. Aucun doute possible : Mya se fait attaquer, en cet instant même.

Rien n'est plus important que sa sécurité.

Même les apparences ! Putain, mais évidemment ! Je suis beaucoup trop con, bordel, j'aurais dû la poursuivre quand bien même c'était ma première danse avec ma fiancée. Quand bien même Callum ne pressentait aucun danger.

Calme-toi, Ryan. Procède par étapes.

Sauf qu'il est impossible de rester serein en sentant la panique de ma liée ! Merde, merde, merde.

D'un coup d'œil, j'avise mes frères. Matthew est en pleine conversation avec Lord Despencer, mais Callum est libre, à observer les danseurs. En quelques pas de valse, je nous mène à lui. Lorsqu'il nous voit arriver, je constate qu'il blêmit. Est-ce parce qu'il a senti le danger sur Mya ?

Je lâche la main de ma promise, tout aussi étonnée que Callum, et m'incline devant les deux.

— Une affaire urgente doit être traitée. Je reviens très vite. En attendant, Callum vous tiendra compagnie.

— Moi ? s'exclame Callum. Mais…

Je lui jette un regard noir. Pourquoi discute-t-il ma demande, alors qu'il sait pertinemment ce que je sous-entends ? J'ai pas le temps de m'étendre sur le sujet, mais il va devoir répondre à mes questions. Si Mya et moi ne sommes pas morts d'ici là.

Evelyn m'observe, un sourcil levé. Je vais devoir trouver une excuse, pour qu'elle ne pense pas que c'est sa proposition qui me met dans cet état.

Plus tard.

Une nouvelle pointe de douleur me cueille au creux des reins. Le danger se fait plus prégnant. Il faut que j'y aille.

Sans trop me presser, pour ne pas donner de grain à moudre à la haute société, je me dirige vers une sortie menant vers les toilettes. Une fois seul, je me mets à courir, la peur au ventre.

Pourvu que j'arrive à temps.

CHAPITRE 22

Mya

Il faut que je me calme. Que j'arrête de pleurer comme une adolescente à qui on viendrait de briser le cœur.

Je vaux mieux que ça. Mieux que lui et que ce lien maudit qui nous unit. Et surtout…

Je dois me protéger.

Je suis dans un couloir vide, si loin du bal que je n'entends même plus son brouhaha. Et comme j'ai passé les dix derniers jours enfermée dans une seule et même chambre… je ne connais pas le chemin pour revenir à mon point de départ.

En fuyant, j'ai occulté le fait que je ne suis pas en sécurité. Que quelqu'un savait sans doute que j'avais intégré les rangs des serviteurs, étant donné le nombre de blessés qui ont poussé Anna à m'envoyer en salle.

Je dois retourner en cuisine. Rester avec des gens autour de moi. Surtout ne pas être seule.

On dirait que c'est cramé.

J'essaye de humer les odeurs. Mes sens sont plus aiguisés en tant que vampire. Je capte le parfum de la nourriture, m'apprête à le suivre…

M'arrête.

Devant moi, le couloir n'est plus vide. Une ombre drapée de noir s'y tient.

En général, je n'ai pas un bon instinct, mais je dois me rendre à l'évidence : la personne qui me fait face ne me veut pas du bien.

— Qui êtes-vous ? lâché-je.

Aussitôt, j'ai envie de me taper le front. Non mais, plus idiot que ça, tu meurs. Je me sens comme une nana débile dans les films d'horreur des années 90, à faire des choses idiotes au lieu de fuir ou de combattre le meurtrier.

Un mouvement me répond. L'ombre a bougé sa main si rapidement que j'ai à peine réussi à le suivre. Quelque chose brille dans sa paume : un couteau. Charmant. Vraiment charmant.

— Vous ne pouvez pas tuer un vampire avec une simple lame.

Au moins, ma voix a cessé de trembler. Première victoire.

L'ombre s'avance doucement, jusqu'à ce que je distingue son sourire. Un sourire aux canines proéminentes.

Mon adversaire est un vampire. Je ne pensais pas qu'il puisse en être autrement, mais en avoir la preuve ne me rassure pas.

Son visage, par contre, reste caché par un capuchon noir. Après les films d'horreur, j'ai l'impression d'avoir basculé dans *Le Seigneur des Anneaux*, lorsque Aragorn apparaît dans cette auberge, le visage masqué par sa cape. Sauf que je ne suis pas une Hobbit qu'il doit protéger.

— Ce n'est pas mon arme qui te tuera, mais le poison dont elle est enduite, réplique une voix.

Une voix que je connais, j'en suis sûre. Mon cerveau se met en action, cherche à qui…

Je n'ai pas le temps de réfléchir. La silhouette a bondi à une vitesse inouïe. Jamais je n'aurais pu l'esquiver, en tant qu'humaine.

Je ne suis plus humaine.

Je mets à contribution ma nouvelle vitesse pour m'élancer vers une sortie, n'importe où. Je ne peux pas me battre contre quelqu'un de plus expérimenté. Trouver une cachette, semer cette personne ou m'échapper me semble le plus sage. Car si le couteau me touche…

Je suis morte.

— Tu ne m'échapperas pas.

Qui est-ce ? C'est forcément quelqu'un que j'ai croisé à la fête ce soir. Sa voix est trop rauque pour identifier s'il s'agit d'un homme ou une femme. Si cette personne faisait partie des invités ou du personnel dans la cuisine.

Des pas résonnent derrière moi. Il faut que je regagne les cuisines, il faut…

La lame siffle à mon oreille. J'ai tout juste le temps de me ruer sur le côté pour l'éviter, m'écrasant contre une porte qui s'ouvre sous mon poids. Je tombe sur le dos, me redresse précipitamment. Deux choses me frappent : nous avons atterri dehors et… j'ai été touchée.

Un sillon brûlant me couvre le bras et une odeur doucereuse emplit mes narines.

La panique me submerge. Je suis empoisonnée. Je suis foutue. La plaie a beau ne pas être profonde…

— Allez, viens là que je termine le travail. Ryan ne pourrait pas mieux mourir qu'en plein milieu du bal !

J'ai encore une chance. Le poison est assez lent pour qu'il ou elle veuille me toucher une seconde fois.

Hors de question.

Je me remets à courir en me tenant le bras. Les jardins sont splendides, haies taillées à la perfection, fontaines jaillissantes, parc de roses… Autant d'obstacles susceptibles de ralentir cette fichue silhouette. J'accélère, prends des risques insensés, déboule sur une placette…

Un éclat de douleur explose dans mon flanc. Je m'écrase sur les pavés dans un gémissement.

Les vampires se soignent, mais ne sont visiblement pas exempts de souffrance. Est-ce qu'on s'y habitue, un jour ?

Question idiote. Je vais crever, là, empoisonnée. Je ne le saurai jamais.

— Échec et mat, déclare la voix avec un calme sidérant. C'était presque trop facile.

L'assassin se penche sur moi. Ma vue a beau être améliorée, ses vêtements sont trop amples pour que je puisse discerner ne serait-ce qu'un indice sur l'identité de son propriétaire. Je ne saurai même pas qui m'a tuée. Qui a voulu renverser Ryan et sa famille.

Mon agresseur tente de me planter son arme, mais je frappe sa main d'un coup rapide et sa lame tombe sur le sol. Je ne fais que retarder mon échéance tandis qu'il me frappe au visage, m'assommant à moitié. Lorsque ma vision revient, je constate qu'il dégaine un nouveau couteau.

— Le poison devrait faire effet d'ici une dizaine de minutes. Tu ne souffriras pas longtemps. Dans un quart d'heure, tout au plus, tu rejoindras tes ancêtres. Oui, définitivement, c'était trop facile.

L'assassin lève son arme au-dessus de moi, pour m'infliger le coup fatal.

Hors de question !

Si je dois mourir, autant semer des indices pour que Callum et Matthew puissent identifier le coupable. Cela ne les sauvera peut-être pas mais… sait-on jamais.

Alors que le couteau s'abaisse sur moi, je me relève. Je ne l'évite pas, et ignore la souffrance qui éclate dans mon ventre pour refermer mes bras sur la silhouette. D'un coup de hanche assez puissant, je fais basculer l'assassin vers moi. Je profite de sa surprise pour me redresser et passer dans son dos. Mon abdomen se déchire de douleur. Je gémis sous la souffrance, sans pour autant m'arrêter. De l'intérieur du coude, j'enserre son cou, assez fort pour que mon adversaire suffoque. Je suis ruée de coups, mais je ne lâche rien.

Mon assaillant tente de se relever. Je complète ma prise en enroulant mes jambes autour des siennes et il bascule sur le ventre, entravé dans ses mouvements. J'ai si mal que je ne peux m'empêcher de crier sous les chocs. Avec le peu d'énergie qu'il me reste, je tâtonne sur le sol jusqu'à trouver ce que je cherche : le couteau qu'il a fait tomber. Je le saisis.

Dans un nouveau spasme, il essaye de se défaire. Son espoir de fuir tant que je suis vivante est vain. Je tiendrai le temps qu'il faudra, peu importe la douleur qui pulse en moi.

— Tu... ne peux pas... tuer un vampire... en l'étouffant !

Je resserre tout de même ma prise. Des gargouillis lui échappent. L'air ne passe plus dans sa trachée. À l'aide de la lame, je déchire son mollet droit. De quoi l'empêcher de marcher plusieurs jours et le garder sous contrôle.

Alors que je souhaite achever mon travail et le blesser à nouveau, je commence à convulser. Sans doute un effet du poison. Mes muscles se relâchent.

— La strychnine paralyse tous tes muscles, se moque l'assassin, qui retrouve peu à peu ses moyens. Merci d'avoir utilisé ma seule lame non empoisonnée contre moi. Tu vas mourir et je vais...

Ses mots se bloquent dans sa bouche. Devant nous, une nouvelle silhouette apparaît. Mon lien se tend.

— Ryan !

L'assassin réussit à se libérer de mon emprise. Impossible de le retenir. Aussitôt, Ryan se jette sur lui. S'ensuit un combat si rapide que je peux à peine le suivre des yeux, tant je suis mal en point. La lame brille dans la nuit, manquant de déchirer le costume de Ryan, qui réplique d'un coup de poing si puissant que l'assaillant est envoyé à plusieurs mètres. Une haie interrompt son vol plané et son gémissement nous parvient. Ryan fait un pas tremblant pour me rejoindre.

— Non, haleté-je à bout de forces.

Mon lié doit ressentir ma douleur, parce que je le vois tituber.

— Qu'est-ce que…

— Ryan ? Ryan ?!

La voix de Matthew. Du coin de l'œil, j'aperçois la silhouette de l'assassin disparaître. Il a dû comprendre qu'il n'avait aucune chance face aux deux frères.

— Ici, Matthew !

Le prince arrive en courant. Son visage se décompose quand il découvre mon état.

— Que…

— Empoisonnée à la strychnine, l'informe Ryan en me soulevant contre lui avec difficulté. Il faut… Clayton.

Son contact chasse presque mes maux. Son regard paré de rouge rencontre le mien, inquiet. Empli d'une détresse que je ne lui connais pas.

Je ne le quitte pas des yeux. Si je dois mourir, c'est son image que je veux emporter avec moi.

— Tiens bon, me chuchote-t-il. Pour moi.

J'aimerais dire quelque chose, mais tout se bloque dans ma gorge. La seule chose que je peux tenter, c'est de rester consciente le plus longtemps possible. Je m'accroche comme je peux à cette idée tandis que, petit à petit, le contrôle de mon corps m'échappe.

Je devine Matthew supporter le poids de Ryan et le mien, pour nous traîner vers le manoir à toute vitesse. Ma vue se brouille à mi-chemin. Je ne suis plus capable de me repérer. Je sens la mort replier ses doigts sur moi, envahir mes poumons, bloquer mes muscles, conquérir mes veines pour, peu à peu, remonter vers le cœur.

Puis, soudain, une odeur d'hôpital m'envahit. Des bruits de scalpel.

— Strychnine, me parvient la voix de Ryan.

Je ne tiens plus.

Je lâche prise et laisse les ténèbres m'emporter.

CHAPITRE 23

Ryan

J'ouvre les yeux et inspire goulûment, comme un nageur qu'on aurait privé d'oxygène. L'impression d'étouffer me quitte peu à peu tandis que je prends de grandes bouffées d'air. Ce n'est que lorsque je me calme que je capte ce qui m'entoure.

Je suis à l'infirmerie, entouré de Matthew et de Clayton. Ainsi que de Mya, allongée à mes côtés. Livide.

— Elle va s'en sortir, m'indique mon frère calmement. Clayton lui a injecté l'antidote.

Je me palpe la poitrine, mais ne ressens plus rien. Le lien entre nous s'est calmé. Pas mes émotions. Elle a beau être insupportable la plupart du temps, je ne peux m'empêcher de chérir les moments passés ensemble, quand bien même je ne suis pas censé le faire.

Mes yeux la caressent du regard. Elle a l'air si… morte, étendue comme ça. J'ai eu si peur.

Je tiens tellement à elle…

Non. Il faut que j'arrête. Que j'arrête de sentir ce cœur s'emballer à sa vue, que j'arrête de penser à elle tout le temps. Que l'on soit aussi près n'arrange rien. Le tueur n'a peut-être pas réussi son coup, mais il nous a encore rapprochés. Même si notre lien est en sommeil pour le moment, je le sens. Je le sens jusque dans la moindre de mes cellules, jusque dans mes os.

Je me hais.

— Nous t'avons administré un calmant pour que tu ressentes moins les effets de votre lien, m'informe Matthew, sans tenir compte de mon air hagard. Pour le moment, nous n'avons été absents qu'une quinzaine de minutes du bal. Il va falloir y retourner, avant que nous n'alimentions des ragots de bas étage et que Père et Mère ne se doutent de quelque chose.

Je n'ai plus mal, mais pour la première fois de ma vie, je me sens las et fatigué. Rien que l'idée d'y aller à nouveau me donne des frissons de dégoût.

Pourtant, il a raison. Il faut qu'on y aille. Ma promise m'attend. Ainsi que mes futurs beaux-parents.

Quelle joie !

Je me redresse péniblement, ajuste mon costume et fais un signe de tête à Clayton pour le remercier de ses bons soins.

Il l'a sauvée. Maintenant que je la sais hors de danger, je suis si soulagé que j'en vacille. Mya va bien. Et c'est tout ce qui m'importe, avant que je reprenne mon masque d'héritier du trône.

Nous nous mettons en route sans attendre, malgré mes muscles lourds. Matthew engage avec moi une discussion des plus banales sur les meilleures spécialités culinaires des êtres humains. Je sais que ce n'est qu'au cas où nous croiserions quelqu'un. Il fait si bien illusion ! Si seulement père avait assez de couilles pour le nommer à ma place, il ferait un excellent roi. Toujours à savoir ce qu'il faut faire. Toujours à avoir le bon ton avec les conseillers, toujours la bonne phrase pour les amadouer. Je pourrais être jaloux, mais c'est mon frère. Je tiens trop à lui pour que notre relation soit entachée par mon envie.

Nous retournons du côté des toilettes afin de rentrer à l'endroit exact d'où nous sommes sortis. J'en profite pour mettre un peu d'ordre dans ma tenue froissée et vérifier que du sang ne la tache pas.

Quelques regards se perdent de notre côté lorsque nous retrouvons la foule de nantis. En vérité, je n'en ai que faire, tant je désire retourner me coucher près de Mya.

— Vous êtes de retour, me souffle quelqu'un.

Je me tourne vers ma promise, au regard circonspect. À sa place, je m'inquièterais aussi. Je me suis empressé de la laisser avec Callum juste après qu'elle se soit montrée si franche avec moi. Pour, selon les apparences, discuter avec Matthew. Je ne vois pas quelles autres conclusions elle pourrait en tirer si ce n'est que j'ai tout répété à mon frère.

Si elle savait…

Mon plus jeune frère nous rejoint. Lui qui a toujours l'air perdu semble tout à fait conscient de ce qu'il se passe. Ses yeux me dévisagent, avant de revenir sur Evelyn, puis de se diriger vers l'ensemble des danseurs. Sa posture rigide m'interpelle. Il est si mal à l'aise que même moi je le sens, alors que mon instinct pour ce genre de chose est épouvantable.

— Oui, ma chère. Et je vous invite à danser, si toutefois vous le désirez, proposé-je à ma promise.

Elle acquiesce, consciente que les hommes et les femmes les plus proches de nous peuvent nous entendre. Nous nous engageons sur la piste de danse, comme si de rien n'était.

Comme si l'attaque contre Mya n'avait jamais eu lieu. Comme si la personne qui avait tenté de la tuer n'était pas en fuite. Comme si je n'avais pas failli mourir et, pire… perdre ma liée.

Je détaille les danseurs qui nous entourent. Aucun ne présente de signes de combat, et je me vois mal demander à ma fiancée si elle aurait prêté attention à une personne qui aurait quitté le bal avant moi. De toute façon, Matthew doit déjà être sur le coup. Il est normal qu'il se renseigne sur tous les faits observés durant cet événement. Les espions qu'il partage avec mon père ne pourront pas deviner à quoi lui servent ces informations.

Peut-être même que ses «corbeaux» personnels enquêteront bientôt sur le sujet. Qu'il est curieux de se dire qu'un prince possède des espions au sein même de sa maisonnée…

— Vous semblez ailleurs, commente Evelyn.

Je reviens à elle, tente un sourire qui ne trompe personne avant de soupirer.

— Une affaire… urgente a requis ma présence. Elle est réglée.

— A-t-elle un lien avec ce que je vous ai proposé plus tôt ?

Sa sincérité jure avec la mienne. Je ne peux toutefois pas me résoudre à ce qu'il en soit autrement.

— Non. Je ne vois pas qui d'autre que nous cela concernerait.

En réalité, aucun de nous n'est dupe. Je vais avoir besoin des conseils de mon frère pour cette question épineuse.

— Évidemment, reprend-elle. Nous pourrons nous voir plus souvent, si vous le souhaitez. Il me semble que mon père souhaite que nous restions ici plus longtemps que prévu.

— Je suis certain que le mien acceptera volontiers que vous prolongiez votre séjour. Ce serait l'occasion d'en apprendre plus l'un sur l'autre.

Je m'en veux aussitôt de sortir ça. Le sous-entendu est évident. Je ne la crois pas encore, et ici, chez moi, le moindre de ses faux pas sera traqué.

Elle n'en prend cependant pas ombrage. Au contraire, son sourire s'élargit.

— Oui, ce serait l'occasion. Je pourrais vous prouver ma… bonne volonté.

Voilà qui est clair. Quelque part, c'est elle qui prend les plus gros risques. Je me demande ce qu'elle a à y gagner. Ce n'est vraiment pas commun ici, à la cour, d'avoir le courage de dire ce que l'on pense.

Encore moins de proposer un marché aussi dangereux à un futur roi.

À moins que sa proposition ne soit qu'un appât… un piège…

Ce serait très risqué de sa part. Cela pourrait remonter aux oreilles de mon père et engendrerait de graves répercussions sur les Bridges.

Les jeux de pouvoir n'ont jamais rien de simple.

Avant que je puisse ajouter quoi que ce soit, la musique s'arrête. Nous mettons un moment à comprendre que les danseurs se font rejoindre par la foule sur l'esplanade, au pied des escaliers qui surplombent la salle.

Un tintement cristallin attire notre attention en direction du balcon. Le roi érige un verre de champagne et une cuillère à la vue de tous. Ma mère et les parents de ma promise se tiennent à ses côtés.

Un discours.

Mon ventre se noue. Je sais parfaitement de quoi il retourne. Je m'accorde une minute pour songer à Mya. Une dernière. Je ferme les yeux pour me perdre dans son image et ce lien adouci par les calmants. C'est comme un deuil. Je dois abandonner l'espoir de rester avec elle. À jamais.

Mya n'est rien d'autre que ma condamnation. Mon salut se trouve auprès de ma famille. Auprès de mes frères.

Je me reprends et bombe le torse. Je ne laisserai pas le piège se refermer sur moi. Sur nous. Je me délierai de Mya quoiqu'il m'en coûte.

— Très chers sujets, Lords et Ladies, salue le roi, je suis ravi de vous voir tous rassemblés en ce grand jour. Merci d'avoir répondu présent à notre invitation. Nous sommes honorés de vous accueillir ici, au manoir, pour une fête des plus grandioses.

J'échange un regard avec Evelyn. Ces remerciements sont caducs : personne ne dit non au roi, surtout pas pour un bal qui, on le sait, porte son lot de ragots et de drames. Demain, on en parlera dans tous les journaux vampiriques, si ce n'est paranormaux. Je n'ai pas vu ni senti de sorciers ou de loups-garous ce soir, mais nul doute qu'un de leurs informateurs se trouve ici.

J'espère vraiment que mon escapade avec Matthew est passée inaperçue. Ou bien qu'elle a été supplantée par une histoire plus croustillante que deux princes qui disparaissent pendant une dizaine de minutes.

— Le plaisir est d'autant plus important que j'ai une grande nouvelle à vous annoncer. Pour cela, j'appelle mon fils héritier, le prince Ryan, et sa fiancée, Lady Evelyn Bridges, à me rejoindre.

Nous y sommes.

Avec une révérence toute protocolaire, j'offre mon bras à ma promise, qu'elle accepte avec un sourire adorable. Il ne me trompe cependant pas. Je suis sûr que c'est un masque, pour elle aussi. Après tout, nous avons l'air d'être faits du même bois. Avec une soif de liberté entravée par des milliers d'années de traditions.

Sous les chuchotis de l'assemblée, nous gravissons les escaliers en silence. Nous prenons tout notre temps, aussi bien parce que nous savons tous deux ce qui nous attend, que pour accroître le suspense. Bien sûr que tous ces braves gens se doutent de ce qui se trame depuis tant d'années.. Mais que serait une bonne annonce sans attente ?

Nous arrivons enfin aux côtés des souverains. Dans un ensemble parfait, ma fiancée et moi nous inclinons, avant de saisir les coupes de champagne que nous tend un valet fort pâle. Le pauvre garçon n'a pas l'air bien, même si son exécution du protocole est parfaite.

J'oublie parfois combien être un noble comprend son lot d'avantages. Ne pas devoir travailler aux plus bas échelons, par exemple. Avoir le droit de boire du champagne français prestigieux et déposer notre regard en bas pour admirer à quel point tous ces requins nous sont soumis.

Dangereux et utiles à la fois.

Tout ça ne m'inspire que de la nausée. Alors, je me focalise sur les deux seules personnes en qui j'ai une confiance aveugle, dans cette marée nauséabonde : Matthew et Callum.

L'un m'envoie un sourire de connivence, l'autre nous observe, ma promise et moi. Je perçois encore un léger malaise chez lui. Pauvre Callum. Lui qui s'est toujours trouvé en décalage avec la fratrie, je me demande s'il ne rêverait pas de quitter le manoir, lui aussi.

— Mes très chers convives ! reprend mon père d'une voix impérieuse. Laissez-moi vous annoncer ce que nous attendons tous depuis si longtemps. Le mariage du prince Ryan Cadbury à la magnifique Lady Evelyn Bridges se tiendra le mois prochain !

Je manque de lâcher ma coupe tandis que la main de ma fiancée se crispe sur mon bras. Mes frères n'en mènent pas plus large, en contrebas.

Le mois prochain…

J'ignorais que ce serait aussi rapide. On n'organise pas un mariage royal en un mois ! Si ?

Par automatisme, je lève mon verre tout sourire, imité par ma future femme. C'est ce que l'on attend de nous. Je pourrais presque la croire heureuse tant son visage respire la joie, si je ne sentais pas sa main serrer mon bras avec vigueur, comme pour se décharger de sa colère.

Un putain de mois !

Non, je ne m'y fais pas.

Outre les préparatifs du mariage, ça implique qu'il ne nous reste qu'un mois pour trouver l'assassin qui a attenté à la vie de Mya et à la mienne, ainsi que ses complices, s'il en a. Un mois pour découvrir si je peux me fier à Evelyn et à sa folle proposition. Et pour couronner le tout, un mois pour trouver comment me délier de celle qui fait battre mon cœur envers et contre tout.

J'engloutis mon champagne un peu trop vite avant de me tourner vers mes parents et les Bridges. Ils sont si fiers de leur coup, les bougres !

C'est donc acté

Le piège s'est refermé sur nous.

Un mois…

CHAPITRE 24

Mya

Ce sont des murmures qui me réveillent. Enfin… qui me tirent de l'inconscience, plutôt. Depuis que je suis vampire, je ne dors plus.

Je cligne des paupières pour recouvrer ma vision. La souffrance qui m'a agitée il y a peu s'est effacée. Comme si mon corps n'attendait que ma reprise de conscience, mes autres sens s'affinent et je perçois enfin l'agitation autour de moi.

— Un mois ! C'est beaucoup trop tôt, nous n'aurons jamais…

— Calme-toi, Matthew !

Je me redresse. Je suis bien à l'infirmerie. Avec soulagement, je constate que je n'ai nul besoin de chercher dans mes souvenirs ce qu'il s'est produit. Mon esprit a imprimé chaque seconde de ma course-poursuite et du combat contre l'assassin.

Ryan fait face à son frère. C'est si inhabituel de voir mon lié près de moi que j'en ai le souffle coupé. En temps normal, il m'évite comme la peste. Qu'est-ce qu'il lui prend ?

Bien malgré moi, mon cœur se tord de plaisir.

Il est là. Pour toi.

Ryan le sent, forcément, puisque son regard quitte son frère pour se poser sur moi.

— Tu es réveillée, s'aperçoit-il.

Pas de mouvement de recul, pas de fuite, juste ce simple constat d'une voix rauque. Comme si nous étions des êtres tout à fait normaux.

Quelque chose a changé. Quelque chose d'important, pour qu'il se comporte ainsi.

— Que se passe-t-il ? osé-je.

Comment se fait-il que Matthew soit aussi agité lorsque Ryan est si calme ? Ça aussi, ça n'a aucune logique. Sans compter l'absence de Callum.

Mon lié soupire, tandis que Matthew fait craquer les jointures de ses doigts. Je ne l'ai jamais vu dans cet état.

— Tu as été piégée, commence Ryan, comme si c'était l'information la plus élémentaire à retenir.

— Je me souviens de cette partie-là. Que s'est-il produit pour que tu m'approches comme ça ? Et pour que Matthew soit aussi angoissé ?

— Je ne suis pas angoissé, se défend l'intéressé.

J'arque un sourcil, sans répliquer. Il ne trompe personne.

— Beaucoup de choses, reprend Ryan. Le bal vient juste de se terminer. Mon père y a annoncé mon mariage avec Lady Evelyn Bridges dans moins d'un mois. Nous sommes venus ici pour… trouver des solutions.

Ah. Je comprends mieux.

Un léger tournis me prend et je pose la main sur mon front pour tenter de me calmer.

Je savais que ça finirait par arriver. On se bat pour se délier uniquement pour ce jour-là. Alors, pourquoi est-ce que cette simple idée me peine autant ?

— C'est la merde, conclut Matthew en levant les mains. On n'a même pas encore eu le temps de décrypter les foutus journaux de Lady de Saxe et on ne risque pas de pouvoir, avec la préparation du mariage royal. On va se taper des bals toutes les semaines et la cour sera intenable !

Voir Matthew perdre son sang-froid est très déconcertant. Contre toute attente, Ryan, lui, semble bien moins affecté. Voire même… détendu.

— Ce n'est pas tout, déclare-t-il.

— Ah, oui, j'oubliais, s'énerve son frère. Malgré nos précautions, Mya a été attaquée et ne s'en est sortie que de justesse. Il va aussi falloir enquêter sur l'assassin, avant qu'on ne crève tous.

Il a l'air vraiment furieux. Pourtant, je suis incapable d'être flippée, même après être passée si près de la mort. Peut-être est-ce dû au calme qu'affiche Ryan. Sa sérénité est contagieuse. Ou bien, c'est qu'on m'a médicamentée et que je suis stone.

— Je ne parlais pas de ça, Matthew. Je dois vous confier autre chose.

— Et cette autre chose est-elle plus importante que la mort qui nous guette ou que ton mariage désastreux ?

Cette fois-ci, je sens une pointe de colère à travers mon lien. Ryan lance un regard incendiaire à son frère, puis reprend d'une voix grondante :

— Si tu me laissais en placer une, tu comprendrais qu'il est question de la meilleure chose qui nous soit arrivée depuis le début de cette foutue histoire ! Tu vas te calmer et m'écouter !

Les mots agissent comme un remède sur Matthew. Je distingue clairement ses muscles se détendre et son visage retrouver ses couleurs. Même ses yeux se remettent à briller.

— Dis-moi tout.

— Evelyn est peut-être de notre côté.

— Ta fiancée ? interviens-je.

Son regard se pose sur moi, sans amertume. Oui, la façon dont il me considère a évolué. La preuve en est que cette discussion se passe devant moi. *Avec* moi. Il me compte désormais dans son effectif.

— Oui, ma fiancée. Il s'avère que ce mariage ne l'enchante pas plus que moi, alors elle m'a proposé un marché. Celui de faire semblant de nous injecter notre venin lors de la cérémonie des vœux.

Il nous laisse le temps de digérer la nouvelle. Nous n'aurions donc plus besoin de nous délier pour laisser ma place à une autre.

Je me sens presque délivrée. Nous pourrions peut-être nous apprivoiser et voir ce que nous voulons vraiment faire de cette… relation.

Sauf si sa promise ment.

À côté de moi, Matthew a tiré les mêmes conclusions, car c'est lui qui reprend :

— Nous devons nous assurer qu'il ne s'agisse pas d'un nouveau traquenard…

— Elle n'a pas de mobile, précise Ryan. Ni elle ni sa famille. Il n'y a pas meilleure place que la leur. Cette alliance permet aux Bridges d'accéder aux pouvoirs du trône. La briser n'aurait aucun sens.

— Ce pourrait être autre chose. Une menace.

— Même. Nous pouvons nous organiser pour tirer ça au clair avant le mariage. Une enquête sur Evelyn, en un mois, c'est possible.

Matthew hoche la tête, pas encore tout à fait convaincu. Pourtant, moi, j'ai envie d'y croire. Mon instinct me souffle que c'est la direction à suivre. Ce même instinct qui était bien pourri du temps où j'étais humaine. Alors…

— L'un n'empêche pas l'autre, interviens-je une nouvelle fois.

— C'est-à-dire ? demande Matthew.

— On peut jouer sur tous les fronts. Nous sommes cinq,

et il est hors de question que je reste à nouveau sur la touche. Si l'assassin m'a coursée dans les couloirs de la demeure en plein bal, il sait désormais que vous me cachez au manoir et il trouvera ma chambre. Et quand bien même : je suis apte à vous aider. À piéger ceux qui vous veulent du mal. Qui *nous* veulent du mal.

Je vois presque les mécanismes du cerveau de Matthew se mettre en marche. Ryan, lui, tire une autre gueule. En fait, il n'a pas trop changé en ce qui concerne ma sécurité.

— Il en est hors de question ! On pourrait très bien enfermer Mya et lui donner les journaux à étudier, grogne Ryan.

Non, mais il est sérieux, là ? Est-ce qu'il s'imagine seulement l'ennui que c'est, d'être confinée dans une pièce ET de ne pas pouvoir dormir ? Sans compter sur ce sentiment d'impuissance qui me tord les viscères ? Merde, j'ai été droguée, on m'a transformée en vampire contre mon gré, on m'a poursuivie pour me tuer, et lui, il veut qu'en plus je rumine tout ça sans rien dire ? Et tout ça pour quoi, se délier ? Alors qu'on est même plus obligés de le faire pour qu'il se marie ? Je rêve !

Ma colère le frappe de plein fouet. Il est hors de question que je m'en excuse. Il le mérite.

— Je refuse de me faire chier dans ma chambre à attendre la mort, appuyé-je. Moi aussi, je suis impliquée !

Mon lié ouvre la bouche pour répliquer, décontenancé par mon attaque, mais son frère est plus rapide que lui.

— Elle a raison, Ryan. L'assassin est encore en cavale. Il reviendra à la charge. Et il se doute qu'on va vouloir protéger Mya en l'enfermant. Cette fois-ci, je suis sûr qu'il va prendre ses précautions et réussira à la tuer.

Les yeux brûlants de mon lié me détaillent. Il semble enfin me voir. Me voir pour ce que je suis, pas comme un obstacle qui l'empêche de vivre sa vie de Prince Vampire.

— Alors, ta solution, c'est de te jeter dans la gueule du

loup…

— Je ne serai pas dans la gueule du loup, répliqué-je. Si je retourne au milieu des serviteurs, je serai protégée par leurs regards.

— Tu étais en service ce soir et ça ne t'a pas empêchée d'être attaquée !

Et ça y est, je sens à nouveau son irritation.

— Parce que j'ai été piégée ! Les serviteurs sont tombés malades, les uns après les autres. J'ai été envoyée en salle pour les remplacer au pied levé. Il est clair que l'assassin avait tout prévu. Il savait que te voir avec Evelyn me rendrait… Il savait que je fuirais et deviendrais vulnérable une fois seule.

Clayton me rejoint et lance un signe de la main. Je comprends à l'air de Ryan qu'il approuve mes propos.

— L'assassin ne s'attendra pas à ce qu'elle reprenne du service, renchérit Matthew. On le prendra à son propre jeu. On le démasquera le temps qu'il prépare un nouveau plan.

— Et puis, je l'ai blessé à la jambe, déclaré-je. Il a forcément une plaie et doit même boiter. Je doute qu'il ait pris le risque d'aller voir Clayton pour une blessure de ce style. S'il fait partie de l'équipe des serviteurs, je le trouverai.

— C'est une bonne piste, souffle Matthew. Mais il faudra faire vite. Même sans soins, je doute qu'une blessure pareille se remarque pendant plus d'une journée, sur un vampire. Et j'imagine que même sans aller voir Clayton, la personne aura pris le temps de se recoudre elle-même.

Ryan soupire une nouvelle fois, passe une main sur son visage. Je ne sais pas quoi ajouter pour le convaincre.

— En attendant, j'enverrai mes corbeaux se renseigner sur les Bridges, conclut Matthew.

Je fronce les sourcils, un instant.

— Tes corbeaux ?

— Mes espions, si tu préfères.

— Pourquoi ne pas les avoir envoyés avant ? m'étonné-je.

— Il se peut que j'en partage certains avec le roi. Ce serait prendre le risque d'attirer son attention sur le déliage ou la tentative de meurtre. Il n'en est pas question. En revanche, quoi de plus naturel que je veille sur mon frère en enquêtant sur la famille de sa promise. Notre père ne se doutera de rien.

Logique. Et dommage. Une armée d'espions aurait été bien pratique, pour nous aider.

— OK pour les corbeaux, accepte Ryan. Mais pour Mya…

— Tu devrais écouter Matthew, s'interpose quelqu'un.

Callum, bien sûr. Comme d'habitude, il débarque à l'improviste.

— C'est toi qui as conseillé qu'on assigne Mya en cuisine, n'est-ce pas ? gronde Ryan.

Il a un ton si désapprobateur que, même moi, j'en frémis.

— Je savais que c'était sa seule chance de survie, contrecarre Callum. Si elle était restée dans sa chambre, elle n'aurait eu aucune chance de s'échapper assez longtemps pour te laisser le loisir d'intervenir.

— J'en ai marre de vos conneries, s'emporte Ryan. Je refuse de mettre à nouveau Mya en danger !

Sa colère déteint sur moi. Je commence, moi aussi, à en avoir marre. Malgré mon envie de le prendre dans mes bras, je me poste face à lui, poings sur les hanches, et le défie du regard. Hors de question de lâcher le morceau.

— On parle de ma vie, Ryan. Je me suis conformée à tes choix jusque-là, mais j'en ai ma claque. De ce que je sais, tous les vampires, royaux ou non, sont égaux. Tu n'as pas de droits sur moi. Et je décide de suivre Matthew et Callum.

Je peux voir qu'il se sent acculé. Le voilà à court d'arguments et, surtout, blessé qu'aucun d'entre nous ne prenne son parti. Cela réveille en lui une telle rage que j'en frissonne, en parfait écho à quelque chose qu'il ressent depuis des lustres sans que j'en saisisse la portée.

Il est en train de vriller.

— Je suis le futur roi, vous devez m'écouter !

Cette conversation tourne en boucle. Ce qu'il peut m'énerver !

— Oui, le futur ! explosé-je. Pas le présent ! Tu veux qu'on demande conseil à ton père ?

Premier point sensible. Il tressaille, de plus en plus furieux. Je fais tout pour ignorer ses émotions qui ne me donnent aucun répit, et pour garder en ligne de mire mes propres besoins. Je reprends :

— Tu sais ce qui a failli nous coûter la vie, ce soir ? C'est mon incapacité à m'orienter dans ce foutu manoir et ce, parce que j'y suis enfermée depuis notre rencontre ! Sans compter que, dans ma chambre, je ne suis pas d'une grande utilité. Tu aimerais, toi, qu'on te laisse impuissant ? Je ne crois pas ! Alors, je suis d'accord avec Matthew et Callum. Et tu ne pourras rien contre ça.

Je sens qu'il bout intérieurement et qu'il n'a qu'une envie : me contraindre à lui obéir. Je m'attends presque à ce qu'il me saisisse le bras pour m'enfermer de force, comme une gosse. Je me mets en position de défense, prête à tout pour me faire entendre.

Il n'en faut pas plus pour que ses émotions changent du tout au tout. C'est comme si je venais de déterrer une faille, une blessure en lui. Une peine insidieuse s'installe, suivie de colère, mais pas contre moi. Il s'en veut. Il s'en veut terriblement d'avoir songé à me faire du mal, un instant.

— Vous avez raison, capitule-t-il enfin.

Abdiquer sur cette question le tourmente. Il y a quelque chose derrière sa colère. Une envie pressante de nous protéger. Non, pas nous. De *me* protéger. Et pas seulement parce que je suis sa liée. Aussi parce que…

Il se détourne et enferme à double tour ses sentiments avant que je puisse finir de les décoder. C'est une vraie tête de mule. Son entêtement me tire un sourire. Quelque part, je peux le comprendre : notre notion d'intimité change, avec le lien. Et se dévoiler… c'est beaucoup demander.

— Très bien ! s'exclame Matthew. Le plan me semble donc clair : Callum, Mya et moi nous attelons à nos tâches quotidiennes pour chercher quelqu'un qui boite, et nous reprenons les journaux de Lady de Saxe dès que possible. Mes corbeaux se chargent de se renseigner sur Evelyn Bridges, et toi, Ryan, tu t'occupes de ton mariage. Je rappelle que nous n'avons qu'un mois pour tout mettre au clair.

— Et pour ne pas mourir, maugrée Ryan, sans plus m'accorder un regard.

Un puissant instinct de protection le secoue à nouveau. Il veut me préserver des autres, mais aussi de lui. Je me fais violence pour ne pas lui saisir la main. Bon sang, qu'est-ce que j'en crève d'envie !

— Et évidemment, ne pas mourir, répète-t-il. On est d'accord ?

Nous acquiesçons tous. Nous n'avons pas le choix. Survivre et découvrir qui nous en veut.

C'est lui ou nous.

CHAPITRE 25

Ryan

À peine ai-je quitté l'infirmerie que son image a commencé à me hanter. Mya…

Ses cheveux bruns en cascade, ses prunelles qui se sont, à leur tour, parées de touches rubis, son corps tout en rondeur… Même son caractère de chien me rend fou.

Je sais bien qu'une partie de ces émotions vient du lien. Ce foutu lien, qui se renforce entre nous, et qui me fait plonger toujours plus profondément. Mais est-ce parce qu'ils sont créés de toute pièce que mes sentiments ne sont pas légitimes ?

Je la sens à chacun de mes pas, à chacune de mes inspirations. Mon désir pour elle me bouleverse de plus en plus ! Je suis perdu, je le sais. Ce combat contre le lien qui nous enserre est foutu d'avance. Je ne suis pas Lady de Saxe. Ma haine n'est pas assez violente pour que je chasse ces émotions qui me torturent. Pour que je n'y succombe pas.

—... Qu'en pensez-vous, Ryan ?

Je sors de ma torpeur. Par automatisme, je me suis dirigé vers la salle à manger pour rejoindre ma famille et petit-déjeuner avec ma fiancée. Je ne devrais pas me perdre ainsi dans mes pensées. Pas si près du mariage.

Ma mère doit remarquer que je suis ailleurs, car elle poursuit à ma place.

— Êtes-vous sûrs que c'est le bon moment pour une partie de chasse ? Nous nous remettons à peine d'hier soir.

— La nourriture humaine ou le sang synthétique ne combleront jamais notre instinct de prédateur, rétorque Lord Bridges en m'adressant un regard calculateur. N'est-ce pas, Votre Altesse ?

Il est vrai que je n'ai pas bu de vrai sang depuis… Mya. Et que j'ai encore moins été chasser. J'ai conscience de ce que cette activité signifie : voler du liquide vital à un être vivant. Risquer qu'il meure entre mes bras, si je ne parviens pas à réfréner mes ardeurs.

Et dire que c'est l'une des occupations favorites des membres de la cour… Nous sommes pourtant au XXIe siècle. De plus, grâce à nos usines, nous bénéficions d'une forte production de sang synthétique, qui se rapproche de plus en plus des saveurs du sang naturel.

— Nous n'avons pas prévu de bétail à chasser dans notre parc, déclaré-je.

Un petit sourire me répond. Avant même qu'il n'ouvre la bouche, je sens que Lord Bridges voulait nous amener sur ce point pour nous piéger. Et j'ai plongé, comme le dernier des idiots.

Il faut vraiment que tu arrêtes d'être aussi distrait.

— J'ai apporté de mes terres des êtres parfaits. Trois humains, évidemment consentants, ainsi que quelques cerfs. Et, pour ajouter un peu de piment, un loup noir.

La nausée me prend à la gorge, sans que j'en laisse rien paraître. Matthew et Callum eux-mêmes sont mal à l'aise. Néanmoins, a-t-on vraiment le choix de décliner une offre du Lord le plus puissant de la cour ?

— Alors, c'est acté, déclare mon père en déposant sa tasse

de café. Allons-y ! Il est bientôt l'heure du repas.

Il a dû comprendre que je cherchais un moyen d'esquiver.

Tu oublies l'adrénaline. La sensation de pouvoir quand tu attrapes enfin ta proie. Celle que tu as ressenti en buvant le sang de Mya…

Putain… Je me donne l'impression d'être pire qu'un animal.

— Vous verrez, Ryan est un excellent chasseur, se targue mon père. C'est d'ailleurs le plus rapide de la famille.

— En tant que digne héritier, cela ne me surprend guère. Votre lignée est puissante, Vos Majestés, s'incline Lord Bridges. Mais ne nous sous-estimez pas, vous seriez étonnés de nos propres capacités.

Je soupire. Alors que mon père et Lord Bridges s'avancent devant nous, je sens un bras s'accrocher au mien. Evelyn.

— Encore une manière de vérifier qui a la plus grosse, me susurre-t-elle. Ah, les hommes !

Elle lève les yeux au ciel. Cela me fait sourire.

— Les femmes ne sont pas mieux, à se battre pour obtenir les faveurs des plus puissants.

Evelyn perd de sa malice et m'accorde un regard scrutateur, les lèvres pincées.

— La puissance n'est pas une question de genre. Vous seriez surpris de voir à quel point nombre d'entre elles vous sont supérieures.

Lancer de pareilles inepties à l'héritier pourrait la conduire tout droit au bannissement. Or, je distingue une lueur taquine dans son regard qui m'amuse.

— Serait-ce un défi, chère promise ?

— Un défi pour la chasse ? crache-t-elle. Si je pouvais, je proscrirais cette tradition barbare.

En voilà, des manières ! Son père se raidit devant nous tandis qu'elle se rembrunit. Lord Bridges a l'oreille fine. D'un coup d'œil furibond, il l'a met sûrement en garde de ne pas provoquer le futur roi.

C'est bien mal me connaître. J'apprécie que ma fiancée se sente la liberté de m'exprimer ses points de vue.

— Je vous parie que je vous bats ! m'affronte-t-elle malgré tout avec assurance. Vous n'aurez jamais ce loup avant moi !

Nouveau raidissement devant nous. Cette fois-ci, Lord Bridges ne se retourne pas, mais il est évident qu'il est de plus en plus tendu. Avant qu'il ne la punisse, je fais semblant qu'elle m'amuse, alors que je trouve ce pari un brin puéril. Tout le royaume sait que je suis le plus fort et le plus rapide. Je l'ai prouvé à de nombreuses reprises. Elle n'a aucune chance.

— Pari tenu, très chère.

Elle acquiesce et nous finissons notre trajet en silence. Nous écoutons les babillages de ma mère avec Lady Bridges et Matthew, en plein débat sur le meilleur sang animal.

Il y a aussi Callum qui est plus silencieux que jamais. Je n'ai pas eu le temps de lui parler de la réaction qu'il a eue avec ma fiancée, au bal d'hier, et lui ne l'a pas évoquée ce matin, quand nous avons convenu du plan. La chasse est peut-être une occasion inespérée de lui tirer les vers du nez.

Nous nous rejoignons tous dans le parc du manoir. Nulle trace ne subsiste du combat qui a eu lieu ici hier soir, Matthew et moi y avons veillé. Un regard de sa part avant que nous rejoignions les Bridges m'a également informé qu'il avait d'ores et déjà envoyé ses corbeaux en quête de la vérité sur ma future belle-famille.

Quant à Mya… Eh bien, elle est retournée travailler en cuisine, contre ma volonté. Je déteste que mes propres frères l'aient emporté à ce sujet. Mais notre lien m'indique que tout va bien. Ils n'avaient peut-être pas tort… Je ne sais pas. Cette histoire de trahison me met les nerfs à vif. À raison. Je suis toujours en danger de mort.

Elle est en danger de mort.

Lord Bridges fait signe à quelques-uns de ses valets de nous rejoindre avec des cages. Je peux voir le loup noir qui nous observe, terrifié, les cerfs pour le moins agités, ainsi que trois êtres humains qui semblent trouver tout cela parfaitement normal. Ils doivent avoir été shootés aux tranquillisants. Ou bien sont-ils adeptes d'expériences étranges, et celle-là ne leur paraît pas pire que d'autres de leurs pratiques. Je suis bien placé pour savoir à quel point certains humains peuvent se montrer plus imaginatifs, voire plus cruels, que les paranormaux.

— Voici nos proies du jour, s'exalte Lord Bridges. Ils auront cinq minutes d'avance sur nous. Puisse la chasse vous être profitable !

Nouveau signe à ses serviteurs. Ces derniers éloignent les cages, près de la forêt qui jouxte notre parc. Puis, ils relâchent bêtes et humains.

Une étrange sensation me parcourt le dos. Je me retourne pour apercevoir de nombreux regards suivre notre manège dans le parc. Que ce soient des serviteurs ou des membres de la cour, tous auraient aimé se joindre à nous. Comme tous les jeux, ces derniers sont l'occasion de tisser des liens avec le pouvoir. Sans compter l'amour de la chasse des vampires en général.

Qu'en penserait Mya ? Est-elle l'un de ces regards abasourdis ? Non, mon lien la repère plus loin. Elle doit être en cuisine.

Je me détourne pour observer ma promise. Sa mâchoire est contractée. Elle est loin de l'image que je me faisais d'elle. Son regard est brûlant. Furibond. Elle déteste tout ça et le fait comprendre, malgré les codes de bonne conduite. Je ris intérieurement. Elle avait peut-être raison, hier soir. Sans doute que son comportement a poussé Lord Bridges à attendre avant de réclamer ce mariage. Il a dû lui faire promettre de bien se tenir. Un échec : on ne tient pas en laisse un esprit comme le sien.

Elle me plaît. Nous nous entendrons bien pour régner.

Un coup de feu annonce que c'est à nous de partir. Nous nous élançons vers l'orée de la forêt, vifs comme le vent. En un clin d'œil, nous atteignons les arbres. Je garde néanmoins une allure raisonnable. Je veux parler à Callum, quitte à laisser une longueur d'avance à Evelyn. Devant moi, tous prennent de la vitesse et me dépassent, disparaissant bien vite dans les taillis. Sauf Callum, à la traîne. Curieux.

C'est d'ailleurs lui qui, une fois les premiers arbres dépassés, me saisit le bras pour m'arrêter loin des oreilles indiscrètes.

— Que se passe-t-il ? l'interrogé-je.

Il arbore de nouveau son air perdu. A-t-il une vision ? Ça fait beaucoup, en quelques heures… Quoiqu'il y a Mya. Aussitôt, mon cœur implose.

— Est-elle en danger ? reprends-je devant son silence.

Ma question le secoue assez pour le sortir de sa torpeur. Il ouvre de grands yeux étonnés.

— Non, pas du tout. Je t'ai dit qu'elle serait en sécurité en cuisine.

Le soulagement me fait, un instant, fermer les yeux.

Tout va bien, calme-toi.

— Alors, quoi ?

— Ne chasse pas le loup.

Voilà qui est nouveau.

— Pourquoi ? Je risque quelque chose ? Et Evelyn ?

Mon frère se met à rougir, une première.

— S'il te plaît. Chasse un des cerfs. Ou un humain.

Le fait qu'il élude ma question de cette manière est plus préoccupant encore.

— Je le ferai si tu m'expliques ce qu'il se passe.

— Je… ne peux pas.

— Pourquoi ?

Je m'attends à ce qu'il se détourne ou qu'il fuie. Si Matthew n'a pas peur de me tenir tête, Callum est plus du genre à éviter les conflits.

Mais non. Son regard se fait plus ferme et il serre les lèvres. Je ne l'ai jamais connu aussi sérieux. Ni aussi… présent. La plupart du temps, il passe sa vie dans son esprit. J'ai du mal à reconnaître le comportement de mon frère.

— Ne le chasse pas, insiste-t-il avec vigueur.

Jamais il n'a exprimé ses visions de la sorte. Il parle toujours d'un ton grave qui nous incite à suivre ses directives, même si elles ne sont pas claires. Cette fois, la notion d'urgence est plus marquée. Quelque chose cloche.

— Callum, je ne peux pas accéder à ta requête si tu ne me l'expliques pas. Il s'est passé quoi au bal, hier soir ?

Le voilà qui contracte les mâchoires. Il me ressemblerait presque, avec ces traits tendus et cette autorité dans le regard.

— S'il te plaît, ne chasse pas le loup, répète-t-il.

Fait chier ! Il ne veut vraiment rien lâcher.

— Ai-je seulement le possibilité de refuser ? grondé-je.

Il hausse les épaules. Bordel, mais c'est quoi, ça ?

Je pousse un long soupir. Je sais reconnaître un combat perdu d'avance, et j'ai déjà bien assez de choses auxquelles réfléchir. Si Callum pense que c'est la meilleure chose à faire...

— D'accord, d'accord, maugréé-je. Mais tu vas me devoir une explication.

Tout ce que je lis sur son visage, c'est du soulagement. Et une sorte de tristesse impalpable. Je devrais être habitué, cependant, en l'état actuel des choses, j'ai plus l'impression qu'il a eu une vision sur la mort de ma promise. Si tel est le cas, pourquoi ne pas m'en parler ?

— Merci, lâche-t-il avant de se détourner.

Je fais un geste pour le retenir, sans y arriver. Il est déjà loin.

Je songe un instant à le poursuivre avant d'abandonner.

« Merci», a-t-il dit. Callum ne dit jamais merci quand il a une vision. Il nous partage simplement ce qu'il sait.

Putain.

Et en plus, tu vas perdre ton pari avec Evelyn.

Je n'en ai que faire, trop abasourdi pour réagir.

Bon sang, quel est ce foutu bordel, encore ?

CHAPITRE 26

Mya

Je me demande ce que fait Ryan en ce moment. Notre lien me tire un peu moins, signe évident qu'il s'est éloigné. Cela me blesse plus que de raison : il a le droit de faire ce qu'il veut, lien ou pas. Si seulement je pouvais arrêter de penser à lui… Mon désir augmente d'un cran chaque jour. Jusqu'où ça va me mener ? Arriverais-je à m'en débarrasser ? Est-ce que je le veux vraiment ?

Mon portable vibre dans ma poche. Un appel. Je laisse les assiettes sales dans la plonge et me dirige vers la salle de repos. D'un signe de tête, Willow m'autorise une pause. Il remplace Anna et Julian, tous deux tombés malades hier soir.

Malades… plutôt empoisonnés. Cette hécatombe a été d'une violence ! Il se chuchote dans les cuisines que le roi lui-même a ordonné de trouver le responsable. S'il est au courantil va falloir la jouer fine, avec les princes.

Au moins, la bonne nouvelle, c'est qu'aucun invité n'a été touché. Enfin, bonne nouvelle pour les nobles. Pour moi, c'est une autre affaire. Cette histoire sera sans doute déguisée en accident et mon agresseur courra toujours. La seule chose positive que j'en tire, c'est que j'ai pu prétendre être tombée malade, moi aussi. C'est passé comme une lettre à la poste.

Je rentre dans la salle vide, soulagée que personne ne soit en pause. Je décroche.

— Allô ?

— Ma puce ? C'est maman. Je viens prendre de tes nouvelles. Quand est-ce que tu rentres ?

Je perçois l'inquiétude dans sa voix. J'ai beau avoir prétendu que tout allait mieux, ils sont toujours affolés. Il est de plus en plus dur de les garder à distance.

— Je suis bien sortie, maman. J'essaye de prendre encore quelques jours de repos avant de retourner en cours.

— Tu es sûre ? Si tu n'es plus contagieuse, viens à la maison. Au moins le week-end.

Je me frotte le visage. Et je sais que des centaines de messages de mes colocs, qui me croient chez mes parents, m'attendent aussi. Je ne fais que m'empêtrer dans mes mensonges. Il va falloir que je fasse une apparition. Sauf que je pourrais mener nos agresseurs droit sur mes proches. Ce serait une très mauvaise idée.

— Je dois rattraper mes cours, je ne peux pas venir, prétexté-je pour la millième fois. Et puis, je suis bien ici.

— Alors on vient avec ton père !

— Non, c'est pas la peine, je…

— Ce n'est plus négociable. Tu nous as fait une peur bleue ! On veut te voir.

Oh non, non, non, non, non…

— OK, c'est bon, je viendrai. Mais seulement quand je serai reposée ! Pas avant !

— Mouais, d'accord.

Ma mère ne semble pas convaincue, je ne peux toutefois pas faire mieux que ça. Je me sens super mal d'avoir fait cette promesse. Comment je vais y aller, hein ? J'ai beau me gorger de sang synthétique, est-ce que j'arriverai à tenir avec ce sang frais devant moi ?

Ce n'est même pas le plus problématique ! Comment y aller sans me faire suivre par les psychopathes qui veulent défaire la royauté vampirique ?

Une boule se forme dans ma gorge.

J'aimerais tellement redevenir humaine… Que tout soit comme avant…

Je déglutis pour chasser ma peine. Je ne peux même pas pleurer, et me laisser aller au désespoir ne sert à rien. Ce qui est fait est fait. Je ne peux le défaire.

— Écoute, maman, je te redis vite, conclus-je en tentant de masquer les tremblements de ma voix. Là, je dois me reposer. Bisous !

Je raccroche avant même qu'elle me dise au revoir. Je suis une fille indigne. Mais c'est pour leur bien.

Je réponds vite fait aux messages de mes colocs, sans que ma boule au ventre disparaisse. Elles ont prévu une sortie et je leur donne mon avis sur les robes qu'elles veulent porter. Elles, au moins, n'insistent pas devant ma prétendue maladie. Tant que je leur écris de temps en temps et que je leur envoie des photos de ma tronche, ça leur convient. J'ai même le droit à un «T'es resplendissante ! Il te réussit, ton nouveau mec !» de la part de Joly. Elle n'a pas tort : ma transformation a estompé mes cernes et lissé ma peau. Un bien maigre lot de consolation à côté de tout ce dont me prive ma nouvelle condition.

Je range rapidement mon portable pour oublier tout ça et retourne bosser. Willow approuve mon retour d'un petit signe de tête. Je n'ai pas passé plus de cinq minutes dans cette salle. Il prend son rôle de coordinateur très au sérieux, en l'absence d'Anna.

Je replonge les mains dans le bac d'eau chaude et frotte,

l'esprit tournant à toute vitesse. Si jamais on trouve l'agresseur qui m'en veut, qu'il se confie sur ses raisons et sur ses potentiels alliés, je pourrais peut-être demander à l'un des princes de m'accompagner pour rendre visite à mes proches. J'aimerais beaucoup leur présenter Ryan, mais son mariage…

Bref.

Je soupire. Même si sa fiancée ne souhaite pas se lier à lui, nous devons nous délier. Je ne peux le retenir ni être la femme dans l'ombre, quelle que soit mon envie de me jeter sur lui dès que je le vois. Quel que soit mon désir de l'embrasser ou de rester dans ses bras à tout jamais… Et puis, il faudra bien que je reprenne ma vie d'avant, un jour. Si je le peux.

Je secoue la tête. Dès qu'on aura écarté tout danger, je demanderai à Matthew ou Callum de m'accompagner. De préférence Matthew, le plus posé des trois.

Je ne perds pas de vue ma mission du jour. Je redouble de vigilance pour analyser le personnel dans cette cuisine. Les malades reviennent petit à petit, dès qu'ils se sentent mieux. Déjà deux cuisiniers sont de retour mais ne boitent pas.

Et si le coupable se faisait porter pâle le temps que sa plaie guérisse ? Non, on se calme, je trouverai qui traîne à revenir bosser. La solution est là, au milieu de mes collègues, je le sais. Je doute que des nobles ou des commerçants aient quitté le bal pour moi. Si l'un d'eux avait vraiment voulu me tuer, nul doute qu'il aurait refilé le sale boulot à un serviteur.

C'est au tour de Julian de faire son entrée. Lui qui m'observait si bizarrement hier soir. C'est mon principal suspect. Pourquoi, sinon, loucher autant sur moi ? D'ailleurs, le voilà qui me rend mon regard après avoir discuté avec Willow. Ce dernier retourne à sa place, au service, tandis que Julian reprend les rênes de la cuisine, sans me lâcher des yeux. Si c'est lui l'assassin, pas étonnant qu'il veuille me garder à l'œil.

J'essaye de lui rendre la pareille comme je peux. Pas simple, si je veux garder mon rythme à la plonge. Il n'a pas l'air de boiter. Serait-il possible qu'il puisse masquer une telle chose ?

— Mya, en pause déjeuner ! clame-t-il au bout d'une bonne heure.

J'attends qu'il appelle quelqu'un d'autre pour m'accompagner, comme c'est souvent le cas. Cependant, il n'en fait rien. Je flaire le piège à plein nez.

— Je peux continuer encore un…

— J'ai dit pause, me coupe-t-il. Les premiers plats vont bientôt être servis, tu devras être là pour les réceptionner à leur retour.

Pas le choix, donc. Je resterai près de la porte au cas où. Un instant, je vérifie le lien qui nous relie avec Ryan. Il semble se rapprocher, petit à petit. Je ne sais pas où il était, mais il sera bientôt de retour. C'est assez pour me rassurer.

Je m'essuie les mains et me dirige vers la salle de pause.

— Willow, déclare Julian, remplace-moi le temps que je boive un truc.

Finalement, je ne suis pas si rassurée que ça.

Inspire, expire. Il y a trop de monde dans la cuisine qui peut entendre ce qu'il se passe dans la salle de pause. Il ne peut rien me faire. Tout le monde saurait que c'est lui, sinon.

Je récupère un gobelet d'hémoglobine dans le réchaud et me plante dans un coin, tandis qu'il entre dans la pièce et ferme la porte derrière lui. Si jamais il m'attaque, je lui balance le liquide en pleine figure et je m'empresse de retourner en cuisine. Entourée, j'y serai en sécurité, le temps que Ryan sente qu'il doit intervenir. Ou que Callum ait une vision.

Julian m'adresse un regard pénétrant, du genre malsain et malaisant. J'ai envie de fuir dès maintenant.

Puis il s'approche. Je bande mes muscles, prête à attaquer.

— Alors, comme ça, commence-t-il d'une voix suave, tu aimes m'observer.

Je bois une petite gorgée de sang pour me donner une contenance.

— Tu te trompes.

— Oh non, je ne me trompe pas. J'ai vu tes coups d'œil, hier soir. Et ton regard appuyé, ce matin.

Un sourire dévoile ses canines sorties. Puis, il passe sa langue sur sa lèvre supérieure. J'ai envie de vomir.

Dans la famille psychopathe, j'aimerais le serviteur…

— Je t'ai dit que tu faisais fausse route.

Ma voix tremble un peu. Je m'en veux tellement de cette faiblesse. Pourquoi je me sens comme du gibier ? Cela me ramène à des soirées très désagréables, où des inconnus allaient jusqu'à me peloter les seins ou les fesses, sans mon accord. J'étais alors tétanisée. Heureusement, j'ai toujours pu compter sur Joly et Lena pour me sortir de là. Nous avons fini par ne plus nous rendre dans les bars. Les soirées entre amis étaient bien plus safe. Surtout avec Zach pour savoir vers qui nous envoyer.

Aujourd'hui, mes amis ne sont pas là. Et quand Julian se colle contre moi, je me fige. Je ne peux plus me défendre comme prévu. Pourquoi je me suis laissée approcher comme ça ?

L'évidence me saute alors aux yeux.

C'est juste un putain de pervers à qui je plais !

— Tut, tut, tut, chuchote-t-il en passant ses doigts sur ma joue, avant de glisser sa main sous mon t-shirt. Je te promets que tu vas jouir.

Pardon ?

Je manque de défaillir. J'aimerais le repousser. J'aimerais m'enfuir très loin, et oublier. Je n'y arrive pas. C'est comme si mon corps s'était mis sur pause. Et malgré tous mes sens en alerte, je reste pétrifiée sur place.

Des frissons d'horreur parcourent mon échine. Julian semble les prendre pour des frémissements de plaisir, car ses doigts explorent plus loin, jusque dans…

Non. Je ne veux pas.

Dans un sursaut de conscience, une pensée s'impose : je ne suis plus une femme que l'on peut toucher à loisir. Je ne suis plus une proie faible. Je suis une putain de vampire !

Je referme ma main sur son poignet et l'abaisse violemment pour que ses doigts crasseux cessent de me toucher. Un cri de surprise lui échappe. Je le sens se mettre en mouvement à son tour, prêt à riposter.

Hors de question que je lui laisse la moindre chance.

D'un coup de hanche, j'inverse nos places. Le voilà collé au mur, face contre la pierre. Je lui fais une clé de bras. C'est assez pour l'immobiliser un temps.

— Mais qu'est-ce que…

— Tut, tut, tut, contré-je. Je te promets que tu vas aimer ça.

J'appuie sur lui de tout mon poids. Une sorte de gargouillis m'indique que l'air a du mal à passer dans ses poumons. S'il était humain, ma haine me pousserait à l'asphyxier. Mais il est vampire. Il ne peut pas crever.

J'hésite à aller plus loin. Cette force inédite qui court dans mes veines me pousse à croire que je pourrais carrément lui arracher les membres, jusqu'à ce qu'il ne reste rien de lui. Ce n'est pas l'envie qui me manque.

Sauf qu'il y a plus important. Traquer la personne qui veut vraiment me tuer avant qu'elle parvienne à ses fins. Et je ne le pourrai pas si la justice vampirique me condamne pour avoir torturé un de mes collègues.

Je resserre un peu plus ma prise jusqu'à obtenir un nouveau gémissement de douleur de sa part. Je vais devoir m'en contenter.

Je lui assène un dernier coup dans les côtes, histoire de le neutraliser assez longtemps pour sortir de cette salle de malheur. Il s'affale au sol. Tant mieux.

— Tu ne…, commence-t-il alors que je me précipite vers la sortie.

Je sors sans me retourner et claque la porte derrière moi.

Les bruits de cuisine emplissent l'air, soulageant mon cœur qui bat la chamade. L'adrénaline redescend. J'ai soudain l'impression de ne plus avoir aucune force. Je suis si faible que je pourrais m'écrouler là.

— Tout est en ordre, Anna, le repas est prêt à temps.

— Parfait, Willow. Et Julian ? Il est revenu ? Il faut que…

Anna. Je dois la prévenir que Julian est un putain de violeur.

Cette idée m'apporte assez d'énergie pour m'avancer. Je marche en tremblant, jusqu'à distinguer la cheffe de cuisine et Willow. Leur échange me parvient de si loin que j'ai du mal à tout saisir, mais c'est sans doute à cause de ce que je viens de vivre.

— Anna ! déclaré-je la voix rauque. Julian est dans la salle de pause, il vient de…

Anna se tourne vers moi, les sourcils relevés, surprise. Elle a même un mouvement de recul, si violent que ça la fait vaciller sur ses jambes. Non, sur sa jambe. Droite.

Alors qu'elle se redresse en grimaçant, je l'aperçois.

Du sang noir tâche son attirail de cuisinière.

CHAPITRE 27

Ryan

Vous avez perdu votre pari, cher fiancé !

Je souris aimablement à Evelyn. Elle est sortie du bois, une touffe de poils noirs dans la main pour prouver qu'elle a eu le loup. Pour ma part, j'ai rapporté du poil brun. Je crois que c'est de loin ma pire partie de chasse. En temps normal, pour faire honneur à mon rang, je traque la proie la plus difficile. Et j'en consomme plusieurs.

Néanmoins, j'étais trop préoccupé pour me soucier de cette activité de cour insipide.

Si seulement j'avais les mêmes moyens que mon père…

Evelyn attrape mon bras et m'entraîne à sa suite. Nos parents et mes frères ont déjà pris le chemin du retour. Nous les suivons de loin.

— Vous êtes encore ailleurs, me souffle Evelyn en tapotant mon biceps. Je pourrais en prendre ombrage.

Le sourire qu'elle m'adresse me prouve qu'elle n'est en rien vexée.

— Vous pourriez mettre ça sur le compte de ma défaite.

— Je n'en crois pas un mot. Avez-vous ne serait-ce que tenté de poursuivre l'animal ?

Je me pince les lèvres. Heureusement, cela la fait rire et nos parents sont trop loin pour nous entendre.

— J'avais… beaucoup de choses auxquelles réfléchir. Ne le prenez pas mal. Vous avez passé du bon temps ?

Elle hausse un sourcil. Je me morigène intérieurement. Bien sûr que non, elle a dit détester la chasse.

— J'ai trouvé le loup avant tout le monde. Grâce à votre frère, d'ailleurs. Nous avons récupéré quelques poils de la bête, puis nous l'avons aidée à déguerpir loin de nous. Hors de question de la faire souffrir plus encore. Nos parents auraient pu considérer que c'était toujours une proie valide et continuer de la chasser.

Callum était donc avec elle. La surveillait-il ?

— Je n'ai pas été aussi loin avec le cerf, m'excusé-je auprès d'elle. J'ai juste récupéré ses poils.

— Vous n'avez pas à me présenter vos excuses. Nous savons tous qu'il est difficile de tourner le dos aux traditions. Je suis déjà étonnée que vous ayez abandonné le loup, au risque de salir votre réputation.

Je hausse les épaules.

— Ma réputation ne sera pas entachée pour si peu. Et cela prouve que ma future femme est plus forte qu'elle n'en a l'air.

Elle tire une drôle de tête, soudain. En partie du dégoût. Se marier avec moi semble si horrible ? Je me sens un instant vexé, avant de me reprendre. Je ne la vois moi-même que comme une alliée. Peut-être une potentielle amie. Rien d'autre.

— Cela signifie-t-il que vous rejetez mon offre ? souffle-t-elle si bas que, même moi, j'ai du mal à l'entendre.

Soit cette histoire l'angoisse réellement, soit elle joue la comédie à la perfection. Mon cœur se serre.

— Je n'ai pas encore pris de décision.

— Qu'est-ce qu'il vous manque ?

Elle relève ses yeux ambrés vers les miens. J'y lis une telle férocité que je frémis. Nul doute qu'elle fera tout pour que nous n'ayons pas à nous lier.

Malgré l'attitude de Callum, j'ai envie de lui faire confiance. D'ailleurs, jamais mon petit frère ne l'aurait approchée si elle complotait. Ce doit être autre chose, un danger qui la guette. Sinon, il me l'aurait dit. Du moins, je l'espère.

Peu importe. Je suis l'héritier. Je dois être capable de faire mes propres choix.

— J'ai besoin de savoir si c'est un piège, lâché-je.

Je la sens se crisper.

— Vous ne me faites toujours pas confiance.

— Nous ne nous connaissons pas.

Elle penche la tête sur le côté, en pleine réflexion, avant d'acquiescer.

— Vous avez raison. Néanmoins, je ne suis pas comme ces autres nobles de la cour. Je ne me cache pas. Quel intérêt ? La vérité finit toujours par éclater. Si ça ne tenait qu'à moi, nous ferions comme certaines communautés humaines. Nous construirions une démocratie, un modèle où chaque vampire aurait sa voix.

Je suis si surpris par ses paroles que je ne réponds pas tout de suite. Je ne sais pas si elle est téméraire ou, encore une fois, complètement suicidaire.

— Vous… c'est de la haute trahison. Ne parlez pas de cela à n'importe qui !

Elle soupire.

— Et qu'est-ce que je risquerais ? Le mariage serait rompu ? Bon sang, aucun de nous deux n'en veut. Je serais bannie ? Le monde a tant à offrir que cela ne me dérangerait pas. J'ai assez vu ma famille pour des siècles.

— Bannie, vous ne pourriez pas changer les choses, affirmé-je.

Et c'est là que je commets ma première erreur. En la conseillant, je donne du poids à ses propos. Elle se détend et sourit.

— En voilà des paroles censées.

— Je…

Je m'arrête net. Quelque chose tire.

Le lien.

Merde. Je l'avais presque oublié.

— Que se passe-t-il ?

Elle a senti ma tension. Putain.

Par chance, nous arrivons devant les portes du manoir. Je peux la laisser ici sans que mes parents me reprennent.

— Je dois me rendre aux commodités.

Elle hausse un sourcil. C'est la deuxième fois que je coupe court à une conversation tendue avec cette excuse. Elle va finir par penser que c'est moi qui vais la trahir.

— Très bien. Je vous garderai une place au repas.

— Merci.

Je m'incline et m'échappe par un couloir, au bord de la panique. Je sens la peur de Mya. Bordel, qu'est-ce qu'il se passe ?

Je marche rapidement vers les cuisines. Impossible de courir sans éveiller les soupçons des dizaines de serviteurs présents, qui ne manqueront pas d'aller le répéter aux mauvaises oreilles.

La peur évolue peu à peu, prenant des proportions monstrueuses et… malaisantes ? Ce n'est pas l'effroi de la mort qui prédomine, non, c'en est un autre que je ne connais pas. Cela me donne la nausée et d'irrépressibles tremblements. Je ne comprends pas !

Soudain, la peur s'efface, pour laisser place à autre chose, une sorte d'instinct de protection. Une haine curieuse me brûle les viscères : la personne qui est la source de ses tourments payera. Très cher.

Je tourne dans un dernier couloir. La cuisine est là, je peux sentir les odeurs qui s'en dégagent. Je m'approche…

La porte s'ouvre à la volée sur Anna. Elle me lance un regard effaré, avant de faire volte-face

Pas assez vite, cependant, pour cacher son boitillement.

La stupéfaction me cloue un instant sur place.

Anna.

Elle a rejoint notre maison lorsque Ellie est née. C'est la plus vieille vampire à notre service, tous les autres ont fini par nous quitter. Je l'ai toujours connue.

Et elle nous a trahis.

Pourquoi ?

Il n'y a qu'une manière de le savoir. L'attraper.

La tête de Mya sort de la cuisine. Elle me considère à peine et se lance à sa poursuite.

Putain… Pour la discrétion, c'est loupé. Tout le monde la voit pourchasser Anna et tout le monde va me voir les suivre. Il faudra trouver une explication, et vite, avant que le roi lui-même s'en mêle.

Je verrai ça plus tard. Pour le moment…

Je me rue à leur suite. Mya est plus rapide qu'elle n'y paraît. Je me demande si c'est parce que c'est moi qui l'ai transformée, ou si c'est parce que c'est une nouvelle née. A-t-elle hérité d'une partie de ma puissance ?

Je n'arrive pas à la rattraper. Elle file au train d'Anna, sans la lâcher malgré les meubles que jette mon ancienne nounou sur son passage.

— Anna ! tenté-je de l'appeler.

Sans succès. Cela me déstabilise plus que je ne le voudrais. Elle fait partie de ma vie depuis si longtemps… Pourquoi nous trahir ? Pourquoi ne pas vouloir s'expliquer ?

D'un bond prodigieux et en dépit de sa blessure, Anna défonce une des baies vitrées du rez-de-chaussée. Elle a eu le bon ton de ne pas choisir un endroit d'où la cour pourrait nous observer, à l'heure du repas. C'est peut-être le seul point positif que je peux trouver à cette course poursuite.

À peine a-t-elle fait un pas dehors que Mya saute sur elle. Sa vitesse est telle qu'il est impossible pour Anna de l'éviter. Ma liée emporte la traîtresse dans sa chute et la plaque violemment au sol. Alors qu'Anna se débat, Mya lui assène un coup de poing dans les côtes qui lui extirpe un cri de douleur atroce. Je les rejoins au plus vite. J'observe celle qui a bercé mon enfance, en tentant de saisir ce qui a bien pu la faire changer à ce point.

Alors que Mya tente de la frapper à nouveau, je retiens son bras. Anna ne peut pas nous fuir, même si elle se dégageait de l'étreinte de ma liée. Pas avec des côtes cassées et face aux vampires les plus rapides du royaume.

Je tente d'accrocher son regard. La haine que j'y lis me fait frissonner.

— Pourquoi ? exigé-je.

Elle sourit. Pas le sourire qu'elle me réservait, il y a plus de cent cinquante ans, lorsqu'elle nous gardait, petits. Non, un sourire cruel. Implacable.

— Tu devrais le savoir, Héritier, crache-t-elle. Tu devrais comprendre ce que ça fait de perdre quelqu'un dans l'horreur de la guerre. De vouloir se venger.

On en revient toujours à 1896. Ce serait lui mentir que d'affirmer que je ne crève pas d'envie d'empaler tous les sorciers et les loups-garous que je croiserais.

Mais ce n'est pas la solution. Je tuerais invariablement un parent, un enfant, un frère ou une sœur, moi aussi. Et quelqu'un voudrait se venger à son tour, m'enlevant encore des êtres que j'aime.

Père a brisé ce maudit cercle vicieux de violence. Et il a eu raison.

— Tu sais très bien pourquoi nous avons préféré la paix, assené-je.

— Nous avons la puissance de nous opposer à ces salopards, maintenant ! Le trône devrait être gouverné par des gens avec des couilles, pas des idiots qui se cachent derrière des idéaux meurtriers.

— Des idéaux meurtriers ? Plus personne n'est mort depuis que la paix a été déclarée !

Je sais qu'il n'est pas raisonnable de tenter de convaincre une personne qui en est arrivée à cet extrême. Mais c'est plus fort que moi.

Bon sang, c'était ma gouvernante !

— Et que fais-tu de toutes ces vies détruites ? siffle-t-elle. Que fais-tu de nos cœurs en ruine ? Ce n'est pas une vie de demeurer alors que mon seul fils est mort sur le champ de bataille !

J'ouvre la bouche pour répliquer, pour tenter de lui prouver qu'elle a tort, qu'il faut cesser. Pour lui donner une chance de ne pas être jugée pour meurtre. Pour ne pas la perdre, elle aussi.

Un geste de Mya m'en empêche. Elle me fait comprendre à travers notre lien que je suis trop impliqué pour l'interroger. Mes émotions m'empêchent de poser les bonnes questions. Elle a raison, je le sais. Je n'arrive pas à m'arrêter de vouloir la ramener dans notre camp.

Mya n'a pas mes remords. Elle pose tranquillement son pouce sur un point névralgique du cou d'Anna et appuie. Un cri lui répond, avant qu'elle relâche la pression.

— Tu travailles avec qui ?

Anna ricane.

— Tu penses réellement que ton petit manège va marcher avec moi, gamine ? J'ai vingt fois ton âge, petite idiote !

Mya ne semble pas perturbée. Elle s'apprête à resserrer sa prise lorsque Anna éclate de rire, les yeux révulsés. De la mousse coule de sa bouche.

Mon cœur cesse un instant de battre. Cette capsule de poison est la preuve irréfutable qu'Anna ne travaille pas seule.

— Tu as encore une chance, Ryan, déclare mon ancienne gouvernante, prise de soubresauts. Tu peux te rallier à notre cause. Nous finirons par gagner.

— Qui ça, nous ?

Son sourire se fige et ses tremblements cessent. Ses yeux perdent toute étincelle et se fixent sur le ciel gris…

Je n'ai pas besoin d'appeler Clayton pour savoir qu'elle est morte.

Mya se relève. Je la sens étrangement calme, alors que c'est la tempête sous mon crâne. Je suis incapable de penser à l'instant présent, à mes devoirs et mes obligations, toujours obnubilé par Anna.

C'est lorsque Mya me prend la main que je sors de ma torpeur. Ses yeux, d'un brun intense, me dévisagent avec ferveur. Je sens son désir de m'enlacer à travers notre lien, et je ne peux y résister. Je pose ma tête sur son épaule, abasourdi par cette nouvelle perte.

— Je suis désolée, murmure-t-elle. Elle avait l'air de compter pour toi.

— Elle… elle nous a élevés. Je ne comprends pas.

Comment la douleur a-t-elle pu la rendre aussi folle ? Et surtout, comment ne l'avons-nous pas vu venir ? Certes, depuis que mes frères et moi sommes en âge de paraître à la cour, nous l'avons beaucoup moins croisée, mais… j'étais persuadé de la connaître. Persuadé que, jamais, elle ne tenterait de nous faire de mal.

Mya me repousse doucement. Je sens que c'est à contrecœur. Je partage son sentiment. J'aurais aimé la sentir contre moi plus longtemps, qu'elle m'apaise d'une voix douce. J'aurais aimé parsemer son cou de baisers et ne plus jamais la quitter.

Et merde… Tu deviens vraiment accro…

— Il faut que tu retournes à ton déjeuner, souffle-t-elle. La cour doit t'attendre.

— Et… le corps ?

— Je vais le cacher... Si tu peux, envoie-moi Matthew. On trouvera une solution.

Matthew, bien sûr. Pour la première fois de ma vie, je le jalouse. Lui, il ne se serait pas laissé aller à ses émotions. Il aurait gardé la tête froide et trouvé une explication à fournir à notre père. Il se serait effondré après, lorsqu'il aurait été seul. Parce que Matthew est parfait. Il est né pour être roi.

Pas moi.

— Ryan…

Mon prénom chuchoté par les lèvres de ma liée me file des frissons intenses et me ramène à moi.

Qu'importe la couronne, tant qu'elle est près de moi. Cette pensée me frappe plus durement que les autres.

Je n'ai plus envie de me délier. Je n'en ai même jamais eu envie.

Est-ce que, par conséquent, je ne ferais pas bien d'accepter la proposition d'Evelyn, quelles qu'en soient les répercussions ?

— Oui, j'y vais, grogné-je alors qu'elle me repousse encore.

Je me détourne d'elle, sans un regard. Il me serait trop difficile de la contempler sans risquer de craquer et rester ici.

Elle a raison, une chose à la fois. Retourner au déjeuner. Aviser ensuite.

Et, enfin, trouver les responsables de tout ça.

CHAPITRE 28

Mya

C'était Anna.

Matthew m'observe sans réaction apparente si ce n'est la contraction, légère, de sa mâchoire. Clayton grimace, avant d'effectuer quelques signes que Matthew s'empresse de me traduire.

— Où est-elle ?

Je désigne le buisson dans lequel je l'ai planquée. J'espère qu'ils ne remarquent pas que je tremble. Je n'avais jamais vu quelqu'un s'ôter la vie…

Je l'entends encore raconter son histoire, le fait de perdre son fils. J'imagine à peine à quel point ce doit être horrible de faire le deuil de la chair de sa chair.

Et cette date, 1896, qui revient sans cesse chez les vampires. Les livres d'histoire m'ont appris ce qu'était cette guerre, mais je ne connais rien de ses conséquences. Il va me falloir des explications.

— On vous a vus ? me demande Matthew, faisant fi de mon silence.

Il est si calme que c'en est indécent. Comment peut-il garder ainsi son sang-froid ?

— Oui, lorsque nous l'avons poursuivie. L'ensemble du personnel de cuisine. Et certains ont vu Ryan.

— D'accord. Laisse-moi juste quelques instants pour réfléchir.

Il se concentre intensément. J'ignore s'il va trouver une solution. L'intendante la plus importante de la cuisine est morte !

— Bon, ça va être très délicat, mais nous n'avons pas le choix. Et ça risque très certainement de remonter aux oreilles de notre père. C'est même sûr. Prions pour que ça mette du temps avant de lui parvenir.

Je hausse un sourcil.

— Et donc… ?

— Clayton va faire un rapport d'autopsie, et Ryan a obtenu les aveux d'Anna, quoi qu'il en soit. Mes corbeaux trouveront sans doute des éléments qui appuient sa trahison. En bref, nous avons coincé une traîtresse, comme nous l'espérions. Par contre… comme tu as poursuivi Anna, tout le monde sait que tu es complice de notre enquête. Il va falloir que je justifie ta présence... D'ailleurs, tu ne pourras pas retourner en cuisine.

Je pince mes lèvres. Je m'en doutais. Cependant savoir que je vais de nouveau être claquemurée dans ma chambre, ne me réjouit pas.

— Je te promets que nous trouverons une autre solution pour t'inclure dans notre effectif et te protéger. Fais-moi confiance !

— Je n'ai pas le choix, de toute façon, soupiré-je.

Il pose une main sur mon épaule, compatissant.

— Je suis désolé, je ne vois rien d'autre à faire pour le moment. Je dois mettre le corps en sûreté, aller prévenir les cuisines de l'absence d'Anna et de la tienne, et… je dois retourner au repas.

Soudain, il s'esclaffe.

— Les invités doivent penser qu'on a de sacrés troubles digestifs dans la famille, pour aller aux toilettes aussi souvent et aussi longtemps.

Je souris. C'est donc ça, leur excuse : aller aux chiottes. Ils ne pouvaient pas trouver plus bidon. Au moins, ça a l'avantage de nous détendre. C'est étrange de rire, alors qu'un cadavre nous attend dans un buisson.

Sur ces paroles, Clayton me raccompagne dans ma chambre. J'ai besoin de faire le point avec tout ça.

Les couloirs me semblent désormais familiers, emplis de souvenirs. C'est comme si le manoir se transformait peu à peu en mon nouveau chez-moi.

C'est chez toi ! Tu sais qu'ils ne te laisseront pas retourner chez les humains.

À moins que je me délie de Ryan et que j'apprenne à me maîtriser. Au moins le temps de dire au revoir à mes colocs en douceur, ainsi qu'à mes parents.

Cependant… ai-je vraiment envie de me délier ?

Lorsque nous étions tous deux face à face, lorsqu'il a posé sa tête sur mon épaule, quand sa paume a réchauffé la mienne… je me suis sentie si bien. J'avais l'impression d'être à ma place.

L'a-t-il ressenti, lui aussi ? Je sais que sa fiancée lui a proposé un pacte pour ne pas se lier. Si elle est digne de confiance, alors peut-être…

Non, mieux vaut ne pas espérer. Je devrai être la maîtresse du roi, à toujours vivre dans l'ombre. Ce n'est pas la vie que je souhaite.

Je rentre dans ma chambre, plus frustrée que jamais. C'est épuisant d'être dans le flou le plus total, sur tous les pans de ma vie. Je ne sais pas quand je reverrai mes proches. Je ne sais pas qui en veut à nos vies. Et j'ignore quoi faire de ce lien qui m'empêche de voir les choses avec lucidité.

Mon regard se pose sur mon secrétaire en bois. Je pourrais faire les cent pas en m'interrogeant indéfiniment sur ce qu'il faudrait faire, ou je peux… avancer.

J'ouvre un des fonds de tiroir cachés et en sors un des journaux de Lady de Saxe. Ils m'en ont confié certains mais, jusqu'à présent, nous n'avons pas eu beaucoup de temps pour les étudier…

Dire qu'en vingt-quatre heures, il y a eu le bal, mon nouveau job et l'attaque d'Anna !

Comment a-t-elle procédé, d'ailleurs ?

Peu importe. Je ne suis pas sur le terrain, je ne peux donc pas enquêter. Par contre, j'ai l'occasion d'avancer sur les journaux.

J'ouvre à la page où je m'étais arrêtée et me plonge dans la lecture. Lady de Saxe y expose un certain nombre de pensées intéressantes. Elle y explique l'unification des clans vampiriques, quelques siècles plus tôt, et le début de la régence de la lignée des Forkley, bien vite destituée au profit des Cadbury. Mais aussi tout un tas de détails historiques concernant la récupération de sang auprès d'humains consentants contre de l'or, avant l'avènement du sang synthétique. Ou encore, les traditions de l'époque, très peu différentes de ce que j'ai pu expérimenter. Elle avait visiblement à cœur de répertorier chaque élément de sa vie et de son monde en général. Et pourtant, son mariage reste tabou. Elle mentionne à peine son lien et ses répercussions, se contentant de dire que la distance l'atténue.

Il me faut donc un certain temps pour atterrir sur un passage en rapport avec son mariage.

« *… J'avais oublié à quel point les bals étaient exigeants, tant au niveau mental que physique. Trouver la tenue parfaite, être aimable, ne pas trop en dévoiler… Surtout pas quand on est la liée française d'un Lord anglais en période de grande tension. Même si nous sommes sous une régence unique, cela n'empêche pas les discordes et l'animosité. Dire que j'ai dû quit-*

ter ma terre pour le rejoindre à cette soirée. Si j'avais su ce qu'il se passerait, j'aurais préféré me faire porter pâle, quitte à endurer les mauvaises langues et les reproches. Qu'en ai-je à faire ? J'ai déjà la pire des tares, pour eux : mon lieu de naissance.

En France, je devais certes subir les ragots — portant sur le fait de vivre séparément avec Lord Berkeley, ou alors sur ce mariage étrange avec l'ennemi —, mais je n'avais pas à le supporter, lui. Ma haine et la distance semblaient avoir eu raison de notre lien car il s'affaiblissait. Néanmoins, il faut bien finir par se présenter à la bonne société, n'est-ce pas ? D'où ma présence en Angleterre. Ce n'est pas comme si mon cher époux m'avait laissé le choix.

J'ai dû tenir bon, gracieuse et égale en toutes circonstances. Que je fasse bonne figure, même lorsque l'on m'insultait des pires horreurs. Ils auraient pu être de meilleure grâce ! Bon sang, ne sommes-nous pas censés savoir nous tenir ? Je ne leur rejette pas la responsabilité de la mort de mes congénères humains. Du moins, j'ai la bienséance de ne pas le dire à voix haute.

Malgré ma conduite exemplaire, je sentais à travers notre lien — ce lien aberrant qui s'est manifesté à nouveau à l'instant même où Lord Berkeley m'a tenu la main sur la piste de danse. À croire qu'il ne se reconstruit que par le toucher — son dégoût de ma personne. Il a ainsi perçu que c'était réciproque. Je ne peux cacher mes sentiments à mon lié. Malheureusement. Cela m'aurait sans doute évité la dispute post-bal et les coups qui ont suivi. Sans compter ce qu'il m'a fait subir ensuite…

La seule victoire que j'en tire est que toute la douleur que j'ai ressentie, il l'a ressentie aussi, à travers le lien. Une bien faible vengeance, puisqu'il semble d'autant plus apprécier… tout cela.

Je me suis empressée ce matin de faire mes bagages. S'il ose se présenter à ma chambre, il sera accueilli par le coutelas empoisonné que j'ai préparé au cas où. S'il périt, je périrai aussi, à cause de ce lien qui s'est renforcé hier, lors de notre contact. Mais parfois, la mort est plus douce que la vie.

Je prendrai le premier bateau pour la France. Et jamais, plus jamais, je ne reviendrai ici. S'il s'avise de se présenter en France, je me ferai un plaisir de l'enfermer pour l'éternité. C'est bien tout ce qu'il mérite. »

Un coup frappé à ma porte me fait sursauter. J'ai la nausée, à la seule idée de ce que Lord Berkeley a pu faire endurer à Lady de Saxe. Visiblement, être lié ne calme pas les penchants violents de certains hommes…

— Oui ? demandé-je d'une voix rauque.

Je constate au moment où je parle que la pièce est plongée dans l'obscurité. Le crépuscule est là. Comment le temps a-t-il pu passer si vite ?

— C'est Ryan.

Je manque d'avaler ma salive de travers. Trop concentrée sur le journal, je ne l'ai pas senti.

Il faut que je lui dise de partir. Je suis cependant trop curieuse de savoir ce qu'il me veut. Et je ne le cache pas, j'ai très envie de le revoir. Rien qu'à repenser à sa peau contre la mienne…

Il faut que je me calme. Si Lady de Saxe a raison, ce sont les contacts qui entretiennent notre lien. Il faut l'éviter à tout prix.

— Tu peux entrer.

Ryan pousse le battant de la porte et pénètre dans la chambre. Il allume le plafonnier par habitude, et je grogne, éblouie.

— Désolé.

Il ferme la porte tandis que je récupère ma vue tant bien que mal.

— Que me vaut ce plaisir ?

Il se rapproche de moi.

— Je voulais savoir si tu allais bien.

— Et tu n'envoies pas un de tes frères, pour ça ?

C'est plus fort que moi. Ce que j'ai appris dans ce journal… Et ne pas savoir sur quel pied danser, avec Ryan… Dois-je le laisser approcher ? Le rejeter ? Me laisser aller ?

Confuse, je me lève du secrétaire pour m'asseoir sur le lit. Ça ne change rien à mon état de fébrilité.

Ryan, lui, fronce les sourcils et je sens que je l'ai blessé. Saloperie.

— Je peux m'en aller, si tu préfères, propose-t-il.

Je ferme les yeux. Je ne veux pas, évidemment. Ce que je désire, c'est l'avoir près de moi, le prendre dans mes bras, me laisser porter par ces émotions qu'on renie tous les deux depuis des semaines.

— Je vais bien, lâché-je pour ne pas avoir à choisir s'il doit rester ou non.

— Tu es sûre ?

— Pourquoi cette question ?

Il soupire. Je ressens son hésitation et… autre chose. Comme un écho à une peur passée. C'est trop ténu pour que je puisse en saisir la portée.

Il vient s'asseoir à côté de moi. Assez loin pour qu'il n'y ait pas de risque de contact inopiné.

— Ce matin, avant que nous ne poursuivions Anna, j'ai senti… de la peur en toi. C'est pour ça que je suis venu.

J'avais oublié cette scène. Ou plutôt, j'ai choisi de la garder loin de moi pour me concentrer sur le plus important. Mon cœur galope dans ma poitrine et le malaise me reprend.

Pourtant, j'ai gagné. Je me suis enfuie. Mais rien qu'à repenser au contact répugnant de Julian, à sa manière de…

— Ce n'était pas à propos d'Anna, n'est-ce pas ?

— De quoi ?

— Ta peur. Elle ne concernait pas Anna.

Je ne peux pas lui cacher. Je ne le dois pas. Je me suis trop longtemps tue sur ce genre d'événement.

— Non. C'était Julian.

— Julian ?

— Le second d'Anna. Il… il m'a suivie dans la salle de pause, parce qu'il pensait…

Je ne trouve pas les mots. J'ai une furieuse envie de repousser tout ça, de ne pas en parler. Si ça ne tenait qu'à moi, je l'enfouirais, encore et encore, loin de mon esprit. Dans une petite boîte que je n'ouvrirais plus jamais.

Sauf qu'il y a le regard de Ryan sur moi. Ses yeux rouges luisent d'une promesse. Celle de ne pas lâcher l'affaire. Et curieusement, le savoir près de moi me rassure.

Alors je reprends. J'inspire longuement et lâche tout d'un coup.

— Il pensait qu'il me plaisait. Alors il m'a coincée à l'écart, et a commencé à me toucher, sans mon consentement.

Le visage de Ryan se fige de surprise. J'ai un instant la peur terrible qu'il ne me croie pas. Qu'il me pense coupable des faits et gestes de Julian. Ou pire, qu'il minimise ce qu'il s'est passé.

Mais c'est autre chose qui transparaît. Écho à la mienne, une colère sans nom le traverse.

— Que s'est-il passé après ?

Sa voix est si rauque et si grave que j'ai l'impression de faire face à un fauve. C'est sans doute le cas : il est prêt à aller le déchiqueter. Je le sens au plus profond de mes entrailles.

Sauf que ce n'est pas à lui de le faire. C'est à moi.

— Je me suis défendue. C'est quand je suis sortie de la salle de pause que j'ai vu Anna. La suite, tu la connais.

Il se lève d'un bond, avec la ferme intention d'aller le détruire. Et merde. Je ne peux pas le laisser faire. Je dois me défendre seule. Je dois vaincre seule. Sans quoi, ce sentiment poisseux qui me noue les viscères ne partira jamais.

Alors, plus rapide que lui, je lui saisis le bras pour l'arrêter. Je ne constate que trop tard ma bêtise. Je l'ai touché.

Ses émotions coulent en moi comme une marée inarrêtable. Je sens sa haine, mais aussi sa culpabilité. Il n'a rien vu venir.

— Pourquoi tu m'empêches d'aller le faire souffrir jusqu'à

ce qu'il m'implore de le tuer ? gronde-t-il en se tournant vers moi.

— Parce que je ne suis pas une petite chose fragile à protéger. Et surtout, parce que c'est à moi, et à moi seule de lui régler son compte ! Pas à toi !

Cela semble le calmer. Peut-être parce que lui aussi sent mes émotions plus fortes. Ce torrent qui ne cesse de m'emporter. Ma colère contre Julian, celle contre moi-même de ne pas avoir réussi, sur le coup, à éviter qu'il me touche. Et à côté, cette envie sans cesse plus forte de rester près de Ryan, qu'il m'embrasse… que l'on oublie le monde, ensemble.

— Je suis désolé, murmure-t-il.

Il s'est approché sans que je le remarque. Son regard me capture, envoûtant, tandis que son souffle caresse ma joue, comme une promesse.

— De quoi ?

— Que la terre porte de tels connards. Quoi que tu choisisses de faire de lui, je m'y plierai.

Je souris. Il ne m'en fallait pas plus.

Mes yeux se posent alors sur ses lèvres, si tentatrices. Je ne pense plus qu'à les embrasser. Contre toute attente, un sursaut de lucidité me prend et je pose une main sur son torse, pour le repousser.

— Nous ne devrions pas nous toucher.

Si seulement ma voix pouvait être plus puissante, moins implorante. Et si seulement notre lien pouvait arrêter de me partager à quel point son désir est aussi prégnant que le mien. C'est une torture de devoir l'ignorer.

— Non, nous ne devrions pas, effectivement.

Il ne fait cependant rien pour se dégager. J'essaye à nouveau. Peut-être qu'il n'a pas compris le message.

— Si nous nous touchons, notre lien se raffermit.

— Je sais.

Et alors, je comprends. Je comprends que nous avons scellé notre destin au moment même où je l'ai attrapé pour l'empêcher de partir à la recherche de Julian. Je comprends qu'il n'a pas plus le pouvoir de se détacher de moi que moi de lui. Je suis incapable de le repousser seule. Et lui n'arrive pas à me lâcher.

Sa main libre se lève pour venir replacer une des mèches de mes cheveux derrière mon oreille. Dans ce geste, il y a tant de douceur et de désir contenu que je me perds. Irrémédiablement.

Oh, et puis merde.

Je fonds sur ses lèvres. Ce premier baiser n'a rien à voir avec ceux que l'on a échangés, cette nuit-là, lorsque j'étais encore humaine. Non, rien. J'ai l'impression d'enfin remonter à la surface, après des heures à suffoquer. Je reviens à la vie. Et je sens que lui aussi. Cela m'enivre si fort que j'ai l'impression de tanguer. Mais Ryan me retient fermement.

Sans plus hésiter, il approfondit notre baiser. Sa langue vient titiller la mienne avec douceur, presque tendresse. Et pourtant, cela m'échauffe.

Je sais — nous savons — que nous sommes déjà allés trop loin, qu'il faut s'arrêter. Seulement, je n'en ai pas la force. Ni l'envie.

Foutus pour foutus…

Mes mains coulent dans son dos, se glissent sous sa chemise, remontent le long de sa peau nue. Il a beau être un vampire, il a chaud. Aussi chaud que moi. Ses lèvres quittent les miennes pour décrire un sillage brûlant sur ma joue, puis dans mon cou avant de remonter vers mon lobe d'oreille qu'il mordille avec passion.

— Si tu savais comme j'ai attendu ce moment, me murmure-t-il.

Je n'ai jamais entendu de paroles aussi sexy de ma vie. S'il savait combien moi aussi, je l'ai rêvé, cet instant !

Sans plus attendre, je lui retire sa chemise. Son torse se dévoile à moi, sculpté, parfait. Je trace du bout de mes doigts un chemin qui remonte de son nombril à ses pectoraux, avant de redescendre bas, plus bas…

À son tour, ses mains viennent se balader sur ma peau. Il enlève ma chemise de service et ses lèvres s'échouent sur le haut de ma poitrine. Avec délice, il dégrafe mon soutien-gorge et le laisse tomber au sol. Lorsque sa langue englobe mon téton, mon corps entier s'électrise. Un grondement lui échappe. Il a dû sentir avec intensité les sensations qu'il me donne.

Je lui retire sa ceinture, empressée, puis déboutonne son pantalon, qui glisse au sol. Il n'y a plus qu'une couche de tissu qui me sépare de sa virilité. Je sens la bosse qu'elle forme. Lorsque je l'effleure, une nouvelle décharge me submerge. C'est donc ça, que ça lui fait, à lui. J'adore.

N'en pouvant plus, Ryan me soulève du sol, parcourant ma poitrine de multiples baisers, puis me dépose sur le lit, avant de se mettre au-dessus de moi. Un sourire étire ses magnifiques lèvres.

— Tu es si belle, chuchote-t-il.

Avec tout ce qu'il s'est passé, je n'ai pourtant pas apporté une grande attention à mon apparence.

Lui aussi est beau. Échevelé, avec sa barbe de trois jours et ses yeux brillants, je n'ai jamais connu d'homme plus désirable.

Je me tiens sur les coudes pour emprisonner à nouveau sa bouche puis l'entraîne dans ma chute au milieu des oreillers. Ses mains caressent ma peau, jusqu'à mes hanches, et retirent mon bas et ma culotte en même temps. Alors que je tente de faire de même pour lui, il retient mon geste.

Avec une lenteur qui me rend folle, ses lèvres glissent le long de ma poitrine, puis de mon ventre, avant de s'échouer sur mon intimité. Je tente de dire quelque chose, mais mes mots meurent dans ma bouche à l'instant où sa langue imprime un mouvement suave sur mon clitoris. Un premier cri de plaisir m'échappe. Bordel !

Il joue encore quelques instants avec, me rapprochant peu à peu de l'extase. Il s'arrête. Ma frustration est telle que ça le fait rire.

Ses doigts viennent me caresser à leur tour, avant de me pénétrer.

Bon sang, que c'est bon.

Sa langue reprend du service sur mon clitoris, m'entraînant aussitôt au nirvana. Je crie à nouveau, alors que le plaisir déferle en moi, si puissant qu'il me faut plusieurs secondes pour m'en remettre.

Ryan s'est arrêté pour se replacer à ma hauteur, le regard pétillant, son sourire ravageur aux lèvres.

— Je ne savais pas que l'orgasme féminin était aussi puissant !

Et il rigole.

Rira bien qui rira le dernier.

D'un coup de hanche, je le fais basculer sous moi. Ma langue trace un chemin jusqu'à son caleçon, il fait moins le malin. Il suffoque presque dans l'expectative. Parfait, je compte bien le surprendre.

Je le débarasse de cette dernière couche de tissu, avant de venir caresser tendrement son gland. Aussitôt, je sens son plaisir me transcender. Il est si excité qu'il risque de tout lâcher avant que j'aie pu m'occuper de lui. C'est hors de question : je compte bien faire durer ma petite torture.

Je le relâche pour venir embrasser le bas de son ventre. Je passe alors ma langue sur sa verge, la faisant se tendre un peu plus.

— Putain, souffle-t-il.

Au lieu de le prendre en bouche comme je l'avais initialement prévu, je continue mon petit tour : baisers autour de la zone, puis sur son membre tendu. Lorsque, enfin, je le sens au bord de l'implosion, je me place au-dessus de lui et l'invite à me pénétrer.

C'est fou. Je ressens ses sensations et les miennes dans un cocktail détonant. Il me saisit les hanches et m'accompagne dans un mouvement de va-et-vient qui nous rend ivres de plaisir.

La jouissance monte, monte, jusqu'à son paroxysme. Il explose en moi dans un cri d'extase qui ricoche avec le mien.

Bordel, que c'est BON !

À bout de souffle, je me laisse tomber à côté de lui. Ses bras m'entourent, comme pour me protéger.

— Je crois qu'on s'est vraiment mis dans la merde, cette fois-ci, murmure-t-il.

Nous ne pouvons pas nous empêcher d'en rire. Il n'a pas tort.

Néanmoins… en cet instant de plénitude, je comprends que je veux bien mourir ici, avec lui. Pour rien au monde, je ne voudrais renoncer à ce que nous vivons.

CHAPITRE 29

Ryan

Je ne peux m'empêcher de rester contre Mya, en cuillère, toute la nuit. Nous discutons, de temps en temps, de tout et de rien. Mais surtout, nous restons l'un contre l'autre, savourant ce contact que nous avons tant cherché. Et tant fui.

Quelque part, je m'en veux. Je risque nos deux vies pour ces instants de grâce. Or, à quoi bon se protéger, si cela signifie tirer une croix sur elle ?

Je sens qu'elle partage mes pensées, et qu'elle en a tiré les mêmes conclusions, car nous restons ainsi jusqu'au lever du soleil. J'ai pourtant de nombreux devoirs, même de nuit. J'aurais dû voir les préparateurs du mariage, choisir les musiques, décortiquer les danses que nous programmerons, avec ma mère et ma fiancée.

Rien n'importe plus que celle qui se tient à mes côtés. Je prétendrai que la mort d'Anna m'a retourné — après tout, ce n'est pas totalement faux —, et que j'avais besoin d'espace un instant. Puis je retrouverai Matthew.

Je suis persuadé qu'Evelyn ne me ment pas. Je suis prêt à accepter son offre. Je le dois, après tout ça.

Il n'y aura donc plus de déliage à étudier, juste le commanditaire d'Anna à retrouver.

Ou les commanditaires.

En attendant, je protégerai Mya, coûte que coûte. Plus personne ne portera la main sur elle. Je trouverai un moyen.

— Il va falloir que tu y ailles.

— Le Conseil n'est que dans deux heures, à vue de nez, répliqué-je d'après les premiers rayons de soleil filtrés par la fenêtre.

Je parsème ses épaules de petits baisers. Aussitôt, elle se contracte contre moi. Notre lien transpire à nouveau de désir. Jamais je n'ai autant eu envie de quelqu'un.

— Tu devras sans doute fournir des explications pour ton absence.

— Ne t'en fais pas.

Je profite de mon avantage pour la serrer plus fort contre moi. Évidemment, je me fais prendre à mon propre jeu : ses divines fesses se collent sur mon membre, provoquant des pensées plus qu'indécentes. Et une trique plus impudente encore.

Mya le sent, bien entendu. Elle commence à faire des petits mouvements contre moi pour me chauffer. Ça fonctionne à merveille. Je ne sais pas si je la hais ou si je l'adore.

— Je m'en fais, lâche-t-elle, comme si de rien n'était. Promets-moi qu'après ça, tu t'en iras.

— Après quoi ? la taquiné-je.

Elle arrête immédiatement son petit jeu, me laissant sur ma barre. Elle ne peut pas être plus claire.

— Je ne suis pas tant obsédé que ça, affirmé-je.

Je la sais amusée à travers notre lien. Et la voilà qui recommence ses caresses. J'essaye de jouer l'insensible, mais c'est impossible de lui cacher quoi que ce soit. Je suis de plus en plus excité. Et très frustré quand elle s'éloigne à nouveau de moi.

— Vraiment ?

Je me mords la lèvre. J'ai d'ores et déjà perdu. J'ai tant envie d'elle que lui résister s'apparente à de la torture.

— Tu as gagné, marmonné-je en la récupérant contre moi.

Sa peau nue à nouveau contre la mienne crame mes derniers espoirs de me retenir. Mes mains viennent caresser la courbe de ses hanches, avant de se perdre au niveau de sa poitrine. Ses tétons se durcissent au contact de mes doigts, la faisant frémir. J'embrasse sa nuque, tandis que mon membre vient frotter contre ses fesses. Je n'arriverai pas à me retenir longtemps.

Mes doigts se faufilent plus bas, jusqu'à son intimité que je viens titiller. Avec douceur, je m'enfonce en elle, tout en continuant le ballet de mes doigts. Elle se cambre contre moi, pour m'en demander plus. Je ne suis pas mieux. J'ai l'impression d'être propulsé dans un autre monde. Avec elle, c'est tellement meilleur que tout ce que j'ai connu !

J'accélère l'allure, et le plaisir se fait plus prégnant. J'essaye de tenir, le plus longtemps possible, pour lui offrir un orgasme avant le mien. Il ne tarde pas. Une vague de plaisir vient bouleverser notre lien et elle pousse un gémissement d'extase si fort que je ne peux plus me retenir. Je jouis à mon tour, avec une telle puissance que je suis sonné pendant quelques instants.

Nous reprenons notre respiration avec peine. Il faut croire qu'on a poussé nos limites à l'extrême, sans nous en rendre compte.

Mya se retourne pour venir se coller contre moi. Après le plaisir, la douceur de son étreinte est sans commune mesure. Je pourrais rester des heures ainsi.

— Ryan…

— Oui ?

— Il n'y a aucun risque que… je tombe enceinte, si ? Il n'y a que la morsure qui peut donner un vampire, non ?

Je souris.

— Nous avons un autre système pour avoir des enfants…

biologiques. Mais ne t'en fais pas, en l'état, tu as raison. Nous sommes tous les deux stériles. Il faut faire boire aux deux vampires une sorte de mixture qui les rend mortels, et donc humains, le temps de concevoir. C'est ce qu'il s'est produit avec mes parents et la majorité des nobles : c'est ainsi que nous nous reproduisons. Le fait de mordre un humain n'est plus autorisé.

— Donc je pourrais redevenir humaine si je le souhaitais ? Indéfiniment ?

Je pince mes lèvres. Est-ce de la curiosité ou une réelle envie de sa part de retrouver son humanité ? J'ai envie de la garder près de moi. Néanmoins, liés ou non, ce n'est pas à moi de choisir.

— En théorie… oui. Mais la mixture dont je te parle n'a un effet que temporaire. Seuls les sorciers ont le pouvoir de retransformer un vampire en humain. Et, comme tu le sais, nos rapports avec les sorciers sont tendus.

Elle acquiesce, tandis que je m'inquiète. Les émotions qui passent à travers notre lien sont trop confuses pour que je comprenne si elle souhaite retrouver sa vie d'avant.

Si c'était le cas, pourrais-je lui en vouloir ? Je la condamne à une vie misérable. Si tout se passe bien, je me marierai avec Evelyn. Elle serait ma maîtresse, tout au plus. Et maintenant qu'elle a été vue poursuivant Anna, elle ne pourra plus faire partie de notre personnel.

Matthew a un plan pour expliquer tout ça à notre père, n'empêche, nous n'avons encore rien trouvé pour réintroduire Mya dans nos effectifs, et donc la protéger le temps de savoir qui nous en veut.

Fait chier…

La bulle qui nous coupait du monde depuis hier soir vole en éclat. Elle a raison. Je dois retrouver mon frère avant le Conseil pour continuer de préparer cette mascarade qu'est mon mariage.

Je pose un baiser dans les cheveux de ma liée, avant de me

détacher d'elle.

— Attends.

Je me tourne vers elle. Soudain, elle semble gênée. Dans notre lien aussi, je sens que ce qu'elle s'apprête à dire la met mal à l'aise.

— Qu'y a-t-il ?

— Je voulais t'en parler mais… il va falloir trouver un moment pour me laisser sortir. Je pense que je contrôle ma soif, maintenant.

Hors de question. Elle tressaille sous l'assaut de mes émotions, bien trop vives.

— C'est un risque insensé. On ne connaît pas encore le commanditaire du meurtre et…

— Ma famille se fait du souci. J'ai peur qu'ils prennent des mesures… radicales pour me voir. Autant couper court à tout risque.

Je passe ma main sur son visage. Je savais que les humains finiraient par s'en mêler. Elle n'a pas vu ses parents depuis longtemps. Sans compter que nous avons bâti un mensonge à base de fièvre jaune qui a dégénéré. Normal qu'ils s'inquiètent autant.

Et il est impossible de catapulter des humains ici. Il faut la faire sortir. Sans se faire suivre.

— On va essayer de s'arranger, alors.

Elle me sourit. J'ai la folle envie de me remettre sous les draps avec elle.

Résiste.

Je me lève. C'est à regret qu'elle me laisse partir, elle aussi. Je comprends soudain pourquoi mes parents ne sont jamais loin l'un de l'autre. Cela relève de la torture.

Je m'habille en silence sans oser la regarder. Non, si je me perds encore dans ses prunelles, il me sera impossible de partir.

Je sors à contrecœur, sans rien ajouter, et referme derrière moi. Il va falloir trouver un moyen de la protéger mieux que ça.

— Eh bien, c'est pas trop tôt !

La voix de Matthew me fait sursauter. Il sort de l'ombre, armé d'un sourire qui en dit long sur ce qu'il sait déjà. Merde. Je ne pensais pas me confronter si vite à des explications.

— Je…

— T'inquiète, Ryan. Franchement, je pensais que vous craqueriez avant le bal.

— Pardon ?

Il hausse les épaules.

— Tu voulais pas en entendre parler, parce que t'es plus borné qu'un âne, mais j'ai pris mes précautions. Callum m'a expliqué que le plus gros risque serait d'intervenir dans votre relation. Il m'a conseillé de laisser couler, quoi qu'il arrive. Y compris si ça devait déboucher sur… ça.

Il est sérieux, là ?

— Alors, vous avez choisi de me laisser souffrir avec ce dilemme impossible, en complotant dans mon dos !

Matthew lève les yeux au ciel.

— Je savais que tu le prendrais comme ça. Dois-je te rappeler qu'on s'est toujours dit qu'on suivrait l'instinct de Callum ?

— Putain d'instinct de merde !

— Tu l'as dit. Je t'aiderais bien à te calmer, mais tu t'es absenté longtemps et faut qu'on fasse le point avant que tu retrouves la cour.

Je déteste qu'il ait autant raison. Je me sens piégé. Bordel, qu'est-ce que j'étais bien, dans cette chambre ! Pourquoi il a fallu que je la quitte, hein ?

— Vas-y, dis-moi tout.

— Pour le moment, notre cher père a eu connaissance de la mort d'Anna, mais n'a pas approfondi le sujet. Il a envoyé ses propres enquêteurs sur le terrain et c'est tout. J'ai convaincu

Hector, notre espion en chef, que Mya était une agente particulière que j'ai recrutée pour mon effectif personnel. Il ne trouvera rien sur elle, car rien ne concorde dans le registre des vampires, ce qui est normal puisqu'elle est censée être « ma meilleure espionne ». Et il y a tant à trouver sur Anna, que je pense qu'on a le temps devant nous avant qu'on vienne nous interroger sur Mya.

— Merci d'avoir géré ça.

— C'est naturel. Je suis ton futur conseiller, après tout.

Il accompagne son clin d'œil d'un sourire. J'ai de la chance de l'avoir. Sans lui, le trône serait déjà renversé avant même que je sois nommé roi.

— Pour Anna, continue-t-il, des premières preuves ont été trouvées dans sa chambre. Sa haine remonte à très longtemps, ce plan nous dépasse. On ne peut d'ailleurs pas encore prouver qu'un quelconque noble est mêlé à tout ça. Il va falloir que tu sois fin et que tu surveilles la cour. Les commanditaires sont malins, je doute qu'ils se trahissent facilement. Il faut l'être plus qu'eux.

— Et tu comptes sur moi pour ça ?

— Sur toi, Callum et moi. Père et mère sont hors course tant que le mariage n'est pas terminé.

— Parce que tu comptes les tenir au courant après ?

Rien que d'imaginer le regard de père sur moi…

— Ils le sauront forcément un jour. Autant que ça vienne de nous. Ils se sentiront moins trahis. Il faut juste conserver le secret jusqu'au mariage, le révéler avant est trop risqué.

— C'est Callum qui t'a dit ça ?

— Non, simple conclusion personnelle.

La mention du benjamin de la famille me fait grimacer. On a un dernier point à voir ensemble avant de parler du cas Callum.

— Et Evelyn ? Tu penses qu'elle est honnête ?

Nouvelle grimace. Mes viscères se contractent. Pitié, qu'elle ne soit pas une traîtresse. Si nous devons nous lier, c'est la fin.

— Ce que je pense importe peu. Pour le moment, il n'y a aucune preuve dans un sens comme dans l'autre. Je devrais avoir de nouveaux retours dans la journée.

— Alors, pourquoi tu tires cette tronche ?

Un soupir. Puis il se lance :

— Avec Callum, on a réussi à gérer cette nuit sans toi. Père s'est rendu compte de ton absence vers quatre heures du matin, ce à quoi j'ai prétexté que tu étais sans doute parti prendre l'air pour te remettre de la mort d'Anna. Il n'a pas insisté. En particulier parce que Callum s'est montré très prévenant avec ta promise, tandis que je me suis occupé du reste de la cour.

— Je comprends que mon absence vous ait pesé et j'en suis désolé.

— Ce n'est pas ça. Je n'ai jamais vu Callum aussi… normal, auprès de quelqu'un.

Ah, oui. J'avais presque oublié ce détail.

— J'ai l'impression qu'il protège Evelyn depuis qu'elle est arrivée.

— Elle serait en danger ?

— Aucune idée. Il ne m'en a pas dit plus, comme toujours.

Matthew lève les bras au ciel, d'un air dépité. C'est lui qui reprend la conversation en chuchotant. Nous avons quitté l'aile désaffectée pour retourner à la cour. Il convient de prendre à nouveau nos précautions.

— C'est un nouvel élément à prendre en compte ! Bon sang, vous me rendez fous !

— Désolé, grondé-je.

Il a raison. Je détesterais être à sa place, à devoir tout gérer dans l'ombre. Il fait craquer les jointures de ses doigts.

— En tout cas, je n'ai encore rien trouvé sur Evelyn, reprend Matthew après un silence qui en dit long sur son état d'âme. Vu comment… ça se profile avec Mya, il faudrait peut-être que tu acceptes le deal.

— Tu ne veux pas que j'attende la dernière minute pour le lui dire ?

— Non. Si c'est un piège, il vaut mieux qu'on la surveille dès maintenant. Ne lui promets rien à l'écrit ou devant témoin, c'est tout ce que je te demande. Au pire, ce sera ta parole contre la sienne. Et d'ici là, j'aurai réuni assez d'éléments pour l'incriminer.

Je hausse un sourcil.

— L'incriminer de quoi ?

— Du fait qu'elle veuille garder sa liberté. Du peu que je sais, tout indique qu'elle est pire que toi là-dessus : fêtes à n'en plus finir, nombreux amants, fugues répétées…

Je ne sais pas pourquoi, mais c'est moi qui ai l'impression de piéger Evelyn. Matthew en saura trop. Je me sens mal rien qu'à connaître un peu de sa vie privée sans qu'elle m'en ait elle-même parlé.

— Tu sais, les Bridges ont sans doute enquêté sur toi aussi, reprend Matthew, lisant dans mes pensées. Ce n'est qu'un juste retour des choses.

— Si tu le dis.

Il m'assène un petit coup d'épaule, toute bonne humeur retrouvée. Je ne sais pas comment il fait pour être aussi résilient.

— Haut les cœurs ! Ça pourrait être pire, il pourrait pleuvoir.

Je ne peux m'empêcher de sourire, malgré cette situation de merde. J'ai tant de chance d'avoir un frère pareil.

— Haha, très drôle, lâché-je.

Nous restons un instant comme ça, à savourer cet instant normal, un peu hors du temps. C'est moi qui y coupe court.

— Allez, je dois retourner à la cour. Tu m'accompagnes ?

— Je suis de corvée de garde. Et puis, le Conseil n'est que

dans une heure, je ne manquerai à personne.

Sur ce, il prend un couloir adjacent et me laisse seul devant la porte qui mène au grand salon. Je n'ai pas petit-déjeuné, mais qu'importe : ils m'attendent. Et il est hors de question que je sois plus en retard encore.

Avec une grande inspiration, je fais signe aux gardes qui m'ouvrent les portes.

C'est parti pour une nouvelle matinée en enfer !

CHAPITRE 30

Mya

Il existe une potion pour me rendre humaine…

Cette pensée tourne en boucle depuis que Ryan m'en a fait part, il y a deux jours. Difficile de l'ignorer. Je comprends qu'ils ne l'aient pas envisagé dans mon cas : étant liée à l'héritier, je suis plus apte à me défendre en tant que vampire qu'en tant qu'humaine.

Mais…

L'ont-ils seulement envisagé pour l'après ? Et moi, dans tout ça ?

Mon téléphone vibre, coupant net mes réflexions.

Maman.

Je ferme les yeux un instant pour me donner du courage, puis réponds.

— Coucou ma puce ! s'exclame-t-elle. Tu vas bien ?

— Ça va, et toi maman ?

— Tu viens nous voir quand ?

Encore cette fameuse question.

— Maman, tu sais bien que…

— Non, justement, je ne sais rien ! Mya, ton père et moi, on s'inquiète. Ça fait trop longtemps ! Qu'est-ce qu'il t'arrive ?

— Je suis juste fatiguée…

— Ce n'est pas une raison ! À force de vouloir nous éviter, on s'est imaginé le pire, tu comprends ? On a cru que tu nous cachais que tu étais encore à l'hôpital. Tu imagines le temps que ça a pris, d'appeler tous ceux de la région ?

Quand ils ont une idée en tête, ils ne l'ont pas ailleur. C'est même parfois flippant.

— J'ai juste besoin de temps, Maman…

— On te propose de passer en coup de vent à la coloc, c'est tout… Juste quelques minutes, pour te voir..

J'inspire, espérant ainsi trouver une excuse valable, mais rien.

— Ma puce…, reprend plus doucement ma mère. Tu… Tu n'es pas en danger au moins ?

J'ai envie de ricaner. Si elle savait.

— Maman, tout va bien. Je dois retourner réviser.

— Mais…

— Bisous ! Je t'aime !

Je raccroche avant de me prendre la tête dans les mains. Tels qu'ils sont partis, je redoute à présent qu'ils décident de débarquer à la coloc sans prévenir… Il va falloir trouver une solution, et vite.

Je me lève de mon lit avec l'impression d'avoir le cerveau en compote. Il y a trop d'éléments qui s'entrechoquent dans ma tête, et trop peu de choses qui se résolvent. J'ai besoin de prendre l'air.

Par chance, j'ai enfin un plan du manoir. C'est Matthew et Callum qui, par miracle, ont convaincu Ryan que je ne risquais rien à vagabonder dans les couloirs désaffectés de ce gigantesque château. À condition d'être chaperonnée par l'un d'entre eux, bien sûr. C'est le maximum qu'on a pu obtenir. Je peux m'en contenter. Pour l'instant.

Ça me blesse un peu de ne pas pouvoir me passer d'une garde rapprochée. Je sais toutefois qu'il n'y a pas le choix. Je ne peux pas la refuser, la mort nous guette, même si Callum semble s'être tranquillisé sur ses « visions ».

Je soupire. Marcher m'aidera à y voir plus clair et à m'apaiser.

J'ouvre la porte sur Clayton, assis à même le sol, qui décortique un certain nombre de parchemins. À croire que nous sommes au siècle dernier.

Je secoue ma main en l'air, pour lui dire bonjour en langue des signes. Il me répond en se pointant du doigt puis en envoyant ses paumes vers moi. « Comment ça va ? ». Une phrase qu'il m'a apprise hier en BSL*. Je lui montre mes pouces pour répondre, avant de reprendre la parole.

— J'aimerais me promener.

Il hoche la tête et se redresse, après avoir rangé ses feuilles dans une sacoche qu'il porte sur lui. Nous nous dirigeons d'un pas rapide vers les entrailles du manoir.

Il y a bien plus de pièces et de couloirs fermés à la foule que ce que j'aurais pu imaginer. Matthew m'a expliqué que cette vieille bâtisse de plusieurs siècles avait été conçue pour accueillir des centaines de vampires, en cas de guerre. Ils n'avaient pas anticipé que la royauté régnerait sur des Lords, eux-mêmes capables de construire des châteaux pour protéger leur peuple.

— Le mariage ne remplira pas cinquante pour cent de tout cet espace, m'a-t-il appris hier.

Tout semble gigantesque lorsque je sors enfin de ma chambre.

Je me tourne vers Clayton, un sourire aux lèvres.

— Comment est-ce possible d'avoir bâti quelque chose d'aussi énorme sans que les humains s'en rendent compte ?

Il récupère son calepin et écrit. C'est fou à quel point il est doué, un stylo à la main, même en marchant. Au bout de quelques secondes, il me tend le papier.

«*Des sortilèges puissants nous cachent des humains.*»

— Je pensais que les vampires étaient en froid avec les sorciers ?

Cette fois-ci, il met plus longtemps à inscrire sa réponse.

«*À l'époque de la construction du manoir, non. Les humains nous empêchaient de prospérer. À de multiples reprises, les vampires, les sorciers et les loups-garous se sont alliés pour gagner des territoires, pour ensuite les cacher à ton espèce et avoir la paix.*»

— Alors, aucun humain ne peut venir ici ?

«*Si. S'il y est invité par un vampire.*»

Je vois. J'imagine qu'en m'y menant, Ryan m'a en quelque sorte «invitée».

Je vais pour poser une nouvelle question quand, au tournant d'un couloir, j'entends un bruit étouffé. L'endroit est supposé être désert, mais nous devons prendre nos précautions. Aussitôt, je me plaque contre le mur, alors que Clayton fronce les sourcils. Avec un peu de chance, ce ne sont que des vampires qui batifolent à l'écart des autres, et nous pourrons nous en aller sans nous faire remarquer. Clayton me prend le bras pour que nous fassions demi-tour, lorsque j'entends un murmure :

— Non, Julian, arrête…

Mon sang se fige dans mes veines. Je reste de glace, tandis que Clayton m'observe avec étonnement. Les souffles sont si ténus que je doute qu'il ait entendu ce qu'il se passe.

Mais moi, si. Et je ne peux pas l'ignorer.

Je me détourne, faisant fi du guérisseur qui commence à angoisser. Je jette un coup d'œil dans le couloir perpendiculaire et le vois…

Julian.

La nausée me prend. Tout comme ce jour-là, en cuisine, il a plaqué une jeune femme contre un mur et passe ses mains abjectes sous ses habits. Quant à la vampire…

Je suffoque. Elle a tourné la tête, fermé les yeux, comme si cela pouvait lui permettre d'occulter ce qu'il se passe. J'ai l'impression de me retrouver à sa place, de perdre mes moyens, de vouloir perdre connaissance pour ne pas assister à ce qu'il va me faire après.

C'est le souffle stupéfait de Clayton qui me ramène à la réalité. Il a les yeux grands ouverts, en colère… impuissant. Un sorcier banni ne peut rien contre un vampire. Il n'y a que moi qui puisse intervenir.

Je peux agir.

Cette constatation me fait l'effet d'un coup de fouet. Oui, je peux agir. Non, plus : je *dois* agir.

Une force nouvelle me parcourt toute entière. Il n'a pas le droit de continuer de bousiller des vies, de s'en prendre à plus faible que lui. Je ne le laisserai pas faire.

Le venin de Ryan coule dans mes veines et je suis une nouvelle-née. Ce qui me confère littéralement une puissance plus grande que la sienne.

Je bondis hors de ma cachette, si furieuse que je n'ai qu'une idée en tête : le démembrer et le tuer. Faire en sorte que cette ordure disparaisse à tout jamais de la terre et cesse de salir tout ce qu'il touche.

Il ne me remarque qu'à la dernière minute, lorsque je chope son bras pour le dégager de sa victime. Avant qu'il ne puisse se défendre, je l'arrache de la jeune femme et le plaque contre le mur opposé. Il pousse un petit cri surpris avant de sourire. Mon numéro de la dernière fois ne semble pas du tout avoir fait office de punition.

— Jalouse ? me lâche-t-il.

Mon premier coup le cueille à la mâchoire, manquant de lui déchausser une dent. Il tente de se défendre, mais ma prise est trop forte. J'ai tellement la haine que je le sens à peine se débattre.

Le deuxième coup lui explose le nez, faisant couler un sang noirâtre sur ses lèvres.

Le troisième… est arrêté avant qu'il n'atteigne sa cible.

Je tourne des yeux furieux vers Clayton. Il me montre la vampire toujours prostrée au sol. Ses yeux clament l'évidence. Ce n'est pas en le frappant que j'arrêterai quoi que ce soit. Ni en le tuant. Son sang ne ferait qu'aggraver une situation bien merdique.

Je plante mon regard dans celui de Julian, qui a enfin cessé de sourire.

— Tu le regretteras, le préviens-je.

Je le relâche et il s'écroule au sol. Je n'en fais aucun cas. Avec délicatesse, je me tourne vers la vampire qu'il a agressée.

— Ça va aller, tu verras, lui soufflé-je. Clayton va prendre soin de toi.

Puis, à deux, nous l'aidons à quitter cet endroit maudit.

Une fois de retour dans ma chambre, je fulmine. Je n'ai pas pu accompagner le guérisseur jusqu'à l'infirmerie, pour garder mon anonymat. Il a fallu que j'attende la venue de Ryan, attiré par l'ébranlement senti à travers le lien. Il ne s'est pas montré, évidemment. Mais une fois assez près de moi, j'ai quitté Clayton et la vampire pour le rejoindre au détour d'un couloir désaffecté. Il m'a accompagnée jusqu'ici, sans mot dire.

— Julian ? demande-t-il, alors que je fais les cent pas sur le parquet verni.

— Comment le sais-tu ?

— Tes émotions.

J'acquiesce. Dans son regard, sa fureur fait écho à la mienne.

La seule chose qui le retient ici, c'est la promesse qu'il m'a faite quelques jours plus tôt. Celle de me laisser faire.

— Il a agressé une autre vampire. Je… je suis intervenue.

Je prends une grande inspiration, un peu tremblante. J'ai beau l'avoir contré, une nouvelle fois, je ne me sens pas en sécurité. Ryan comprend mon état. Il ne dit rien, mais finit par s'approcher de moi et me prendre dans ses bras. Ce simple geste fait voler ma fébrilité en éclats et je me calme.

— Si Clayton n'était pas intervenu, je l'aurais tué, Ryan, lâché-je enfin.

— Personne ne t'en aurait voulu.

Je me mords la lèvre.

— Et nous aurions été encore plus dans la merde.

Je le sens sourire.

— Un peu plus, un peu moins…

Je me détache et lui assène un petit coup sur l'épaule. Il pouffe puis reprend son sérieux.

— J'ai fait des recherches, déclare-t-il d'un ton grave.

— Sur quoi ?

— Sur comment le condamner.

Je retiens ma respiration. Peut-on faire confiance à la justice ? Celle des vampires vaut-elle plus que celle des humains ? Des tas d'humains arrivent à s'en sortir pour moins que ça. Des policiers corrompus ou incrédules, des plaintes sans suite… Tant de choses qui pourraient être transposées au monde des vampires.

— Clayton a été témoin, murmure-t-il. Il bénéficie de la confiance de nos juges. Si la fille décide de parler… Julian sera condamné.

— Et que risque-t-il ?

— Le bannissement ne l'empêcherait pas de recommencer. Ce sera donc les cachots.

— Combien de temps ?

Ryan soupire.

— Une cinquantaine d'années. Plus s'il récidive ou s'il y a plusieurs victimes.

Je serre les poings. Moi, je ne compte pas. Personne ne me connaît, ici. Ne doit me connaître. Je ne peux pas témoigner. Ryan m'étreint, plus fort.

— On le surveillera de près, je te le promets. Avec ce qu'on lui réserve en prison, ça lui passera l'envie de recommencer.

Je ne peux que m'accrocher à cet espoir. Et à la colère de Ryan. Je doute qu'un brasier aussi fort s'éteigne de sitôt. S'il devient roi…

Nous restons ainsi un long moment, l'un contre l'autre. Un peu comme ma bouée de sauvetage, sa présence me permet de reprendre mes esprits et de me recentrer. Je reprends contenance et finis par le lâcher.

— Tu ne devrais pas être avec les autres nobles ?

— Tu m'as sauvé d'un tête-à-tête gênant avec mon futur beau-père. Il me demandait quelle bague je comptais offrir à sa fille.

La mention de Lord Bridges me fait un coup à la poitrine. J'ai eu le temps de me familiariser avec les noms des nobles de la cour. Et celui-ci ne cesse de me ramener à ma triste condition : celle de l'amante du futur roi.

— Je suis désolé, grimace-t-il.

J'aimerais lui dire qu'il n'a pas à l'être, que ce n'est pas de sa faute. Je n'y arrive pas. Je ne sais même pas si je pourrais tenir ce rôle longtemps. Il doit s'en douter puisqu'il me demande aussitôt :

— Tu… tu voudras partir ? Quand tout sera fini.

Cette fichue question devait bien finir par sortir. L'ennui, c'est que je ne suis toujours pas capable d'y répondre.

— Je ne sais pas.

Je sens qu'il est blessé, mais je n'y peux rien. Mon cœur me hurle de rester à ses côtés, qu'importe les compromis, qu'importe les règles. Mon esprit, lui, est persuadé que je ne le supporterai jamais.

Un petit toc à la porte nous informe que Clayton est revenu pour me surveiller. Ryan m'adresse un sourire contrit.

— Je dois y retourner. Et trouver… de quoi satisfaire Lord Bridges.

J'acquiesce. Je n'ai pas trop le choix que de le laisser partir. La seule chose qui me console, c'est que cette nuit, il n'y a pas de bal. Il pourra se glisser dans ma chambre sans que personne le voie. Et alors, nous pourrons nous oublier dans les bras l'un de l'autre.

— En parlant du père de ta promise… Tu ne penses pas que ce serait lui derrière tout ça ?

Malgré les retours complets des journées de Matthew, Callum et des siennes, l'investigateur de notre meurtre reste un mystère. Toute l'agitation autour des préparatifs du mariage n'aide pas.

— Même s'il était au courant pour nous, ce dont je doute, il a tout à gagner à me garder en vie. Sa fille va s'asseoir sur le trône.

J'aurais aimé que ce soit cette famille. Dommage. Il aurait été simple de les écarter de l'équation entre Ryan et moi.

Ryan hésite, puis me prend le visage en coupe entre ses mains. Ses yeux brillent d'une lueur qu'il ne me réserve que lorsque nous sommes tous les deux. Une lueur tendre. Une lueur pleine de promesses.

— Si tu savais comme j'ai envie de te l'offrir à toi, cette bague. À toi, et à toi seule, souffle-t-il avant de quitter la pièce, me laissant plus seule que jamais.

CHAPITRE 31

Ryan

Mes yeux parcourent l'ensemble des invités du énième bal qui se tient devant moi. Étoffes de couleurs se mêlent et se démêlent en une danse intarissable qui me laisse indifférent. Je n'ai pas le cœur à la fête.

Matthew s'amuse avec d'autres nobles, les héritiers des principales familles, plus particulièrement. Il est rare de le voir aussi ouvert. Est-ce un masque pour tenter de confondre les coupables de nos tentatives de meurtre ? Possible. Matthew excelle dès qu'il s'agit d'obtenir des confidences. Et nul doute que, si l'un de ces jeunes intrigants livre une information intéressante sur l'un de ses parents, il saura en tirer parti.

Je devrais l'aider, mais en suis incapable. Mon attention entière est accaparée par Mya. Une semaine que nous avons cédé à nos pulsions les plus secrètes. Une semaine qui m'emplit d'un bonheur que je n'ai que trop peu connu ici, au manoir. Une semaine de doutes, aussi. Je le sais, elle ne cesse de s'interroger. Sur nous. Sur l'avenir.

Si nous en avons un.

J'engloutis mon verre cul sec, la mâchoire contractée. Il ne tient qu'à moi de l'assurer.

Je me hâte vers celle qui pourrait régler une partie de mes problèmes. Evelyn porte une magnifique robe dorée qui met en valeur ses formes. Même si elle m'est promise, de nombreux hommes gravitent autour d'elle. Il est temps de faire semblant d'être possessif.

— M'accorderiez-vous cette danse ?

Evelyn se tourne vers moi, un large sourire aux lèvres. Seul son regard trahit son agacement envers les mâles qui l'entourent.

— Avec plaisir, cher fiancé.

Elle appuie sur ces derniers mots avec tant d'ardeur que je manque de rire. Je récupère son bras et la mène vers la piste de danse.

Bien que ce nouveau bal soit une plaie, il est l'occasion d'avoir enfin une discussion privée avec elle ; jusque-là, nous nous sommes toujours entretenus en présence d'un membre de notre famille.

Je la fais virevolter sur la piste le temps de me reprendre. Matthew m'a fait part ce matin de ses découvertes sur elle, grâce à ses corbeaux. En dehors de ses penchants fêtards et de ses nombreuses altercations avec ses parents, il n'y a rien. Quant à moi, je suis persuadé de pouvoir lui faire confiance.

— Nous sommes à moins de trois semaines du mariage, entame-t-elle sur un ton badin avant que j'aie pu trouver la parfaite phrase d'accroche.

Elle est bien plus douée que moi pour sauver les apparences. C'est un atout majeur pour une reine.

— J'espère que l'événement sera à la hauteur de vos espérances, réponds-je.

— Je n'en doute pas. La reine est très prévenante à mon égard. Peu de promises peuvent se targuer d'être intégrées dans l'organisation de leur mariage.

Il est vrai que mes parents et moi aurions dû préparer ça ensemble, sans aucun Bridges, comme l'exige la tradition. Néanmoins, ils ont eu raison de bousculer cette coutume. En incluant Evelyn, ils renforcent les liens entre les deux familles avant même le mariage. Ainsi soudés, ils appuient leur autorité sur le reste du Conseil et des nobles.

— Je suis heureux que cela vous convienne.

— Ce qui me conviendrait le plus serait d'obtenir votre réponse.

On y arrive. Gracieuse, mais pas patiente. Je ne peux m'empêcher de sourire.

— Je ne vous injecterai pas mon poison lors de notre échange de vœux, lâché-je.

Un tel soulagement se lit sur son visage que j'ai l'impression de faire face à une autre personne. Et je me sens coupable. J'avais sous-estimé l'angoisse qui la tourmentait jusque-là.

— Parfait, souffle-t-elle. Je ferai de même.

— À une condition.

Son visage se referme. Je ne sais pas ce qu'il me prend. L'instinct protecteur d'un frère, sans doute.

— J'en étais sûre, s'énerve-t-elle. Moi qui pensais que vous étiez en dehors des manèges de la cour ! Allez-y, quelle est votre condition ?

Elle me fait rire, à s'imaginer je ne sais quel complot, alors que je souhaite juste protéger ma famille.

— Je veux savoir ce que vous trafiquez avec mon frère.

— Votre… frère ?

— Callum.

Elle m'observe avec attention. Je lui rends son regard scrutateur. On ne peut nier qu'ils se sont rapprochés. Et comme je ne sais toujours pas ce qu'il se trame sous le crâne de Callum, autant interroger la principale concernée.

— Jaloux, peut-être ? déclare-t-elle avec un ton provocateur.

J'enchaîne un pas de valse complexe avant de la faire

tourner sur elle-même. Elle se retrouve un peu échevelée contre moi, désorientée. Je sais, piètre vengeance pour sa pique. Néanmoins, ça m'a laissé le temps de réfléchir sérieusement à son interrogation. Et la réponse est claire : non, je ne suis pas jaloux.

— Inquiet serait le meilleur qualificatif. Inquiet de ce que pourrait chuchoter la cour, si je ne suis pas le seul à avoir remarqué votre manège. Inquiet pour mon frère, aussi. C'est le moins… armé de nous trois pour faire face aux rumeurs.

Leur proximité pourrait être source de commérage. Mauvais, de surcroît. Callum chercherait-il à séduire ma future femme ? Aucune idée. Or, c'est ce qu'iraient sans doute s'imaginer certains.

Evelyn se met à ricaner.

— Si je me retrouve souvent avec lui, c'est parce qu'il est bien le seul à être de charmante compagnie, loin de juger tous mes faits et gestes. Et ce n'est qu'un ami. Un simple ami.

— Que ce soit un ami ou autre n'est pas la question, c'est…

— Il s'agit de ma liberté, Ryan. J'aime la compagnie de votre frère, et qu'importe les ragots. Il y en aura toujours, quoi que nous fassions. Si je ne veux pas me lier à vous, c'est bien pour ne pas être prisonnière des choix de quelqu'un d'autre.

Je déteste le ton qu'elle emploie pour me faire la morale. Pourtant, je la comprends : moi aussi, je déteste devoir m'incliner devant les autres. Sauf que…

— Vous êtes la future reine, grondé-je. Que ça vous plaise, ou non. Que ça *nous* plaise ou non.. Nous ne serons jamais libres. Plus tôt vous l'accepterez, mieux nous nous adapterons ensemble à la vie de la cour.

Elle ouvre la bouche pour répliquer, les yeux brillants de défi. Je ne lui en laisse pas le temps et nous mène sur le bord de la piste de danse avant de faire une révérence.

— Ne vous en faites pas, vous avez rempli votre condition, lui chuchoté-je. Le marché tient toujours.

Je m'éloigne. Elle a besoin d'y réfléchir. Je ne peux pas lui offrir une liberté totale, sans quoi j'aurais pris la mienne depuis longtemps.

— Votre Altesse.

Je me retourne. Lady Clifford me tend sa main. Je la saisis et m'incline. Elle veut clairement que nous dansions ensemble et, en tant que conseillère et femme mariée, je ne peux pas refuser.

— Une danse, ma Lady ?

— Avec plaisir, Votre Altesse.

Ses yeux rouges pétillent. Elle est loin d'être la plus puissante du Conseil, je la sais pourtant d'une intelligence redoutable. On ne se hisse pas à ce genre de poste sans l'être.

Nous entamons des premiers pas gracieux. Elle est si douée que j'ai l'impression d'être mené plutôt que l'inverse. Je déteste cette sensation, comme si le rapport de force s'inversait. Ce qui est, à n'en point douter, le but de la manœuvre.

— Vous semblez ailleurs en ce moment, Votre Altesse, commence-t-elle. Il est dur de vous parler seule à seul.

La garce. Je suis obligé de trouver une excuse, autre que : « Je vais voir ma liée secrète dès que je peux, car me passer d'elle est un enfer de tous les instants. » Rien qu'à y penser, mon envie de la rejoindre croît encore.

Lady Clifford sourit toujours, comme si elle souhaitait accroître mon malaise. Une parfaite intrigante, quand j'y pense.

Est-ce elle ? Ce serait étonnant. En s'exposant ainsi, elle mettrait en péril sa stratégie. Si la famille royale mourrait… Elle ne serait même pas en lice pour le trône ni assez forte pour s'octroyer plus de pouvoir, malgré son lien avec Lord Fiennes. Ils ne feraient jamais le poids contre Lord Bridges ou Lady Arundell.

Ça ne tient pas.

— Veuillez m'excuser, le mariage nous prend beaucoup de temps et d'énergie.

— C'est un grand événement, approuve-t-elle. Vous verrez, se lier donne à la vie une saveur… tout à fait nouvelle.

Sans blague !

— Je veux bien le croire.

— Ne vous en faites pas, Votre Altesse. Le lien n'empêche pas d'être qui nous sommes. On le décrit souvent comme un renoncement, mais ce n'est pas le cas. Lady Evelyn et vous-même le découvrirez bientôt.

Son regard s'est fait plus doux, compréhensif. Après ma mère, voilà que c'est elle qui me rassure sur le lien. Pourquoi garder une tradition qui semble stresser tant de monde ?

La question ne se pose pas. Sans lien, les vampires ne feraient pas confiance à leurs conjoints et conjointes. L'alliance ne serait pas entérinée, pas avant d'avoir des héritiers ensemble.

— À n'en point douter, réponds-je dans un souffle.

La musique s'achève. Lady Clifford me lâche et s'incline devant moi.

— Merci pour cette danse, Mon Prince. Vous êtes fort demandé, je ne vous retiens pas plus longtemps.

— Merci à vous.

Nouveau sourire, qui conclut une conversation banale.

Je suis peut-être fou. Tout le monde ne cherche pas à comploter, juste à se rapprocher de l'héritier du trône pour avoir ses futures faveurs. Certes peu glorieux, mais moins angoissant.

J'enchaîne avec une discussion en présence de Lord Fiennes et Lord Despencer, en plein débat sur le meilleur investissement à faire en termes de sang. Lord Fiennes semble fébrile. Il adopte une posture défensive, les bras croisés et le visage tendu. Je me souviens qu'il l'était déjà, en Conseil. Mais est-ce parce qu'il ne s'entend pas avec une des plus grandes figures de la noblesse ou parce qu'il a quelque chose à se reprocher ?

Je deviens si parano que ça me donne le tournis. Ce ne peut être Fiennes, pour les mêmes raisons que Clifford. À moins que quelque chose d'autre ne m'échappe complètement.

Ce qui est forcément le cas, sinon nous aurions démasqué le coupable. Sans omettre qu'Anna a prétendu qu'ils étaient nombreux…

L'ensemble de la noblesse serait-elle contre nous ?

Inspire, expire.

Non. Si toute la noblesse était contre nous, nous serions déjà morts. Depuis longtemps.

— Ryan, tu as un instant ?

Je me retourne vers Matthew et Callum qui m'ont rejoint, l'air peu serein. Je ne peux m'empêcher de froncer les sourcils. Ça ne sent pas bon.

— Que se passe-t-il ?

Ils m'emmènent à l'écart des oreilles indiscrètes, avant de me répondre.

— C'est Mya.

J'ouvre de grands yeux. Pourtant, le lien ne m'envoie aucun signal. Un peu d'angoisse, mais pas de menace de mort à l'horizon. Je ne saisis pas.

Mes frères gardent le silence, ce qui ne me rassure pas du tout. Nous quittons la salle de bal. Ce n'est qu'en sortant que je remarque les yeux de père rivés sur nous.

Il ne nous a pas parlé d'Anna, ni de quoi que ce soit d'autre, d'ailleurs, en une semaine. Selon Matthew, l'enquête à son sujet est close. Cependant, je ne peux m'empêcher de trouver ça étrange qu'il n'y ait pas eu plus. Matthew a mis ça sur le dos des préparatifs de mariage. Et Callum a déclaré qu'il n'avait rien senti de particulier.

Une fois à l'écart, j'arrête mes frères.

— Vous m'expliquez, maintenant ?

— Ce sera mieux en sa présence.

Je déteste qu'on me fasse des cachotteries. Tant pis : deux minutes plus tard, nous débarquons dans sa chambre.

Elle nous y attend. Habillée d'une jolie robe à manches courtes et de bottines. Si ça ne tenait qu'à moi, je virerais mes frères de cette chambre pour lui enlever tout ce tissu.

— Qu'est-ce que… ?

Elle me tend son téléphone portable.

« Nous ne t'avons pas trouvé à la coloc. Nous sommes sur le chemin du commissariat. »

Je bugue un instant avant de comprendre. Il s'agit de ses parents.

— Il faut qu'on aille les voir, déclare-t-elle. Sinon…

— Sinon, ils vont rameuter tous les paranormaux et les humains de la ville sur la piste de Mya, termine Matthew pour elle.

Voilà qui calme aussitôt mes ardeurs. J'avais complètement oublié qu'elle voulait aller les voir pour les rassurer. Il y avait toujours plus urgent.

Il semblerait que nos priorités aient changé.

Pas besoin d'être devin pour réaliser à quel point la situation est catastrophique. Les humains ont tendance à sur-réagir et, avec les réseaux sociaux, si la recherche de Mya s'étendait, pister ses proches et la piéger deviendrait un jeu d'enfant.

Tous les regards se posent sur moi.

— Il faut que tu l'accompagnes, souffle Matthew.

Quoi !?

— Je ne peux pas quitter le bal ! m'exclamé-je. Et ce serait plus logique que vous la protégiez, vous, pas moi ! Deux liés au même endroit, vous êtes fous !

Matthew et Callum ne m'offrent aucun soutien. Au contraire. Callum m'adresse même un regard que je connais bien.

— Il faut que ce soit toi, déclare-t-il.

Fait chier, lui et ses visions !

— Pourquoi ?

— Pour sa soif de sang. C'est une jeune vampire, seul le lien peut la contenir si elle va chez les humains.

Non, impossible. Ils ne peuvent pas être sérieux. Ce serait tellement simple de nous retrouver et de nous assassiner. Les deux proies en même temps.

D'un autre côté, j'ai conscience qu'elle doit y aller. Tenter, au moins. Mieux vaut ce risque que laisser les humains n'en faire qu'à leur tête.

Je détaille mes deux frères.

— On n'a pas trouvé le commanditaire d'Anna, aucune piste, et de ce qu'on en sait, nous pouvons très bien être espionnés par des vampires qui ne manqueront pas de nous traquer. On pourrait être attaqués. Quelle que soit la solution que l'on choisira, les parents de Mya sont en danger. Autant rester ici.

Ma liée se renfrogne. À son cœur qui chavire, je comprends qu'elle redoute aussi le pire.

— Il faut que vous y alliez, s'interpose Callum, les mâchoires serrées. C'est la seule option.

— En quoi est-ce la seule ? Tu peux nous expliquer, pour une fois ?

Sa peau vire au rouge. Matthew lève les mains devant lui pour tenter de me calmer.

— Ryan…

— Non, il a raison, le coupe Callum.

Il plante son regard dans le mien. C'est un océan de tristesse, de colère et de frustration retenue. J'oublie parfois que son don est aussi une malédiction.

— Je sens la mort, déclare-t-il simplement. Si nous restons ici, nous serons acculés et c'est… nous ne sommes pas prêts.

Pas prêts ? Il entend quoi par là ? Avant que je ne le pousse à en dire davantage, il reprend :

— Si c'est Matthew ou moi qui l'accompagnons, Mya vrillera à cause du sang. Le traître en profitera pour la dénoncer aux journaux vampiriques ou à la justice, et il n'y aura que sa mort qui apaisera ses crimes. Sa mort et la tienne.

— Et si c'est moi ? grondé-je.

— Alors, il y a un espoir. C'est la seule solution.

Très rassurant. À voir la tête de Matthew, lui aussi mesure la gravité de ce que nous allons faire.

— J'ai convaincu mes parents de nous rejoindre à un bar avant qu'ils ne fassent… n'importe quoi, murmure ma liée, une moue désolée sur son visage. Ce ne sera pas long, juste une heure, le temps de boire un verre. Tu pourras retourner au bal ensuite.

Je vois que je n'ai pas le choix. Il n'y a plus qu'à espérer qu'avec un départ rapide, notre ennemi soit trop pris de court pour nous suivre.

Pfff, tu parles !

La bonne nouvelle, c'est que je suis déjà sapé comme jamais.

La mauvaise, c'est que ce timing est affreux.

— Trente minutes. Juste le temps qu'ils soient rassurés.

— D'accord.

Je jette un dernier coup d'œil à mes frères. Je ne suis pas DU TOUT rassuré.

— Bon, on traîne pas. Je serai rapidement de retour. Tenez les invités occupés. Surtout père !

Sur ce, sans égard pour ma liée, je la saisis dans mes bras, ouvre la fenêtre et saute en contrebas. Elle a beau me crier dessus que je ne suis qu'un malotru, je ne peux m'empêcher de sourire.

Quelque part, je suis heureux de m'échapper de cette prison. Même si je redoute cette sortie.

« Je sens la mort. »

J'imagine que je saurai très vite de quoi voulait parler Callum…

CHAPITRE 32

Mya

J'avoue que je la sens mal, cette histoire. Très mal. Sauf que papa et maman ont débarqué à l'appart avec Pierre, leur pote flic, parce qu'ils trouvaient ça suspect que je ne vienne pas les voir. Quand bien même je les aurais appelés ou alimenté mes réseaux pour les rassurer, rien n'aurait suffit. Ils ont émis l'hypothèse d'un petit ami qui me séquestrerait. Même si je suis majeure, et donc qu'on ne peut pas me poursuivre pour disparition volontaire, je les sais trop entêtés pour lâcher l'affaire.

Dans un sens, je les comprends tellement. J'ai été soi-disant malade, les résultats truqués par Clayton qui leur ont été envoyés étaient formels : je suis passée près de la mort. Pas étonnant qu'au bout de presque trois semaines sans me voir, ils soient sur les nerfs. S'il n'y avait pas eu cette histoire de complot et de soif de sang, je serais allée les trouver bien plus tôt.

D'un autre côté… Cela les expose au danger. J'ai beau avoir donné rendez-vous à mes parents en terrain neutre, dans un bar, il ne sera pas difficile de les pister pour découvrir où ils habitent.

Quelle angoisse !

Je tente de me rassurer : Callum a approuvé ce plan. En revanche, ses paroles restent gravées en moi. Il a parlé de mort.

Autre problème : en prétendant être restée dans les bras de mon Jules aussi longtemps, j'ai fait passer Ryan pour un putain de psychopathe qui m'empêcherait de sortir. Parce qu'ils veulent me protéger, ils risqueraient de le condamner.

Mais leur raconter l'entière vérité… je n'en ai pas le droit. Ryan me l'a déjà répété mille fois, c'est interdit, sous peine de bannissement ou de mort. Et nous avons déjà franchi la limite.

Ryan arrête soudain sa moto, m'arrachant un petit cri ; je n'avais pas remarqué que nous roulions si vite.

Il me tend la main avec un sourire pour m'aider à descendre. Je m'en saisis. Une fois les pieds au sol, je profite du peu d'instant de répit que nous avons pour rassurer mes colocs. En voyant mes parents débarquer, elles ont pété un câble. Je les comprends. Je prends un selfie avec Ryan — il a une mine épouvantable, il ne fait même pas semblant — en leur promettant que tout va bien. Que je les reverrais très vite en appel visio. Cela semble leur suffire, pour le moment.

Le vent cesse de souffler tandis que mes sens se réveillent. La lumière en provenance des néons me semble si intense que j'en suis éblouie. Le pire, ce sont les odeurs. Des odeurs de pollution et d'égout, prégnantes. Avec un mélange de différents parfums de nourriture humaine.

Une autre, au milieu de tout ça, qui me donne aussitôt l'eau à la bouche.

Du sang. Du sang humain. Partout.

Même en ayant bu régulièrement du sang synthétique, rien ne me préparait à… ça. J'ai l'impression d'être devant un buffet à volonté après avoir jeûné pendant des jours.

Une main se glisse dans la mienne et me retient. Je réalise que j'ai fait un premier pas en direction d'humains installés sur un banc.

— Ça va aller.

Ryan me tend une gourde. Son breuvage n'y fait rien. J'ai toujours aussi soif après.

— Comment tu fais pour te retenir ? grogné-je en essayant de me concentrer sur autre chose.

— L'habitude. Tu es encore une très jeune vampire. C'est normal que tu n'y arrives pas encore tout à fait. Ça viendra.

— Quand ?

— Certains mettent quelques mois. D'autres, des dizaines d'années.

Super. Je serai donc dans cet état de torture constant dès que j'irai chez les mortels. Un plaisir.

Ryan me tient avec poigne. Et heureusement, car je serais incapable de me contenir seule. Il n'y a que notre lien et son contact permanent qui me permettent de ne pas perdre pied. Callum avait raison : ça aurait été Matthew ou lui, ça n'aurait pas marché. Je me serais transformée en bête sauvage.

— Reste avec moi, me chuchote Ryan. Nous sommes arrivés.

Je ne m'en suis pas rendu compte. En même temps, mes yeux refusent de se focaliser sur autre chose que ces succulents humains.

L'atmosphère du bar est lourde. Je sens les relents d'alcool, les humains déjà bien bourrés et surtout…

Une note de fraîcheur, une touche sucrée de fleurs…

Le parfum de maman.

Et à côté… Musc, eau de toilette pour homme premier prix, angoisse…

Papa.

J'avais oublié leur odeur. Une odeur si réconfortante que tout le reste n'a plus d'importance. D'un coup sec, je me libère de la main de Ryan, qui n'a le temps de pousser qu'un « hé ! » étonné, et je me jette dans les bras de mes parents, assis à une table.

— Papa, maman !

— Mya ! s'exclament-ils en chœur.

Je les serre fort contre moi, comme une enfant. J'aimerais rester ainsi à tout jamais.

C'est sans compter sur le sang.

Il me prend au nez avec une violence à laquelle je ne m'attendais pas. Aussitôt, une puissante envie de mordre leur cou me saisit. Je sens même mes canines poindre.

— Enchanté.

Une main se glisse dans mon dos.

Contact.

Immédiatement, je me calme. Ryan est si inquiet qu'un instant, ma soif s'étiole.

Je me redresse, souris à mes parents, qui semblent assommés de voir un homme avec moi. S'ils savaient à quel point il est vital qu'il soit présent…

— Qui êtes-vous ? s'énerve mon père.

Je lâche mes parents et me poste à côté de lui. Ma paume trouve la sienne et nous entremêlons nos doigts.

— Papa, maman, je vous présente Ryan. Mon petit ami.

Mon père le dévisage avec circonspection alors que ma mère éclate d'un rire rassurant.

— C'est donc pour lui que tu ne voulais pas nous voir ! Quel beau garçon tu nous as trouvé !

Et pas seulement beau, maman.

Si ma mère est charmée au premier regard, ce n'est pas le cas de mon père. Il croise les bras sur son torse. Il a beau ne pas être grand, il peut s'avérer impressionnant, avec son regard noir et son visage toujours sérieux.

— C'est quoi cette histoire ? râle-t-il.

Je fais signe à Ryan de s'asseoir en face de ma mère, à mes côtés. Je ne lui lâche pas la main. Elle est ma planche de salut pour éviter de succomber à mes bas instincts.

— Je crois que je vous dois une explication, soupiré-je.

Mon père ne décroise pas les bras, les yeux rivés sur Ryan.

— Pas que toi, répond-il sèchement. Vous.

Je prends une grande inspiration et débute le plus gros mensonge que j'aie jamais débité à mes parents.

— Ryan et moi, on s'est rencontrés à une soirée…

— Ça commence bien, gronde mon père.

Je soupire. Il ne me facilite pas la tâche. Cependant, je ne peux pas le blâmer de se montrer têtu, aujourd'hui

— Laisse-les parler, Fred ! lui reproche ma mère.

Il acquiesce, pas moins tendu.

— Ça a été… Une sorte de coup de foudre, raconté-je. Pour tous les deux. Mais Ryan revenait d'Amérique du Sud et ignorait qu'il était porteur sain de la fièvre jaune.

— Alors, c'est votre faute !

— Arrête de les couper, bon sang !

Je passe une main sur mon visage. Je ne sais pas trop comment les gérer, dans cette situation un peu inédite.

— Écoute, papa, je suis restée à l'hôpital deux semaines, avec comme seul contact possible Ryan, qui était immunisé. On est tombés amoureux, et il a accepté de rester à mon chevet même après ma sortie. J'étais fatiguée, affaiblie. Il a été là pour moi. J'ai bien le droit à un peu de bonheur, non ?

Si ma mère gobe tout, les yeux écarquillés, sans doute sous l'effet du charme vampirique de Ryan, mon père ne se laisse pas berner. Ce qui est déconcertant, puisqu'il me semblait que la fascination touchait tous les êtres humains en général. Mon père serait-il… un paranormal ? Non, ça serait tiré par les cheveux. Ryan m'a d'ailleurs appris que les sorciers et les lycans avaient une odeur différente des autres humains, ce qui ne semble pas être le cas de mon paternel.

— Je ne crois pas un mot de toutes ces balivernes. Vous trouvez ça sérieux, Ryan, d'empêcher ma fille d'aller en cours ?

Alors que Ryan ouvre la bouche, déboussolé, je reprends la parole.

— Il n'est pas au courant, persiflé-je. Sans compter que je suis une adulte. Je fais mes propres choix.

Cette fois-ci, les yeux de mon père quittent ceux de Ryan pour venir se planter dans les miens. J'y lis de l'inquiétude, mais aussi de la colère.

— Nous avons payé ces études, Mya ! Des études qui te plaisent ! Je ne tolérerai pas que tu n'y ailles pas.

— Chéri..., commence ma mère.

— Non. Ce n'est pas parce qu'un bellâtre t'est tombé dessus qu'il faut tout abandonner. Encore moins ignorer tes parents !

C'est donc ça : il a eu peur, et comme il ne sait pas gérer cette émotion, il cède à la colère. Je ne peux pas lui en vouloir.

— Je suis désolée, je...

— Non, tu ne l'es pas ! Regarde-toi, tu rayonnes et tu ne vas plus en cours ! Pourquoi as-tu arrêté ?

S'il savait...

J'abats ma dernière carte. Je m'abhorre au moment même où je l'utilise. Je déteste jouer avec les sentiments des gens, encore plus avec ceux de mes parents.

Les larmes me montent aux yeux. Ce sont des larmes de honte, mais ils ne le sauront jamais.

— Que tu me croies ou non, je suis passée à ça de la mort, plaidé-je. Alors, oui, je suis désolée, je ne suis pas tout de suite retournée en cours. J'ai voulu profiter de la vie, avec Ryan, parce que tout peut basculer à n'importe quel moment et que ça me fait peur. Très peur ! J'aurais dû vous en parler ou vous voir plus tôt, je le sais ! Sauf que vous voir, c'est accepter que tout a changé, en moi. Que plus rien ne sera pareil. Et... je ne sais pas, ça m'a fait paniquer.

Ce que je ne leur dis pas, c'est que ma peur n'est pas pour moi, mais pour eux. Pour Joly et Lena, aussi. Que je suis en danger permanent et que je refuse que ça leur retombe dessus. Que c'est la faute à pas de bol qu'un traître m'ait choisie et pas une autre.

Qu'il faudrait qu'on arrête les psychopathes qui en veulent à la famille de Ryan pour tout arrêter et pour enfin essayer de vivre correctement…

— Oh, ma pauvre chérie, souffle ma mère.

J'attrape la main qu'elle me tend. Loin de me rassurer, cela me plonge encore plus dans la torpeur. Je sens sous sa peau ses veines se gorger de sang au rythme de son cœur. Alors qu'elle me donne tout son amour, je n'ai qu'une envie : porter cette main à ma bouche et boire.

Je me retiens et tourne la tête vers mon père. Il soupire longuement avant d'acquiescer. Même s'il n'est pas convaincu, il accepte mes explications et mes excuses. C'est un début. Et même un très bon début, vu les circonstances.

— Alors, Ryan, parlez-nous de vous, s'enquiert ma mère.

Nous n'avons rien récité et, pourtant, Ryan s'en sort à merveille. Il raconte qu'il est étudiant en sciences politiques et qu'il compte bien, un jour, faire partie des dirigeants de notre pays. Il semble si animé par son propre discours que, même moi, j'y croirais.

Il enchaîne en demandant à mes parents ce qu'ils font, il s'intéresse à tout comme le ferait le gendre idéal. Mon père se détend peu à peu, et lorsque je le sens à son tour conquis, je joue ma deuxième carte, celle de la meuf fatiguée.

Je l'ai perfectionnée lors de ma scolarité, quand je voulais louper un cours. Ça marchait si bien ! Il suffisait que je tire la gueule, les yeux à moitié fermés, et voilà.

— Ça va, Mya ? me demande mon père après une minute.

Je fais semblant de sursauter et offre un petit sourire à mes parents.

— Je suis désolée, je suis un peu fatiguée. C'est un effet secondaire du virus et des traitements, on peut se traîner ça pendant encore quelques mois.

Strike !

Mes parents s'échangent un regard.

— On va vous laisser partir, alors. Mais promets-nous de venir nous voir plus souvent !

— Promis, papa.

Nous nous levons en même temps. Je serre à nouveau mes parents contre moi, redoublant d'efforts pour ne pas succomber à mes envies de mordre leur jugulaire et me détache.

Il est dur de résister. Il y a tant d'êtres humains ici !

Ryan me lâche pour embrasser ma mère, puis serrer la main de mon père. Ce dernier s'approche de son oreille et lui souffle quelques mots, que j'entends grâce à mes sens exacerbés.

— Si tu lui fais le moindre mal, je te tue.

Il ne l'a peut-être pas tant convaincu que ça.

Je m'empresse de lui reprendre la main, tant l'odeur ferreuse qui nous entoure me donne le tournis, puis nous quittons mes parents après un dernier au revoir.

L'air frais me percute, charriant les mêmes odeurs, mais de manière plus diffuse. Plus tenable.

Nous nous hâtons vers la moto, conscients que Ryan est attendu à ce foutu bal.

— Ça s'est bien passé, je trouve, déclaré-je pour alléger l'atmosphère.

Ryan grimace, sans rien ajouter. Je sens via notre lien qu'il est angoissé. De plus en plus angoissé. À mon tour, je me sens fébrile.

— Ce ne sont pas les dernières paroles de mon père qui te mettent dans cet état, n'est-ce pas ?

— Quelqu'un nous suit.

Merde…

J'oublie aussitôt ma soif.

— Mes parents sont en danger ?

— Je ne sais pas. Le type est après nous, pas après eux. À moins qu'il ne soit pas seul…

Nous accélérons encore le pas. Je lance un coup d'œil derrière moi. Avant, je l'aurais à peine remarqué. Désormais, je devine sans effort sa veste longue en cuir, son visage carré, et surtout…

Ses yeux rouges.

— Te retourne pas ! crache Ryan.

Il me tire plus fort par le bras. Impossible de nous mettre à courir. Nous sommes bien plus rapides que les humains, nous nous dévoilerions. Mon cœur s'emballe. Et si on nous attaquait ? Comment pourra-t-on se défendre, si l'un de nous deux est empoisonné ? Clayton est si loin !

La bécane apparaît enfin. D'un bond pressé par le danger, nous nous hissons sur la selle.

Ryan allume précipitamment le moteur et, alors que je jette un dernier coup d'œil derrière moi, la moto démarre en trombe et s'élance sur les routes.

Notre poursuivant reste planté là, son regard rivé sur la moto. Il ne cherche pas à nous suivre. Pourtant, mes viscères se serrent à m'en faire mal. J'en suis persuadée ; il souriait en nous regardant partir.

Putain, c'était qui ce type ? Pourquoi ne nous a-t-il pas attaqués ? L'inquiétude de Ryan est loin de calmer la mienne. Il aurait peut-être mieux valu qu'il essaye de nous tuer. Nous observer sans intervenir est pire.

Le temps d'arriver au manoir, nous sommes encore plus sur les nerfs.

— Va dans ta chambre, et claquemure-toi, me chuchote Ryan. Je vais prévenir Matthew et Callum.

J'acquiesce.

— Fais vite !

J'aurais préféré que ma voix ne tremble pas à ce point. Je sens encore ces yeux rouges sur moi, cet air pervers m'indiquer que c'est la fin.

Ryan tente un sourire. Je vais pour me détourner quand il me retient le bras. Ses prunelles rubis me transpercent.

— Fais attention à toi.

— Promis. Toi aussi.

Ses lèvres rencontrent les miennes dans un baiser passionné. Elles ont un goût de fer et de sel. D'espoir et d'inquiétude.

Il me relâche, à bout de souffle, puis disparaît dans un couloir.

Je me réfugie dans ma chambre. Je pose une chaise contre la poignée de la porte, pour qu'elle ne puisse pas s'abaisser. Réflexe inutile, j'en ai bien conscience. Ça marche pour les êtres humains, pas pour les vampires.

Je me précipite ensuite vers les fenêtres pour les recouvrir de draps. Si quelqu'un tente de pénétrer dans la pièce, il sera ainsi ralenti. On ne pourra pas me tirer une fléchette empoisonnée ou ce genre de connerie. Je pourrais me battre. Avoir une chance de gagner.

Je m'assois, pantelante. C'est plus l'angoisse que l'exercice qui me fait manquer d'air. J'allume quelques bougies. Les ombres mouvantes qu'elles créent sont plus flippantes qu'autre chose. Me voilà comme une enfant qui a peur d'un monstre planqué sous le lit.

Pourvu que Ryan, Matthew ou Callum revienne vite.

Pourvu…

Un grincement. Je sursaute et me retourne. Impossible que ça grince, j'ai tout condamné et je n'ai pas bougé.

Je récupère une bougie, la peur au ventre, le cœur sur le point d'exploser.

Nouveau grincement.

Derrière moi.

Un vieux tableau se trouvait là. Un vieux tableau désormais détaché du mur pour laisser place à un passage béant.

Un passage mène à ma chambre !

— Alors c'est vous, le secret si bien gardé par les Princes ? résonne une voix dans mon dos.

Je fais volte-face lorsque toutes les flammes des bougies s'éteignent.

Le noir s'abat sur moi.

CHAPITRE 33

Ryan

Aller de nouveau au bal me retourne le ventre. J'ai tellement peur pour Mya que ça en devient handicapant. Sans compter le lien, qui me transmet sa propre angoisse. Une angoisse qui monte crescendo. Bordel, qu'est-ce qu'il se p… ?

— Une heure, tu as tenu parole.

Matthew se matérialise à mes côtés. Un sourire calme étire ses lèvres.

— Qu'est-ce qu'il t'arrive ? demandé-je.

— Je suis en charmante compagnie ce soir.

Il me désigne le groupe de jeunes hommes de la dernière fois. Des héritiers des plus grandes lignées de nobles ou de commerçants.

— Il y a urgence.

— Je me doutais, vu la tête que tu tires. Fais au moins semblant de t'amuser et prends un verre.

Il me tend ce qui ressemble à du whisky. Je le bois cul sec, sans même faire attention au liquide qui me brûle la gorge. Mon frère se renfrogne.

— Ah. Ce genre d'urgence…

Je le mène près de l'orchestre, à l'écart des autres. La musique couvrira le bruit de notre conversation.

— Mya a mordu quelqu'un ?

— Non. Nous avons été suivis.

Il se tend.

— Et attaqués ?

— C'est peut-être ça le pire, le gars est resté en retrait. Il n'a même pas cherché le combat.

Ses sourcils se froncent. Il comprend la gravité de la situation, sans doute mieux que quiconque. Tout ce que cet espion peu savoir. Tout le pouvoir qu'il a désormais sur nous.

— Ne nous alarmons pas. Pas encore. Où est Mya ?

— Elle est…

Il me faut toute ma volonté pour ne pas me plier en deux. Ma terreur vient tordre mes viscères. Non, pas ma terreur.

La sienne.

Merde.

— Je crois…, soufflé-je. Je crois qu'elle est attaquée.

Je distingue à peine Matthew écarquiller les yeux tandis que je peine à me reprendre. Soudain, plus rien. Plus d'émotion forte. À part une étrange fatigue qui me fait presque tituber.

— On l'a endormie…, lâché-je.

Bordel, elle a été kidnappée, c'est sûr !

Matthew s'efforce de garder son calme, alors que je suis sur le point de perdre tous mes moyens.

— Elle est donc en vie, murmure-t-il Matthew. Reste ici. Je vais mettre immédiatement tous mes hommes sur le coup.

— Mais…

— Tu as déjà été trop longtemps absent !

C'est une excuse, j'en ai conscience. Matthew sait très bien que mon angoisse et ma colère m'empêcheraient de garder le sang-froid nécessaire pour gérer cette situation. Je serais même un frein pour lui. Il a au moins la décence de ne pas me le dire clairement.

Il m'adresse un dernier regard, comme pour chercher mon approbation. Puis il fait volte-face, sans se retourner.

Sauf que…

Je suis incapable de rester là alors qu'elle court un danger. Rester ici est une souffrance. Il faut que j'aille la voir. Il faut…

— Votre Altesse.

Je me tourne vers Lord Fiennes. Son ensemble beige lui sied à ravir, lui donnant une prestance dont il manque, habituellement, tant il est effacé.

— Je suis désolé, Mon Lord, je ne suis…

— Votre Altesse, je dois vous parler, déclare-t-il d'un ton sérieux qui, en toute autre circonstance, m'aurait convaincu de rester.

Sauf que je m'en fous, mais royalement, tant que Mya est en danger ! Je pense un instant à le planter là, sans explications. Imaginer le regard déçu de mon père sur moi m'en empêche.

— Je n'ai pas…

— J'insiste. J'ai des informations pour vous.

Putain.

Je ne peux pas partir. Pas quand un membre du Conseil s'obstine autant. Et je n'ai pas besoin d'un ennemi supplémentaire. J'acquiesce, bien à contrecœur. Quitte à l'écouter, autant l'écouter vite.

Ne pouvant l'inviter à danser pour pouvoir discuter en privé, je le suis jusque dans une sorte de boudoir, réservé à ce genre de conversation intime. Évidemment, avec des vampires à l'ouïe fine qui nous entourent, il va quand même falloir chuchoter. En espérant que ce sera suffisant. La danse, elle, aurait permis aux bruits ambiants de couvrir celui de la conversation.

— Votre Altesse, murmure-t-il à toute vitesse, vous êtes en

danger.

Comme si je l'ignorais ! Ce qui m'intrigue, c'est comment lui le sait.

— Qu'est-ce qui vous fait dire ça ?

— Je… Écoutez, j'ai toujours été du côté du trône. De votre côté. Ma place, je la dois à votre père, je n'ai aucun avantage à voir votre famille renversée. Ce n'est pas le cas de tout le monde.

Ça, c'est lui qui le dit. Une alliance faite dans notre dos pourrait changer la donne.

Comme je ne réponds pas et me contente de l'observer, le voici qui se tortille sur son siège.

— Le roi ne souhaite pas m'écouter. Il ne se fie pas aux ragots, uniquement aux preuves. Il est vrai que je n'en ai aucune. Je n'ai que ma parole.

Ça commence bien. Même si tout en lui respire l'honnêteté, je suis trop rompu à la cour pour lui accorder ma confiance. Surtout en ces temps troublés. Peut-être est-ce pour semer le doute et mieux jouer à un double jeu.

— Dites toujours.

— Je surprends parfois des conversations dans les couloirs. Celle de ce soir m'a confirmé que…

Il s'arrête net, les yeux tournés vers sa gauche. Je l'imite et découvre que ma mère se tient là, souriante, comme toujours. Imperturbable.

— Je m'excuse de vous interrompre, déclare-t-elle avec une mine désolée. J'ai besoin de mon fils.

— Je… oui, bien sûr, Votre Majesté.

Lord Fiennes se lève, s'incline devant nous avec un regard appuyé dans ma direction, avant de s'en aller. Je n'aurai rien appris ce soir. Tant pis, ce n'est pas mon but.

Aussitôt, je contrôle mon lien. La fatigue de Mya se dissipe, sa peur reste, mais tout semble… Moins flippant qu'avant. Matthew l'a-t-il retrouvée ? Mise en sécurité ?

— Ryan, tu m'écoutes ?

Ma mère. Je l'avais presque oubliée. Je me lève et lui fais face. Elle a l'air inquiète.

— Désolé, mère, vous disiez ?

— Je suis heureuse de voir que tu prends ta place à la cour au sérieux. Néanmoins, le roi te demande.

— En plein bal ?

— L'affaire est urgente.

Je me mords la lèvre pour ne pas l'envoyer paître. Bon sang, j'ai besoin de retrouver Matthew et Mya ! Je n'ai pas le temps pour le reste.

Sauf qu'encore une fois, je n'ai pas le choix. Je hais encore plus ma place qu'avant. Si le diable venait me retrouver pour m'offrir une vie simple contre mon âme, je lui offrirais. Rien que pour que Mya soit en sécurité.

Comme un bon petit prince, je me lève et fais signe à ma mère que je la suis. Elle traverse la salle en souriant aimablement, s'arrêtant parfois pour discuter avec quelques invités. Elle est ce que tout noble cherche à devenir : gracieuse, toujours le bon mot à la bouche… et redoutable. On la voit peu, dans l'ombre de mon père. Elle supervise ce petit monde sans même qu'il s'en aperçoive.

Elle s'arrête en haut d'un escalier, un peu à l'écart. Pendant un instant, son regard se perd en contrebas, sur la foule dansante. Je fais de même. Je remarque ma fiancée, en pleine conversation avec Lord Despencer. Néanmoins, nulle trace de Callum, ce qui m'inquiète. Sans mes frères, je me sens désarmé.

— Le roi t'attend, me glisse ma mère.

Elle désigne d'un coup de tête les deux battants qui nous séparent de la salle du trône.

— Tu ne viens pas ?

Elle m'adresse un sourcil haussé. Je soupire.

— On ne laisse pas un bal sans supervision royale, c'est ça ?

— Tu retiens bien mes leçons, rit-elle. Ça te servira. Plus vite que tu ne le penses.

Je ne comprends pas comment elle peut se montrer si charmante. Peut-être qu'elle aime ça. Matthew tient d'elle sa passion pour la cour. J'en ressens une pointe de frustration.

Pourquoi ça m'importe tant ? Je ne devrais pas le jalouser. Pas à ce point. Il ne le mérite pas.

Je m'incline devant ma mère, qui m'ignore déjà, et passe les doubles portes. Un long couloir gardé par deux vampires en uniforme mène jusqu'à la salle du trône. C'est là-bas que père règle ses affaires les plus importantes. Pour une fois, ça ne m'effraie pas. Rien n'importe plus que…

Mya.

Je me fige lorsque je la découvre, les derniers doubles battants franchis.

À moitié sonnée, encadrée par deux gardes, bien trop proche de mon père, mais saine et sauve. Matthew et Callum se tournent vers moi. Je peux presque voir les rouages du cerveau de mon cadet en train de fumer, tandis que l'autre regarde tout ça avec un détachement bien à lui.

— Nous t'attendions, tance mon père, la voix rauque.

Ça, je m'en doute.

Une fois le soulagement passé, l'inquiétude revient. Le secret qu'on tentait à tout prix de garder loin de mon père est révélé. Nous sommes foutus.

Je suis foutu.

Et la déception que je lis dans ses yeux gris pailletés de grenat ne m'aide pas à garder la tête froide.

Voilà mon pire cauchemar d'enfant qui se réalise.

— Je ne vais pas y aller par quatre chemins, gronde le roi.

Qui est cette femme et pourquoi me la cachez-vous ?

Je ne lance même pas un regard désespéré à Matthew. Je connais mon père : inutile de lui mentir. À coup sûr, il en sait déjà trop. Peut-être même sait-il déjà tout.

Pourquoi demander une explication, dans ce cas ? Mon cœur d'enfant espère que c'est là une main tendue pour nous permettre de nous expliquer, de nous racheter. À condition de ne rien lui cacher.

— Elle s'appelle Mya, clamé-je haut et fort, en tentant de ne pas trembler sous son air inquisiteur. C'est une ancienne humaine. J'ai été piégé avec de la Saleinia Mefilis lors d'une soirée et l'ai transformée.

— Tu as transformé une humaine !

Il a beau avoir haussé le ton, je sens qu'il n'est pas encore en colère. Il le savait déjà, c'est une évidence.

— Oui.

— Très bien. Il suffisait donc de la faire disparaître, déclare-t-il avec une telle évidence que, même moi, j'en frissonne. Pourquoi n'y as-tu pas songé ?

— La tuer constituait un crime plus grave.

— Un crime moindre, pour protéger l'héritier du trône ! Au lieu de disséminer des indices en la laissant voir ses parents humains ! gronde le roi. Vous me décevez ! Surtout toi, Matthew ! Je vous pensais plus malins.

C'est donc lui qui nous a fait suivre. J'en suis soulagé, en un sens. Mieux vaut ça qu'un ennemi.

Mais au-delà du soulagement, ma colère se réveille. Déjà, parce qu'il est clair qu'il l'aurait tuée sans la moindre hésitation. Ensuite, parce que c'est mon frère qu'il prend à parti. Pas moi. Une nouvelle preuve de l'amour et du respect qu'il me porte. Il faut que je me morde la lèvre jusqu'au sang pour ne pas réagir.

Ne pas lui laisser ce plaisir-là.

— Qu'on en finisse avec cette histoire, tonne-t-il. Faites-les disparaître, elle et ses parents. Je ne tolérerai pas qu'une erreur aussi stupide menace notre famille.

C'en est trop.

La peur de Mya me transperce. Je refuse qu'elle souffre. Je me claquemure, pour éviter que son angoisse transpire en moi, et m'avance. Menaçant. Les yeux rivés sur le roi.

— Je vous le déconseille, déclaré-je d'une voix forte.

Une voix qui ne tremble plus. Et qui ne tremblera plus devant un père qui me considère à peine.

— Et pourquoi donc ?

Je maintiens son regard. Le défi ne lui fait pas peur. Ça tombe bien, à moi non plus.

— À moins que vous ne vouliez vous débarrasser de votre héritier, ce qui, somme toute, ne m'étonnerait guère, je vous déconseille de la tuer.

— Tu me menaces, Ryan ?

Son timbre est comme un torrent souterrain, grave et sourd. Il est réellement fâché. Ce comportement m'aurait hanté, plus jeune.

Je ne le laisserai pas me terroriser à nouveau.

— Je ne menace personne, j'énonce des faits. Nous sommes liés.

Silence.

Un silence si épais que je pourrais presque le toucher. Je me retiens de sourire. Jamais je n'ai réduit mon père ainsi au silence. Si le sujet n'était pas si grave, j'en jubilerais presque.

— C'est une plaisanterie ?

— Non. Si vous la tuez, je meurs avec elle. C'est bien pour ça, père, que nous avons agi ainsi. Mais peut-être que vous préféreriez garder votre plan de départ. Nous savons tous quel est votre fils préféré, vous nous l'avez bien fait comprendre, ce soir encore.

Tout ce fiel que je gardais en moi, depuis tout ce temps… Jamais obtenu l'approbation paternelle. Jamais reçu de félicitations. Plus d'un siècle de reproches.

Alors que j'aimerais continuer de cracher tout ce que j'ai sur le cœur, que j'aimerais qu'il contre-attaque pour enfin le mettre en tort, il se renfonce dans son siège et ferme les yeux. Comme s'il souhaitait disparaître de ce monde.

Lorsqu'il rouvre les paupières, toute trace de contrariété a disparu de son visage pour ne laisser place qu'à de la résignation.

— Je n'ai jamais souhaité ta mort, Ryan. Au contraire. J'ai toujours essayé de faire au mieux pour te préparer au trône. J'ai visiblement échoué.

Je reste un instant scotché. Edmond Cadbury, qui assume ses torts. Qu'est-ce qu…

Il se redresse et reprend son air autoritaire. Aurais-je rêvé cet instant de faiblesse ?

— Je comprends mieux vos décisions, déclare-t-il. Intégrer la nouvelle vampire aux équipes de cuisine pour la protéger. Dommage qu'elle ait abandonné sa couverture avec Anna. Sans ça, personne n'aurait été au courant, pas même moi. Du moins, pas avant le mariage. Comment comptiez-vous vous en sortir ?

— Evelyn et moi avons convenu de ne pas nous lier, avoué-je avec un affront retrouvé. Au moins, vous m'avez trouvé la parfaite promise ; elle est si avide de liberté que se lier la répugne.

Je rêve ou un demi-sourire éclaire son visage ? Est-ce qu'il… savait ?

— La reine avait donc raison. Evelyn t'est bien assortie. Elle y a veillé, tu sais.

Maman, donc. J'aurais dû m'en douter. Étrangement, je suis touché qu'il ait suivi ma mère. Il aurait pu être contre… Et pourtant.

— Eh bien, vous avez un plan. Je n'ai rien à y redire, à condition que personne ne découvre jamais qui est Mya.

Je ne… m'attendais pas à ça. Qu'a-t-on fait à mon père ?

— N'oublions pas que quelqu'un a voulu nous piéger, intervient Matthew pour la première fois. Il faut continuer d'enquêter. Et protéger les proches de Mya.

Le roi approuve de la tête. D'un geste, il invite quelqu'un à approcher. De l'ombre du trône se dégage une silhouette, si silencieuse et sombre que je ne l'aurais jamais vue si elle ne s'était pas dévoilée. Un espion.

— Carl, tu suivras les humains comme ton ombre comme tu l'as fait ce soir. Je ne tolérerai pas qu'ils soient utilisés contre nous.

— Oui, mon roi.

— Je mettrai aussi des hommes pour protéger Mya et…

Une sombre panique me secoue à nouveau, me tirant une grimace.

Mya.

Elle dévisage le fameux Carl avec une insistance qui m'effraie.

Avant que je puisse l'en empêcher, elle se libère d'un coup de reins des gardes qui la maintiennent et saisit le bras de l'espion.

— Attendez !

Mon père se tourne vers elle, étonné. Et peut-être aussi un peu en colère. Je la rejoins en quelques enjambées, alors qu'elle tient toujours fermement Carl. Je passe mon bras derrière son épaule. Son souffle se calme, mais elle n'est pas apaisée pour autant.

— Qu'est-ce qu'il se passe ? lui chuchoté-je.

Elle m'ignore et plante son regard dans celui de l'espion.

— Vous avez été mandé pour nous espionner ce soir ?

— En quoi…, commence mon père.

— Oui, répond Carl. C'est comme ça que j'ai découvert vos

parents.

Sans raison, mon cœur se met à tambouriner davantage dans ma poitrine.

— Qu'est-ce que cela signifie ? gronde le roi.

— Cela signifie que notre plan ne marchera pas.

Elle prend une grande inspiration. Pas besoin d'être devin pour comprendre.

On est vraiment dans la merde.

— Ce soir, nous avons vu un homme nous suivre. Et ce n'était pas Carl.

CHAPITRE 34

Mya

Dès qu'on a l'impression que cette histoire s'arrange, elle va de mal en pis.

Un « putain » échappe à Ryan, tandis que Matthew se prend la tête dans sa main. Le roi, lui, semble avoir plus de mal à saisir ce que tout cela implique.

— Je n'ai pas vu d'autre espion, affirme Carl. Néanmoins, j'ai quitté le bar tôt pour vous faire mon rapport, Votre Altesse.

— Tandis que l'homme qui nous a suivis était là à notre départ, gronde Ryan.

Le visage du roi devient plus sombre.

— Notre ennemi sait donc qui sont vos parents.

— Et il sait que nous sommes liés, réponds-je.

— Il a de quoi nous piéger à nouveau, soupire Ryan. Nous révéler à la cour. La famille entière est en danger ! Les nobles ne laisseront pas passer ça.

— Nous pourrions peut-être l'arrêter avant tout ça, avance Matthew. Il suffit de…

— Stop !

Le roi s'est levé. Sa prestance me donne des frissons. Matthew m'avait prévenu, certains vampires ont des attributs supplémentaires. Edmund a une autorité surnaturelle, tout comme Callum sent d'instinct nombre de choses et que Ryan est le plus puissant et rapide vampire de sa génération. Matthew en a-t-il ? Si oui, laquelle ?

Et moi ?

— Carl, vous me lancez toutes vos équipes sur la cour. Je veux que, d'ici deux jours, nous ayons une vision complète des derniers mouvements des nobles. En particulier des conseillers. Trevor ! Vous renforcez la garde auprès de cette jeune fille.

Un des gardes près du roi acquiesce.

— On pourrait la confier à Clayton, intervient Ryan. Peu de vampires osent l'approcher, vu son ascendance, et je doute que notre ennemi s'en prenne encore à nos employés, maintenant qu'Anna est morte.

Le roi hoche la tête, un éclat de surprise dans les yeux. J'ai du mal à cerner leur relation, à tous les deux.

Je devrais être complètement angoissée pour ma propre vie et pourtant, savoir le roi désormais de notre côté me rassure.

— C'est une bonne idée. Nous ferons ça. Avec une garde renforcée non négociable. Il est hors de question que je mette vos vies en danger, et tant pis pour les on-dit. De toute manière, il n'y en aura pas : j'ai invité des ambassadeurs sorciers et lycans à se joindre à nous pour le mariage. Une bonne raison pour augmenter la sécurité du manoir.

Nouveau silence.

— Ça ne va pas plaire à Lady Arundell, grimace Matthew.

— Il est temps de tourner la page. Sans quoi, nous ne sortirons jamais du cercle vicieux de la vengeance. Il faut qu'elle le comprenne. La paix n'a jamais duré aussi longtemps, et je compte bien la maintenir. J'espère que, sur ce sujet, mon héritier marchera sur mes traces.

Un sentiment de fierté englobe si fort Ryan que je manque

d'oublier ce que j'avais à dire. Heureusement, Matthew est là pour penser à tout, puisque c'est lui qui reprend.

— Pour les parents de Mya, je propose d'envoyer Rick et Sandy.

— Rick et Sandy ? répète Ryan.

— Deux espions liés. Ils seront parfaits pour garder à l'œil les humains. Ils se relaieront. Tandis que l'un sera sur place, l'autre restera ici. S'il arrive la moindre chose à tes parents, Mya, nous le saurons instantanément grâce à leur lien.

Je n'avais jamais envisagé le lien ainsi, comme un outil. C'est intelligent. Et dangereux.

— Ils savent à quoi ils sont exposés, me chuchote Matthew, devinant mes pensées. Ne t'en fais pas pour eux.

Une paume se loge dans la mienne et un pouce caresse le dos de ma main.

Ryan.

— Et si nous ne récoltons pas assez d'informations pour mettre aux arrêts le coupable ? questionne-t-il.

— Nous aviserons.

Cette réponse ne satisfait pas Matthew. Il ouvre la bouche pour continuer, mais son père lève la main. Un geste encore une fois empreint d'autorité. J'en ressens ses effets, bien qu'il ne me soit pas destiné je n'ai plus aucune envie de prendre la parole.

— Je vous prie de retourner au bal, maintenant. Je dois m'entretenir avec la reine pour lui annoncer ces nouvelles mesures. Peut-être aura-t-elle d'autres suggestions à nous proposer.

Dans un ensemble parfait, guidé par son influence, nous nous inclinons.

— Et vous, Mya, vous serez escortée jusqu'à votre chambre. Disposez.

Je suis rejointe en un clin d'œil par un type en armure que je n'ai jamais vu. J'échange un dernier regard avec Ryan, avant de le suivre. Un regard promesse : il me rejoindra dès que possible.

Et j'ai bien besoin de sa présence pour assimiler tout ça.

Il fait presque jour lorsque Ryan me retrouve dans ma chambre. Ma porte, désormais gardée par deux molosses, est hors de portée. J'imagine que ma fenêtre est elle aussi surveillée.

— Bonjour, gente dame.

Il s'assied sur mon lit à mes côtés et glisse une main sur ma joue. Aussitôt, son contact m'enflamme. Lorsqu'il s'empare de mes lèvres, c'est mon corps entier qui devient un brasier. Pourtant, je me dégage de son étreinte. Il y a trop de sujets que nous devons aborder.

Il ne rechigne pas, au contraire. Il se défait de moi et me désigne le journal de Lady de Saxe que je tiens en main.

— Tu cherches encore à te délier ?

Son sourire malicieux. Il sait très bien que, désormais, je suis incapable de me passer de lui.

Et lui, de moi.

Je lui donne un petit coup sur l'épaule. Cela le repousse violemment et l'écho de sa douleur me traverse.

Merde. J'oublie parfois que je suis désormais bien plus forte qu'avant.

— Désolée, marmonné-je en me mordant la lèvre.

Au lieu de s'offusquer, il éclate de rire. Je ne l'ai jamais vu si détendu. C'est même peut-être la première fois que je l'entends rire. Un bruit délicieux.

— Ce n'est rien. C'est même adorable. Une jeune vampire qui se maîtrise à peine !

— Hey ! Je ne te permets pas !

Il s'approche à nouveau de moi, et plonge ses yeux bruns

dans les miens. Bon sang, qu'il est beau.

— Alors, tu ne veux plus de moi ?

— Arrête de dire n'importe quoi. Je lis car je n'ai pas beaucoup d'occupations ici, quand tu n'es plus là. Et je doute de pouvoir retourner dans les couloirs désaffectés comme je le pouvais avant, avec les gardes de ton père.

— T'as plein d'autres livres.

— Ceux de Lady de Saxe sont de loin les mieux écrits et les plus informatifs de la pile que vous m'avez donnée. C'est fou le nombre de guerres qu'il y a eu entre vampires, ou même avec d'autres espèces ! Et aucun homme ne le sait !

— Après avoir cramé des siècles sur des bûchers, on a appris à couvrir nos traces. Sauf avec ce fameux Bram Stoker. Enfin, il a quand même inventé de toutes pièces des tas de choses. On ne brûle pas au soleil. Et on adore l'ail.

— Heureusement ! La vie serait bien morne, sinon.

Un petit silence s'installe. Je sens bien que Ryan n'a qu'une envie, me prendre dans ses bras et… tout ce qui adviendra ensuite. D'une main, je l'arrête net.

— Il faut trouver qui nous en veut. Avec mes parents sur la sellette…

Ma gorge se noue et je n'arrive pas à finir ma phrase. Il me prend le visage entre les mains et tente un sourire.

— Je te promets qu'on va trouver.

Lui-même n'y croit pas.

— S'il te plaît, dis-moi que tu as une piste.

On le sait tous les deux : il ne va rien m'apprendre de plus que ce que je sais déjà. Le plus probable, c'est que ce soit un conseiller qui nous en veuille. Or, il n'y en a que trois assez puissants : Lord Bridges, son futur beau-père, rayé de la liste à cause de sa proximité au trône. Lord Despencer qui, si j'ai bien compris, est considéré comme un parvenu donc exempt de tout soutien. Et enfin, Lady Arundell. Sa propre tante, qui lutte à chaque Conseil pour se venger de cette fameuse guerre de 1896 dont je sais toujours si peu de choses.

— Avec les espions de mon père de notre côté, nous devrions trouver qui a fait ça. Peut-être que ma tante…

Il soupire. Je sens la douleur en lui. Il a déjà perdu son ancienne nounou. Je n'imagine pas ce que ça peut faire de savoir sa propre famille contre soi.

— Tu penses que ça pourrait être elle ?

— Elle est la coupable idéale. Elle s'oppose directement à mon père sur un sujet d'importance. Elle veut que l'on profite de la vulnérabilité des lycans pour leur déclarer la guerre. Comme… Comme Anna.

Si je connais l'objectif de Lady Arundell, je n'en suis pas moins ignorante de ses motivations ou de son passé. Il est pourtant évident que pour vouloir à ce point la guerre, elle a une raison.

— Pourquoi ?

— Par vengeance. Les lycans ont joué un rôle important dans la Guerre des Trois.

Sa voix s'est faite plus grave.

— C'est celle de 1896, non ?

Il baisse les yeux. Sa douleur est si palpable qu'elle me tord le cœur.

— C'est ça. Nos liens avec les lycans et les sorciers se sont dégradés, une fois que les humains ont eu trop de pain sur la planche avec l'industrialisation pour s'occuper de nous. Durant des dizaines d'années, nous nous sommes entretués dans des escarmouches et des petites guerres de territoire. Mais en 1896, la donne a changé. Les vampires réclamaient une partie du territoire sorcier, qui était historiquement le nôtre.

Il s'arrête, semble chercher ses mots. C'est la première fois qu'il se confie à ce sujet. J'en suis toute chamboulée.

— Que s'est-il passé ensuite ? l'encouragé-je.

— Ça a suffi à mettre le feu aux poudres. Alors que ça s'échauffait près de la frontière, les sorciers ont eu une idée lumineuse, j'en conviens. Ils ont fait un pacte avec les lycans. Les loups devaient nous attaquer afin de détourner notre attention. Une fois notre armée ailleurs, les sorciers en profiteraient pour nous envahir. Ensuite, ils se seraient partagé les nouveaux territoires conquis. Et tout s'est déroulé selon les plans des sorciers.

» Les lycans ont traversé la frontière et nous ont pris à revers. Un revers meurtrier, qui nous a fait perdre beaucoup de jeunes vampires. Nous étions postés à cet endroit pour apprendre la guerre. Nous avons été massacrés. Le temps que les autres vampires interviennent, il était trop tard.

» Alors que nous nous entretuions avec les lycans, les sorciers en ont profité pour nous prendre à revers. Sauf qu'ils ont péché par excès de confiance et en ont profité pour trahir leur pacte avec les lycans. Ça a été leur seule erreur. Les loups-garous nous ont abandonnés pour se défendre et nous avons fait reculer les sorciers.

Il reprend son souffle. Je le sais, je le sens, il a évité la principale source de tristesse. Il a perdu quelqu'un, pendant cette guerre, c'est certain. Et Lady Arundell aussi.

— Au final, nous avons conclu un pacte de paix. Et nous avons perdu ce fameux territoire, ricane-t-il.

J'attrape sa main. Cela ne semble pas le tranquilliser. Il est abattu, même plusieurs siècles plus tard.

— Lady Arundell a perdu ses deux fils aînés dans la contre-offensive lycane. Sa nièce, aussi. Elle a toujours cherché à se venger.

— Sa nièce ?

J'ai beau ne pas savoir grand-chose, j'ai étudié l'arbre

généalogique de Ryan, grâce à Matthew. Lady Arundell est la sœur de sa mère. Sa tante. Est-ce que cela signifie…

Ses mains se mettent à trembler légèrement. Son regard brille de détresse. Pourtant, le reste de son corps demeure de marbre. Jusqu'à son expression, qui ne témoigne pas de son émotion. Je n'aurais pas pu deviner son trouble si je ne sentais pas son désespoir dans le lien qui nous unit.

— Ellie. C'était ma grande sœur. C'était elle qui était censée accéder au trône, pas moi. Et c'est moi qui l'ai tuée.

— Pardon ?

Il tremble un peu plus. Il a l'air de tant s'en vouloir !

— J'avais à peine vingt ans, j'étais jaloux d'elle. Elle avait toutes les attentions de père et mère. Et à raison : à l'image de Matthew, c'était l'héritière parfaite. Droite dans ses bottes, aimée et aimante, mais dure comme le fer pour protéger ce en quoi elle croyait. En tant qu'héritière et plus haute gradée de la section, c'est elle qui commandait notre bataillon lorsque les lycans sont arrivés. Je n'avais pas conscience de la gravité de la situation, je pensais que c'était une énième escarmouche. On le pensait tous. Alors, pour prouver qu'elle était imparfaite, je me suis mis en danger. Je voulais qu'elle ait le cœur déchiré entre son amour pour son frère et son sens du devoir. Et je savais qu'elle faillirait à ses obligations pour me sauver.

» J'ai été stupide. Je me suis élancé au milieu des lycans avant de comprendre qu'ils étaient bien plus nombreux que les fois précédentes. D'un coup, j'ai été cerné par des dizaines d'entre eux. Et ce qui devait arriver arriva. Ellie s'est précipitée pour me protéger, prenant des risques inconsidérés. Et Matthew, qui avait à peine dix-huit ans, l'a suivie aveuglément.

» Les lycans ont tout de suite compris notre statut. Nous portions les couleurs royales. Callum était bien au chaud au manoir, loin de là, mais éliminer trois des quatre héritiers du royaume vampirique, voilà qui leur permettait une victoire immédiate et implacable.

» Matthew… C'était le moins expérimenté. Il s'est fait lacérer et… ils l'ont décapité, Mya. Devant nous. Ce n'était pas assez pour le tuer, mais ils allaient emporter sa tête avec eux et la brûler. Ellie ne les a pas laissé faire. Sa lame les a étripés, un à un, lui traçant un chemin sanglant jusqu'à ce qu'elle récupère la tête de notre petit frère. Elle me l'a lancée, en m'intimant de le mettre en sécurité, alors qu'elle était en plein milieu de la meute de loups. Seule.

» J'aurais pu tenter de la rejoindre. J'aurais pu essayer de la sauver, elle aussi. Mais j'ai attrapé la tête, puis le corps de mon frère, et j'ai obéi à l'ordre de ma supérieure comme un bon petit soldat.

» Le soir même, les lycans avaient monté un bûcher à l'orée de la forêt qui jouxtait notre place forte. Ils savaient que nous ne pourrions pas attaquer, pas avec nos blessés. À peine pouvions-nous tenir nos lignes.

» Ellie était toujours vivante. Consciente. Ils l'ont fait brûler devant nos yeux. Ses hurlements me hantent encore.

Je remarque que je pleure lorsque Ryan se permet enfin un regard vers moi et tend la main pour, du bout des doigts, récupérer une larme. Il ne tremble plus. Sa détresse est trop béante pour que quoi que ce soit puisse venir la troubler.

— Tu sais tout. Tu me vois désormais tel que je suis. Un monstre, qui a sacrifié sa sœur par jalousie.

J'essuie mes larmes. Non, je refuse qu'il pense ça. Doucement, je prends son visage entre mes mains. Je plante mes yeux dans les siens, implacables.

— Oui, je te vois enfin tel que tu es. Je te vois comme celui qui ne pouvait pas savoir ce qui allait lui arriver. Comme celui qui a des remords depuis un siècle et demi. Et surtout, comme celui qui, au lieu de mourir avec sa sœur par fierté, a choisi de sauver son frère par honneur.

— Tu as tout faux.

— Non. Il est temps que tu te pardonnes pour une erreur dont tu n'aurais jamais pu prévoir les conséquences. Tu ne voulais pas tuer ta sœur. Tu ne l'as jamais voulu. Sinon, pourquoi te haïrais-tu autant ?

— Ne me trouve pas d'excuses.

— Je ne t'en trouve pas. Ce qui est fait ne peut plus être changé. Tu vis avec ça depuis plus d'un siècle. Il est temps de te pardonner et d'avancer. De faire ce qui est le mieux pour ceux qui sont encore en vie.

Il sourit. Un sourire trop triste pour que je m'y méprenne.

— C'est le lien qui te fait parler comme ça.

Après l'empathie, voilà que c'est la colère qui prend le pas sur moi.

— Le lien ne change pas qui je suis, déclaré-je d'une voix froide. Ni qui tu es. Et tu n'es pas le monstre d'égoïsme que tu te plais à décrire. Tu as commis une erreur, oui. Elle a eu des répercussions que jamais personne n'aurait pu soupçonner, et c'est affreux, j'en conviens. Mais tu oublies le reste. Tu oublies que tu as sauvé Matthew. Tu oublies que tu aurais pu tout aussi bien me tuer, au lieu de me sauver, après avoir bu mon sang. Tu aurais pu laisser tomber le trône et fuir, loin, déshonorant ta famille, après avoir découvert le lien. Tu aurais pu te murer dans le silence et laisser Matthew faire tout le boulot, au lieu de t'impliquer et d'essayer de sauver les apparences. Tu ne l'as pas fait. Parce qu'au fond, tu es quelqu'un de bien, Ryan. Il est temps que tu l'acceptes.

Un instant, j'ai l'impression qu'il va m'envoyer dans les dents que je ne suis personne pour lui parler ainsi. Que je n'ai pas vécu ce qu'il a vécu. Et bon sang, il a plus de cent cinquante ans, et il aurait bien raison.

Mais non. Il me saisit le visage à pleines mains et m'embrasse passionnément. Il a l'air… libéré, d'une certaine manière. Pas totalement, je sens encore sa détresse, sa haine envers lui-même. Cependant, elles palpitent moins fort.

Ses doigts viennent se glisser sous mes vêtements, pour caresser ma peau, avec une fureur peu commune. J'oublie tout pour me focaliser sur ce contact, sur ses lèvres contre les miennes, sur ses mains effleurant chaque centimètre de mon être.

Il arrache mes vêtements, tout comme j'arrache les siens. J'ai trop envie de lui, et lui de moi, pour que nous y prêtions la moindre attention. Avec une douceur qui contraste avec notre envie, il me fait basculer sous lui.

Nous fusionnons avec précipitation, comme des assoiffés. Non, pas comme des assoiffés. C'est plus fort que ça. Ce n'est pas une envie, mais un véritable besoin de le sentir en moi. Maintenant.

Ses premiers coups de reins, impatients, me tirent aussitôt des cris de jouissance. C'est à la fois violent et exquis. Explosif.

J'enroule mes jambes autour de son buste et les contracte pour qu'il accélère. Il se fait un plaisir d'accéder à ma demande et, soudain, je suis noyée sous une vague de plaisir brut. Je ne peux m'empêcher de lâcher un long râle d'extase alors qu'il continue, incessamment, faisant durer ce moment divin.

Nos souffles se mêlent alors qu'il m'embrasse au moment même où il arrive, lui aussi, à son pic de plaisir. Un gémissement rauque nous échappe à tous les deux.

Il nous faut encore un moment pour que nous reprenions pied dans la réalité. Alors, il se couche à mes côtés et plonge sa tête dans mes cheveux. Je remarque à peine que le lit s'est affaissé sous nos assauts.

— Merci, me murmure-t-il simplement.

Je lui caresse les cheveux, consciente qu'il n'y a rien à répondre. Un sourire éclaire néanmoins mon visage lorsque, via le lien, je le sens apaisé.

Enfin.

CHAPITRE 35

Ryan

Fait chier !

Je passe mes mains sur mon visage pour tenter de calmer ma colère. En vain. Même le contact de Mya ne me soulage pas.

— Ryan, calme-toi.

Il est drôle, lui. Me calmer ! La bonne blague.

— Ça fait une semaine, Matthew ! Une semaine qu'on scrute la cour dans ses moindres faits et gestes, une semaine que l'on rapporte tout à père et mère. Une semaine ! Et qu'est-ce qui a changé ? Rien. Le roi et la reine font leurs affaires dans leur coin sans rien nous dire, comme s'ils appliquaient un autre plan que le nôtre ! Ça me rend fou, Matthew ! Bordel, c'est nous qui sommes en première ligne avec Mya !

Je fais les cent pas, incapable de me contenir. Je suis déjà allé voir mes parents, seul ou accompagné de mes frères. Ils n'ont rien lâché. Les seules nouvelles qu'ils veulent bien nous transmettre, c'est l'état des parents de Mya.

« Ils vont bien », nous clament-ils depuis qu'ils sont au courant de ce qu'il se trame.

Je deviens dingue. Hier, en désespoir de cause, je suis allé jusqu'à l'ancienne chambre d'Anna. Chambre qui a été vidée pour accueillir son suppléant. Comme si nous ne pouvions pas trouver un indice après coup. Les fous.

— Comme tu l'as si bien dit, ils nous gardent dans l'ignorance et on ne peut donc rien faire, temporise Matthew. Inutile de t'énerver.

— Ce n'est pas normal ! Comment tu peux te satisfaire de ça ? C'est…

— Vu comment tu réagis, ça me semble censé de ne pas t'inclure dans leur plan.

Je me tais, estomaqué. Mya elle-même reste scotchée.

Comment peut-il trouver des excuses à nos parents ? Ce problème, c'est le nôtre. Nous devrions en parler ensemble. Le régler ensemble ! Mais non, comme des malpropres, nos parents nous ignorent. Même les corbeaux de Matthew sont hors service, réquisitionnés par le roi. Loin de s'en inquiéter, mon frère semble soulagé. Je peux le comprendre : il n'a plus à porter sur ses épaules la responsabilité de mon erreur.

Mais quand bien même !

— Pardon ?

— Ce n'est pas un mal. Tu veux protéger ta liée. Et moi je suis ton frère, ton futur conseiller. Ils savent que je te transmettrai tout ce que je sais. C'est leur manière à eux de nous préserver.

— Tu délires !

— Non. Tu vois le mal partout. Mets-toi à la place d'un parent dont un enfant est en danger : il va tout faire pour le protéger, sans doute sans rien lui dire pour ne pas l'inquiéter.

— Ça ne m'inquiète que davantage !

La main de Mya quitte la mienne et vient se poser sur mon bras.

— Ton frère a raison.

Je lui offre un regard noir. L'intensité de ma colère contre elle la frappe instantanémentn. Elle vacille.

Merde, ce n'était pas voulu. Je me radoucis, honteux de lui

avoir fait du mal.

Le pire, c'est qu'ils ont raison. En revanche, bien qu'ils gardent tout ce qu'ils savent pour eux, ils nous demandent chaque jour si *nous* avons une quelconque nouvelle information à leur fournir.

Or, rien ne semble changer. Seule Lady Arundell continue de s'opposer fermement à la paix pendant les Conseils. Il y a aussi Lord Fiennes, qui s'est muré dans un silence inhabituel. Il n'a plus tenté de m'avouer quoi que ce soit. J'ai pourtant essayé d'aborder à nouveau le sujet, mais il a toujours trouvé un moyen de fuir la conversation. Et, bien entendu, bien que j'en aie fait part à mes parents, rien ne s'est produit.

Cette inaction me rend dingue. Depuis cette fameuse nuit avec les parents de Mya, rien ne s'est produit. C'est comme si… si le complot qui nous vise avait été avorté Je ne suis cependant pas dupe : ceux qui nous en veulent préparent un mauvais coup, c'est sûr.

— Peu importe, alors, grondé-je. De toute façon, je dois aller au Conseil.

— Le prends pas comme ça, commence Matthew.

— Je le prends comme je veux.

Je me tourne vers Mya qui n'a guère prononcé de mots depuis le début de cette conversation. Comme ça, elle a l'air calme, mais je sais qu'elle analyse tout ce que l'on dit. Maintenant qu'elle est de la partie, elle n'a cessé de faire des remarques pertinentes sur chacune de nos impressions.

J'ai de la chance de l'avoir avec moi.

— Je vais retrouver Clayton, déclare-t-elle. On se revoit ce soir, avant le bal. Faites attention à vous.

Je l'embrasse fougueusement. Matthew soupire et part, bien conscient d'être de trop. Aussitôt qu'il a quitté la pièce, Mya se détache de moi et m'offre une petite frappe sur l'épaule.

— Je n'aime pas être utilisée pour faire fuir ton frère.

Je lâche un petit rire.

— Je voulais embrasser ma liée !

— Bien sûr, bien sûr. Allez, dépêche-toi, tu ne veux pas donner du grain à moudre à la cour !

Je lui vole un dernier baiser et me mets en route. Nous nous cachons toujours pour éviter les ragots, mais nous ne prenons plus nos précautions devant les hommes de mon père. Il a changé mon valet de chambre et le personnel qui nettoie mes appartements. Je suis sûr qu'il a pris ses dispositions pour qu'il n'y ait que des serviteurs de confiance dans mon environnement. Ce qui me facilite la tâche pour voir Mya.

J'arrive rapidement à la salle du Conseil et m'assieds à la gauche de mon père, comme toujours. Alors que les Lords et les Ladies viennent s'installer à leur tour, je les observe un à un.

Lord Bridges. Toujours aussi droit et suffisant. En même temps, il peut l'être, je me marie à sa fille dans deux semaines. Sait-il à quel point Evelyn est éprise de liberté ? Peut-être. Mais l'a-t-il seulement écoutée ?

Même si je me dois d'analyser toutes les options, en toutes circonstances, je doute de plus en plus que cette famille soit ennemie.

Peut-être qu'Evelyn t'a fait marcher, et qu'ils attendent juste qu'elle ponde un héritier pour te tuer ? Vu que vous ne serez pas liés.

Non, ils s'exposeraient trop : si nous ne nous lions pas avec Evelyn, la faute serait partagée. Le mariage ne tiendrait pas, donc la couronne ne serait jamais accordée à Evelyn ou à notre potentiel enfant. Cela finirait en bain de sang.

Et surtout, si tel était le cas, pourquoi avoir envoyé Anna pour tuer ma liée ? Non, aucun sens.

Lady Arundell le suit, avec un regard de défi. La concernant, lorsque nous envisageons qu'elle soit la traitresse, quelque chose ne colle pas. Mya le pense aussi.

Selon elle, si Lady Arundell était coupable, jamais elle ne se serait ainsi opposé directement au roi. Je ne doute pas que mes parents aient ouvert une enquête sur elle, pour s'en assurer.

J'ai peut-être tort de penser ainsi, mais... il y a aussi le fait qu'elle soit ma tante. Sacrifierait-elle son neveu ? Ferait-elle souffrir atrocement sa sœur une seconde fois ? Ferait-elle subir à un membre de sa famille ce qu'elle-même a subi face aux lycans ? Je ne crois pas. Je n'espère pas.

Vient ensuite Lord Despencer. Il cocherait la case de la discrétion. C'est aussi le plus proche fervent des revendication de ma tante. Il a beau ne jamais explicitement avouer être pour la guerre, je le vois toutefois acquiescer quand elle parle et défendre son point de vue.

Sauf que Lord Despencer est le dernier à être arrivé au Conseil, il y a une centaine d'années. Trahirait-il celui qui l'a aidé pour prendre sa place ? Il se souffle toujours parmi la cour que c'est un arriviste. Je doute qu'avec une telle réputation, il ait le moindre soutien. Même Lady Arundell ne fait pas la fière, quand il prend parti pour elle. Tirer les ficelles ainsi me semble plus que complexe, voire carrément impossible. Matthew est du même avis.

Parmi les discrets, nous avons aussi Lady Clifford. Elle s'oppose fermement à Lady Arundell et le fait savoir. Sur le reste des sujets, elle reste calme et mesurée. Même si elle ne m'inspire pas particulièrement confiance, elle n'a aucun mobile viable.

Enfin, il y a Lord Fiennes. Il faut vraiment que nous arrivions à percer sa carapace. Il sait quelque chose. Et vu son état de fébrilité et de stress, je doute qu'il soit coupable.

En bref, je me méfie de tout le monde et de personne à la fois. Si seulement j'avais accès aux rapports des espions de père ! Mais même Matthew ne peut les obtenir.

Bordel !

Alors que je m'efforce de trouver un indice qui m'aurait échappé, mon père se lève de son siège, ce qui est assez inhabituel pour que mon attention se focalise sur lui.

— Nous conclurons donc cette séance avec le mariage. Les préparatifs avancent bien, et j'ai l'honneur de vous informer que des ambassadeurs sorciers et lycans ont accepté d'y participer.

Un silence épais s'installe autour de la table. J'avais oublié que le Conseil n'avait pas connaissance de cette information. Pourquoi mon père lâche-t-il une telle bombe maintenant ?

Je tente de me reprendre pour observer chaque réaction, chaque visage. Lady Arundell a viré au rouge tout comme Lady Clifford, Lord Despencer est devenu d'un blanc de craie, et je n'ai jamais vu Fiennes le regard aussi exorbité. Seul Lord Bridges semble parfaitement calme. Vu sa position, il était sans doute déjà au courant.

— Je vous prie de m'excuser, déclare Lady Arundell d'une voix rendue rauque par la colère, j'ai un instant cru que vous nous annonciez recevoir nos ennemis en plein mariage royal.

— Pas nos ennemis, Lady Arundell. Les signataires du pacte de paix qui nous lie depuis plus d'un siècle.

Ma tante bondit de sa chaise, l'air si outré que ça pourrait en être drôle, dans d'autres circonstances.

— Vous… C'est une blague, j'espère !

Ignorant le courroux de sa sœur, ma mère prend la parole. Chose assez rare pour que le silence se fasse.

— Vous n'êtes pas sans avoir constaté le renforcement de notre garde et des mesures de sécurité autour du manoir. Nous avons, en outre, mené une longue enquête sur les clans qui nous envoient leur ambassadeur. Il n'y a aucun risque. Vous l'avez dit vous-même, Lady Arundell ; les lycans sont trop affaiblis pour risquer une attaque. Quant aux sorciers, sans alliés, ils n'ont aucune chance contre nous. Nous sommes plus unis que jamais, et il est temps de leur montrer. Leur prouver que notre puissance ne saurait être contestée.

L'argument fait mouche car Lord Despencer, qui s'était discrètement levé à la suite de Lady Arundell, se rassoit. Ma tante, elle, ne semble pas pouvoir se calmer. La fureur creuse de plus en plus son visage. Je ne peux que comprendre : elle a tant perdu dans la guerre. Tout comme nous. Cependant, pour que la paix subsiste et que les générations prochaines soient protégées de la guerre, nous devons tous faire des efforts

Des efforts que Lady Arundell n'est pas prête à fournir.

— Vous nous menez droit vers la mort, souffle-t-elle.

— Non, vers une paix qui empêchera nos enfants et nos petits-enfants de se tuer dans des querelles vaines, tranche mon père.

Lady Arundell nous toise. Puis, dans un geste rageur, elle se détourne et se hâte vers la sortie.

— Je ne peux cautionner ce Conseil plus longtemps, lâche-t-elle avant d'ouvrir les portes violemment et de partir de la salle.

C'est une première pour moi. Jamais encore un conseiller n'avait pris le risque de quitter la réunion avant sa fin. Ce serait un motif suffisant pour être destitué de ses fonctions.

Ce ne peut être elle qui nous a trahis.

Celui ou celle qui nous pourchasse n'agit pas par colère ou dépit. C'est un plan élaboré soigneusement. Ma tante n'a pas les épaules.

Je suis si soulagé d'arriver à cette conclusion que je manque presque la fin de la séance. Je me reprends juste à temps pour saluer les conseillers restants et leur souhaiter de bien se préparer pour le bal qui a lieu ce soir. Le bal rouge, pour faire honneur à la lune rousse qui nous salue cette nuit.

Une fois qu'ils ont quitté la salle, dans un silence à peine entrecoupé de quelques chuchotements, je m'avance vers mes parents. J'aimerais leur demander, une nouvelle fois, de me partager des informations.

Je me poste devant eux, avec la ferme intention de ne pas partir sans réponse.

— Ryan, ce n'est pas…, commence mon père en soupirant.

— J'ai besoin de savoir ! Vous ne pouvez pas nous garder dans l'ignorance !

— Tu n'as rien à exiger de nous !

— Pourquoi nous le cacher ? Nous sommes du même côté, nous…

Un crissement sec me coupe la parole. Nous nous tournons à l'unisson vers un pan de mur qui s'ouvre derrière nous, dévoilant un passage secret. Et dans le passage secret…

Rick s'écroule devant nous, le visage torturé de douleur. Cela ne peut signifier qu'une chose. Non…

— Sandy… Sandy a été attaquée. Elle n'a pas réussi à les protéger… Les humains… Ils ont disparu. Ils ont été kidnappés.

CHAPITRE 36

Mya

En quelques signes que je décrypte avec difficulté, Clayton m'indique un pot d'onguent à lui donner avant de me demander de m'approcher pour me montrer quelque chose. Il récupère un peu de thym séché, ainsi que du miel, qu'il incorpore à la préparation. Ses doigts volent devant moi pour m'expliquer que les plantes permettent de mieux désinfecter la plaie, et qu'avec la magie, cet onguent est d'une efficacité redoutable, en particulier sur les vampires et leur capacité de régénération assez incroyable. Je note tout ça consciencieusement.

Comme il est curieux de travailler avec lui. Tout est silencieux, à part lorsqu'il bouge ses mains et frappe ses paumes pour s'exprimer en langage des signes. J'en connais les bases, pour le comprendre, mais j'ai encore tant à apprendre.

Bien qu'il m'ait sauvée par deux fois, j'appréhendais de passer mes journées avec lui. Ses tatouages, sa mine sombre, et surtout tout ce que j'ai lu au sujet des sorciers, n'incitaient pas à la confiance. Mais il a toujours été très gentil et patient avec moi, n'hésitant pas à partager son savoir. Il m'a même montré la décoction qui permet aux vampires de se reproduire. Un produit que les nobles payaient très cher, avant, lors des quelques échanges qu'ils avaient avec les sorciers.

Comme très peu de vampires viennent requérir son aide, nous passons aussi beaucoup de temps à discuter, que ce soit en langage des signes ou par écrit. Et j'apprends.

J'apprends la vie chez les sorciers : une organisation hiérarchique qui marche en cercles. Le premier cercle gouverne, le second protège, le troisième soigne, le quatrième nourrit et le cinquième sert les quatre autres. Il faisait partie du troisième, ce que corroborent ses tatouages sur les bras.

« *Nous sommes tatoués au fur et à mesure de notre formation, m'a-t-il écrit la veille. Chaque fois que nous maîtrisons une plante, nos professeurs l'encrent dans notre peau. C'est un grand honneur. Nous avons aussi les runes, dans notre dos. C'est pour ne pas oublier les formules qui guérissent.* »

— Mais vous ne pouvez pas les voir !

« *On oublie jamais ce qu'on nous tatoue.* »

— Tu étais donc un grand guérisseur ? Vu la quantité de tatouages que tu portes.

Il sourit largement. Un sourire qui me rappelle qu'il n'a plus de langue. Qu'il a été banni par les siens, comme le montre son tatouage sur le front. Ça aussi, j'imagine qu'il ne peut l'oublier.

« *J'en suis toujours un. Mais j'en étais un peu trop conscient, et j'ai péché par excès d'orgueil. C'est pour ça que je suis ici, aujourd'hui.* »

— On se fait bannir parce qu'on est orgueilleux, chez les sorciers ?

Je n'ai jamais osé lui poser la question directement jusque-là. Je ne sais à quel point la blessure est encore présente. Cependant, là, dans le calme de cet après-midi, après une semaine passée ensemble, il est plus aisé de se confier. Je lui ai fait part de ma peur pour mes parents, le stress permanent et prégnant qui m'entoure au sujet du commanditaire d'Anna.

Nous n'avons toujours aucune nouvelle. Le roi et la reine

s'obstinent à travailler dans leur coin et à nous laisser de côté. Pourquoi ? Alors que c'est nous qui avons fait tout le travail d'enquête jusque-là ! Je dois me résigner à analyser ce que me rapportent Ryan et Matthew. Même Callum s'est éloigné de nous, s'enfermant dans un mutisme qui lui est apparemment coutumier mais que je ne lui connaissais pas jusque-là.

«*C'est une triste histoire*» inscrit Clayton sur une feuille. «*Je trouvais que mes pairs ne m'offraient pas assez de reconnaissance. Et au fond, j'espérais depuis des années accéder au premier cercle, car un guérisseur y siège toujours. Alors, lorsque Epgast a rendu l'âme, j'ai postulé. C'est mon confrère, et meilleur ami, Ockius qui a eu la place.*

Tout bon ami se serait réjoui. Mais j'étais jaloux. Terriblement jaloux. Alors, j'ai pris contact avec un vampire. Je lui ai demandé de blesser Ockius, assez pour le mettre hors-jeu. Je savais que nul autre n'aurait la place en dehors de moi : j'étais bien trop puissant.

Je n'avais pas prévu qu'Ockius se défendrait si bien. Le vampire a dû le tuer pour ne pas mourir sous ses sorts. Puis, trop blessé pour s'échapper, il s'est fait emprisonner par le deuxième cercle. Évidemment, il a tout avoué. Il n'avait pas le choix. C'était soit ça, soit une nouvelle guerre contre les vampires.

Nous, sorciers, avons un sort très puissant qui requiert une dizaine de nos confrères gardiens. Il permet de voir le passé. Pour prouver ses dires, le vampire les a menés à notre lieu de rendez-vous, celui où j'ai eu l'horreur de proférer des inepties guidées par la jalousie. Quand ils sont venus m'arrêter, je ne me suis même pas défendu. J'avais tué mon meilleur ami. Je ne méritais plus de vivre.

Les gouverneurs ont bien saisi la profondeur de ma détresse. Au lieu de me hisser sur un bûcher, ils ont préféré me bannir. Me laisser vivre avec la mort de l'être le plus cher à mon cœur sur la conscience.»

Il s'arrête soudainement. La douleur se lit encore sur son visage. Je ne sais que dire, que rajouter. Rien de ce que je pourrais faire ne pourra l'apaiser.

— Je suis désolée, murmuré-je.

Ces mots sont bien dérisoires, face à sa tristesse.

« *Tu n'as pas à l'être. Je mérite totalement ce qui m'est arrivé. Si seulement j'avais pu résister à ma jalousie maladive, je serais encore parmi les miens. Avec Ockius. Avec ma famille.* »

Sa famille ? Je n'avais pas pensé au fait qu'il en ait eu une. Avait-il une femme ? Des enfants ? Des frères, ou des sœurs ?

— Ils te manquent ?

Nouvelle question vaine. Pourtant, il me sourit. J'ai du mal à croire que ce sorcier si calme a un jour été le monstre odieux qu'il décrit.

« *Tous les jours. Je devais me marier avec la sorcière la plus convoitée des cinq cercles. Melda était incroyable. Je pense… je pense que je l'aimerai jusqu'à la fin de ma vie. Et il y avait mes parents, mes frères, mes sœurs… Je les ai tellement déçus. Même si je les croisais aujourd'hui, ils m'ignoreraient tous. À leurs yeux, je suis mort.* »

Je ne sais pas quoi rajouter. Il n'y a rien à répondre à un tel aveu.

Comme je ne reprends pas la parole, c'est lui qui enchaîne. Sans doute pour adoucir son histoire.

« *J'ai erré sans but pendant quelques semaines, me laissant à moitié mourir de faim et de soif. Je n'avais plus aucune raison de vivre. C'est là que j'ai croisé, en pleine forêt, un vampire dans un sale état. Il avait été attaqué par des chiens sauvages et, tout vampire qu'il était, on ne se défend pas facilement face à des bêtes si hargneuses.*

Il était en vie et s'en serait sorti sans moi. Mais il avait l'air de tant souffrir de ses blessures ! Alors, j'ai fait ce que j'ai toujours fait. Je l'ai soigné. Je ne peux plus chanter les runes, seulement les tracer, mais c'était assez pour un être paranormal comme lui. Ça, et un peu d'onguent, le tour était joué.

Je ne savais même pas que c'était l'héritier de la famille royale. »

— Ryan ?

« Oui. Il a toujours eu un penchant pour… le danger, disons. Il a voulu prendre l'air, loin de chez lui, et s'est trouvé des adversaires pour passer ses nerfs.

Il m'a ramené au manoir et présenté à son père. J'ai été mis à l'essai et, depuis, je n'ai plus quitté cet endroit. Ça va faire vingt ans. Ils sont devenus ma deuxième famille, et je ne les remercierai jamais assez pour ça. »

J'acquiesce. L'histoire ne se finit pas si mal. Dommage qu'elle ait commencé de la sorte.

« Ryan a commis beaucoup d'erreurs, dans sa vie. Son impulsivité le pousse à la faute, et il vit constamment avec le poids de leurs conséquences. C'est un bon garçon. Un bon garçon qui a vécu des mauvaises choses. »

Je suis sur le point d'ajouter une question, quand mon estomac se serre douloureusement.

Le lien.

Je manque de me plier en deux. Il se passe quelque chose. Quelque chose que Ryan n'apprécie pas du tout. Pourtant, il devrait être à son Conseil.

La sensation reflue, petit à petit, me laissant une impression d'angoisse sourde. Peu importe ce que j'ai promis. Je ne peux pas rester ici en ne sachant pas ce qu'il se passe.

— Je suis désolée, Clayton, je… Ryan a un problème.

« *Va le rejoindre, ne t'en fais pas pour moi.* »

— Je… Merci de ta confiance.

Il s'incline bien bas, puis me fait signe de me dépêcher. Je ne me fais pas prier. Bien que le nœud dans mon estomac se soit défait, il y a toujours cette inquiétude palpable.

Je déboule dans le couloir, l'air le plus impassible possible. Le chemin vers l'infirmerie est souvent vide, le personnel préfère faire des détours plutôt que de s'approcher du sorcier.. Cela m'évite de croiser mes anciens collègues de cuisine.

Je songe à Julian et un frisson désagréable me parcourt.

D'après Clayton, les premiers éléments ont été déposés

auprès de la justice vampirique.. Il sera appelé à témoigner quand le dossier sera mené devant leur juge. En attendant, Julian est enfermé et les victimes sont appelées à témoigner. Cela devrait me soulager, mais je ne le suis pas autant que je l'espérais. Ce qu'il a fait reste gravé dans ma chair et dans celle de tant d'autres. Et mon témoignage ne peut être reçu, tant que je suis cachée de la sorte… La seule chose qui me réconforte c'est qu'il ne peut pas recommencer.

Pour le moment.

Je me précipite dans un nouveau couloir, lorsque je tombe sur Ryan. Trop plongée dans mes pensées, je n'ai pas remarqué la tension unique qu'il crée en moi lorsqu'il est tout près. Visiblement, lui non plus car l'étonnement se lit sur son visage.

— Mya, qu'est-ce que…

— Que s'est-il passé ?

— Pardon ?

— Ne joue pas avec moi. J'ai senti ton angoisse.

Il jette de frénétiques coups d'œil autour de lui, avant de me prendre le bras et d'aller nous enfermer dans un placard à balais étroit.

— Ne parle pas trop fort, marmonne-t-il. Tu oublies qu'on est entourés de vampires ? Qu'ils peuvent nous entendre ?

— Ce que j'ai senti est trop important pour que j'en aie quelque chose à faire.

Il pousse un soupir qui ressemble fort à un grognement. Il rechigne à me dire ce qui ne va pas. Et pourtant, l'angoisse est toujours là.

— Ryan, grondé-je.

— Lady Arundell a très mal réagi à l'annonce de mes parents sur la présence des sorciers et des lycans à mon mariage. Elle a quitté précipitamment la salle, ce qui peut signifier une démission du Conseil. J'ai jamais vu ça. C'est un bouleversement énorme, à la veille d'un aussi gros événement que le lien entre l'héritier royal et sa promise.

C'est tout ? Il doit sentir ma perplexité parce qu'il continue.

— C'est important, Mya ! Le Conseil ne peut être ébranlé, pas par les temps que nous vivons. Pas avec la menace qui pèse sur nous. Cela nous fragilise, au même titre que les guerres lycanes.

Et pourtant, malgré ses yeux qui me crient de lui faire confiance, je sens qu'il y a anguille sous roche. Pourquoi ne veut-il pas me le dire ?

Inutile d'insister avec cette tête de mule. Je ferai ma propre enquête.

— D'accord, d'accord. Retourne donc à tes obligations, Mon Prince.

Il lève les yeux au ciel, mais je le sens un peu amusé alors que moi, je ne le suis pas du tout. Il se penche vers moi et s'empare de mes lèvres. Je ne lui rends pas le baiser, persuadée qu'il me cache quelque chose. Il n'insiste pas et se détourne, non sans m'avoir offert une grimace déçue.

J'attends qu'il soit parti pour me reprendre. Quoi qu'il dissimule, je suis sûre que j'en apprendrai plus lors de la fête. Je sais que je n'y suis pas conviée, mais à force de me balader dans les couloirs désaffectés, je sais où trouver un point de vue qui permet d'observer la salle de bal sans être vue.

Et je compte bien en profiter.

CHAPITRE 37

Ryan

Bordel, bordel, bordel !

Me voilà à me déplacer jusque dans ma chambre, plus honteux que jamais.

Au moins, j'aurai réussi à lui cacher la véritable raison de mon angoisse. Inutile de l'inquiéter. Il est hors de question qu'elle se mette en danger. Elle voudrait sûrement quitter le manoir pour retrouver ses parents, ce qui serait une monumentale erreur. Ici, la garde peut la protéger. Clayton aussi.

Nous avons envoyé nos meilleurs enquêteurs et espions pour trouver les parents de Mya, en espérant qu'ils découvrent rapidement ce qu'il se passe. En attendant, il faut jouer le jeu. Et participer à ce foutu bal.

Toujours la même rengaine : manger, boire, danser et, surtout, comploter. Une occasion pour les nobles de se pavaner aux côtés de la famille royale, tout en préparant leur prochain coup de poignard dans notre dos.

Je rentre dans ma chambre et referme derrière moi.

L'angoisse revient. Est-ce une coïncidence que le kidnapping des parents de Mya tombe le même jour que le bal ? Si nos ennemis mettent en place quelque chose ce soir, on a encore le temps de se retourner avant le mariage. Souhaitent-ils juste nous mettre la pression ?. Ou veulent-ils attirer Mya loin du manoir pour la tuer en dehors de notre territoire et de nos protections ?

Quelle prise de tête !

— Votre Altesse ?

Je n'avais pas entendu qu'on avait frappé. Je me retourne vers la foule de serviteurs qui m'attendent sur le pas de la porte. Il est encore tôt, toutefois se préparer est aussi long pour les hommes que pour les femmes.

— Entrez. Vous pouvez commencer.

Aussitôt dit, les serviteurs se déploient autour de moi comme une nuée d'oiseaux. Ils me présentent plusieurs costumes, tous d'un vermeil saisissant pour le bal. Bien entendu, je devrai m'y rendre en compagnie d'Evelyn.

Si seulement c'était Mya, à sa place…

Je me serais bien plus volontiers acquitté de mes devoirs.

Après avoir choisi un tissu pourpre profond, je me perds à nouveau dans mes pensées. Tout s'entrechoque, sans que je trouve la moindre explication, la moindre solution, le moindre coupable. Si seulement je pouvais être humain et dormir. Je suis sûr que ça m'aiderait à y voir plus clair. À digérer ces informations. Au moins aurais-je un peu de répit. Mais je suis vampire. Nul repos pour moi. Nulle fatigue non plus. Chaque avantage de notre espèce sur les autres amène son lot d'inconvénients.

— Votre Altesse ?

Je m'ébroue, comme si je sortais d'un rêve. Les serviteurs ont disparu, laissant uniquement mon valet de chambre, qui me tient un miroir.

Le costume sombre met en valeur la lueur rouge, cruelle, de mes pupilles. Je me sens plus vampire que je ne l'ai jamais été. J'ai presque l'impression d'être couvert de sang. Comme s'il lisait mes pensées, mon valet me tend un thermos. Je le débouche et bois goulûment le sang artificiel épais qui s'y trouve.

— Merci.

— À votre service. La reine m'a ordonné de vous transmettre que vous êtes d'ores et déjà attendu à la salle de réception.

J'acquiesce. Je n'ai pas vu le temps passer. Voilà un deuxième désavantage lorsque l'on est vampire. Plus on est âgé, plus le temps passe vite. Il est alors plus dur de s'ancrer au présent. Comment mes parents font-ils ? Ils ont presque quatre cents ans !

Il fait une révérence et m'ouvre la porte. Je me plains souvent de mon statut, mais quel est celui de nos serviteurs ? Ils passent leur vie, une éternité, à nous servir. Pourquoi ? Je devrais faire plus attention aux personnes qui me servent.

— Quel est votre prénom ?

— George, Votre Altesse.

Je tente de l'inscrire dans ma mémoire.

— Merci, George. Vous pouvez disposer.

Nouvelle inclinaison. Et peut-être même un sourire. Je le lui rends puis me mets en route.

Il ne me faut pas plus de deux minutes pour arriver au bal. Beaucoup de nobles sont déjà présents. L'assemblée ressemble à une mer d'hémoglobine. Cela me donnerait presque le tournis.

— Votre Altesse.

Evelyn se matérialise à mes côtés. Elle est absolument merveilleuse dans sa robe couverte de rubis. Merveilleuse et lumineuse. C'est sans doute le costume le plus festif de toute la cour.

Je m'incline bas.

— Ma Lady.

Elle me crochète le bras et m'accompagne jusqu'au buffet. Tout ce rouge m'a redonné soif. Nous nous servons et trinquons ensemble. Malheureusement, nous ne restons pas seuls longtemps. Lord Fiennes nous rejoint.

— Votre Altesse, Lady Bridges, vous êtes ravissants.

— De même que vous, Lord Fiennes. Vos couturiers sont d'une finesse inégalée.

Il porte une redingote vermeille de la plus haute délicatesse. Je n'y aurais jamais fait attention, avant. Heureusement, ma fiancée est plus subtile que moi. Malgré ses atours, il semble encore une fois fébrile. J'aimerais lui parler, mais il évite consciencieusement mon regard pour le fixer sur ma fiancée.

— Vous me flattez, Lady Bridges. Accepteriez-vous une danse ?

Evelyn se tourne vers moi, me questionnant du regard. Je ne comprends pas pourquoi elle attends ainsi mon aval. Elle est libre de faire ce qui lui chante. Elle doit saisir le message, car un sourire poli se glisse sur ses lèvres et elle lâche mon bras.

— Avec plaisir, Lord Fiennes.

Ce dernier s'incline devant moi, le regard toujours fuyant, puis emporte ma fiancée. Lord Fiennes ne semble plus vouloir se confier à moi. Pourtant, son stress ne redescend pas. Est-ce parce que c'est lui qui a kidnappé les parents de Mya ? Non, comme pour ma tante, il est trop émotif pour ce genre de plan. C'est trop évident. Alors quoi ? J'ai beau en avoir parlé à mes parents, je ne suis pas sûr qu'ils l'aient interrogé. Bordel…

Par chance, Matthew me délivre de mes pensées. Il tient un verre à pied empli de sang et m'offre un sourire quelque peu forcé. Il faut dire que ni lui ni moi ne sommes en capacité de tenir ce bal, en sachant quel danger pèse sur nos épaules.

— Mon frère, commence-t-il, puis-je t'introduire à l'héritier Despencer ?

Les soucis n'empêchent pas Matthew d'être un parfait intriguant de cour. Je me constitue un visage aimable, tandis qu'il adresse un signe de la main à un jeune vampire. Ses cheveux blonds angéliques contrastent avec ses iris d'un écarlate intense.

— Votre Altesse, s'incline-t-il devant moi.

Je remarque qu'il tremble légèrement. Serait-ce sa première sortie dans le monde fabuleux de la cour ? J'essaye de me souvenir des leçons de mon précepteur sur les différents lignages des nobles vampires, mais rien ne me vient concernant un potentiel fils de Lord Despencer. J'aurais dû être un élève plus appliqué…

— Ryan, je te présente James, me sauve Matthew. C'est la première fois que nous avons la chance de l'accueillir.

J'ai donc tapé dans le mille.

— Bienvenue à la cour, James. J'espère que vous trouverez l'atmosphère… divertissante.

Il m'offre un sourire, un peu timide. Je suis si impressionnant que ça ? Ce serait bon signe, vu mon statut. Mon père lui-même joue beaucoup de sa prestance. Même le Conseil le craint. Enfin, excepté Lady Arundell...

— Je suis très honoré, s'exclame le jeune homme. C'est un honneur de rencontrer Votre Honorable Altesse.

Je vois Matthew se mordre le poing pour ne pas rire, toute trace de soucis disparue de son visage. Au moins, la soirée ne sera pas tout à fait gâchée pour lui.

— Tout le plaisir est pour moi.

— Je vous renvoie la pareille.

Eh bien, nous n'irons pas loin avec ce genre de discussion. Je lève mon verre et l'entrechoque avec le sien.

— Très belle soirée à vous, James.Amusez-vous bien !

— Merci, Votre Altesse.

Je jette un coup d'œil à mon frère. Je pensais qu'il souhaitait me parler de l'évolution des recherches, mais de nouveaux jeunes vampires le rejoignent et il m'envoie un regard désolé.

Comme James se détourne aussi, gêné, pour accueillir les nouveaux venus avec qui il est plus à l'aise, je m'éclipse discrètement.

J'essaye de me trouver un coin, seul, pour observer toute la cour. Depuis une semaine, nous accueillons de plus en plus de monde. Des ambassadeurs vampiriques venus de toute l'Europe, qui assisteront au mariage, de grands commerciaux, des investisseurs, de petits nobles… La salle est déjà pleine à craquer d'invités et de danseurs. Qu'est-ce que ce sera, à mon mariage ?

Si tu n'es pas mort avant.

Je grimace et examine tout ce beau monde. Qui sont nos véritables alliés ? Et nos ennemis ? J'ai beau dévisager un à un nos conseillers, rien ne me vient. Quant à la petite noblesse et aux commerçants, auraient-ils un intérêt à la guerre ?

Tu sais bien que la guerre coûte, mais rapporte encore plus. Bien sûr que certains commerçants sont pour.

Foutue voix. Comme si la vie n'avait pas plus de valeur que quelques pièces de monnaie.

Tu dis ça parce que tu es un privilégié. As-tu seulement interrogé les personnes qui te servent ?

Jamais. Je n'ai toujours très égoïstement fait attention qu'à moi-même et à ma famille. Le Conseil prend des décisions favorables pour les plus démunis, mais est-ce assez ? Ne sommes-nous pas, à l'instar des lycans, sur le point de nous retrouver avec une guerre civile sur les bras ?

— À quoi pensez-vous, Votre Altesse ?

Je manque de sursauter. Lady Arundell m'a rejoint. Elle ne porte plus trace de sa colère sur son visage, mais s'est volontairement habillée de blanc. Seule sa chevelure, qu'elle a teinte en rouge, rentre dans le thème du bal. Un énième affront à la royauté. Elle pourrait se faire arrêter pour ça.

Pourtant, je n'ai nulle envie d'appeler la garde ni de le lui mentionner. Toujours perturbé par son départ du Conseil, je me demande s'il ne faudrait pas parler du sujet qui fâche.

— À la guerre.

Elle ouvre de grands yeux étonnés. Puis un sourire ravi se dessine sur ses lèvres.

— Seriez-vous prêt à y penser ? À attaquer les lycans ?

Je pourrais répondre oui, pour rentrer dans son jeu et tenter de comprendre, mais quelque chose m'en empêche. Ce ne serait pas moi. Et je ne suis pas prêt à sacrifier qui je suis pour porter un foutu masque.

— Non.

Son espoir s'éteint.

— Vous savez que c'est une opportunité en or. Pour venger votre sœur.

Sauf que ce ne sont pas les loups qui ont tué Ellie. C'est ma stupidité. Et j'ai beau tenter de me pardonner cette erreur, elle reste bien ancrée.

— Nous avons assez de conflits internes à gérer.

Elle se pose à côté de moi, et fait courir son regard sur les invités.

— Faites-vous référence à mon opposition à votre père ?

Je décide de ne pas relever cette perche empoisonnée.

— Nous sommes en huis clos, ici. Est-ce que nos sujets vampires sont satisfaits de notre règne ? Ne risquons-nous pas, nous-mêmes, une révolte ?

— Le peuple réclame du sang, Votre Altesse. Ils n'ont pas digéré la Guerre des Trois. Nous avons assez patienté et nous sommes désormais en position de force.

— Je ne les laisserai pas perdre à nouveau ceux qu'ils aiment !

Plusieurs personnes commencent à se tourner vers nous, me rendant quelque peu anxieux. Ce genre de discussion ne devrait pas se faire ici.

— Et que faites-vous de tous ces coupables qui sont en liberté ? De toutes ces horreurs que nous avons vécues ? Les lycans doivent payer ! Et les sorciers aussi ! Pour toutes ces souffrances injustes, tous ces meurtres barbares !

— Je ne peux…

Je me coupe net dans mon élan. Ma mère vient de nous rejoindre, droite et fière. Elle toise sa sœur, qui soutient son regard avec effronterie. La reine sourit. Je reconnaitrais son masque aimable entre mille. Comment une relation entre sœurs a-t-elle pu se dégrader à ce point ? Il n'y a guère que la politesse qui les enjoignent à se parler !

— Très chers, c'est un bal ici. Pas un Conseil.

D'un discret mouvement de tête, elle désigne les invités.

— Ma Reine, crache Lady Arundell.

Elle s'incline avec insolence. Ma mère hausse un sourcil, mais se détourne d'elle. Je sens, pourtant, que le comportement de sa sœur la blesse.

— Ryan, j'aimerais te présenter quelqu'un.

J'acquiesce, plus par envie de quitter cet endroit plein de rancœur que par besoin. Je salue d'un mouvement de menton Lady Arundell, qui me répond à peine, trop concentrée sur sa sœur, puis suit ma mère. Nous récupérons Evelyn au passage. Notre cortège est loin d'être discret, et de nombreux regards nous suivent.

Alors que nous rejoignons l'autre bout de la salle de bal, nous entendons un rugissement de colère.

— Je refuse de laisser passer ça, scande Lady Arundell. Je refuse votre mépris et votre arrogance !

Dans un ensemble parfait, nous nous tournons vers ma tante. Mon corps se fige. Les portes de la salle du bal s'ouvrent d'un coup sur sa milice personnelle.

Oserait-elle nous attaquer là, maintenant ? Ce serait de la folie, elle n'a aucune chance !

Nos propres gardes se mettent en position défensive. Mais les hommes de Lady Arundell ne font que créer une haie d'honneur, comme pour laisser passer un invité prestigieux. Mes yeux se rivent vers l'entrée laissée libre…

Je suis glacé d'effroi.

— Il serait temps que la royauté explique ceci, vous ne pensez pas ? ricane ma tante.

Deux vampires s'avancent, deux êtres humains contre eux, une lame menaçante sous leur gorge.

Les parents de Mya.

CHAPITRE 38

Mya

Je traverse les couloirs, le plus discrètement possible. J'évite chaque employé, chaque garde. Le chemin que j'ai découvert n'est pas loin d'endroits bien surveillés. Il est d'ailleurs tout à fait possible que je me fasse remarquer par les espions du roi qui nous guettent sans cesse. Tant pis.

Une fois le passage libre, je me faufile jusqu'à cet espace entre deux colonnes, dissimulé derrière une tenture qui représente une scène de combat.

Il me faut quelques minutes pour m'habituer à la pénombre, puis je me mets en route. Je tente d'être discrète, mais malgré moi, mes pas se font rageurs.

Je déteste le fait que Ryan ne me fasse pas confiance. Qu'il me cache des choses. Avec un peu de réflexion, cela ne peut signifier qu'une chose : il se passe un truc avec mes parents. Ou avec le bal. Et il est hors de question que je reste là, à attendre que cela se résolve. Pour qui me prend-il ?

J'arrive enfin dans un dernier boyau sombre, au bout duquel se trouve un filet de lumière. Le mur est percé à cet endroit, d'un trou minuscule, mais qui permet d'observer la salle de réception de haut sans être vu. Parfait. Je colle mon œil à l'ouverture et regarde la foule en contrebas.

L'endroit est toujours aussi splendide. L'énorme escalier qui mène aux balcons est obstrué par des gardes en armure. Apparemment, ils ne sont pas ouverts ce soir. Je fronce les sourcils. Pourtant, je vois le roi en compagnie d'un Lord se tenir sur le balcon. Ils échangent quelques mots, puis acquiescent tous deux, comme s'ils avaient trouvé un accord.

Un autre mouvement attire mon regard. Au milieu des invités en tenue sanglante, une personne se démarque, en costume blanc. Elle se poste à côté d'un homme et engage la discussion. Mon cœur s'accélère : je reconnaîtrais Ryan même les yeux bandés. J'ai un instant peur qu'il ne lève la tête vers moi et me découvre, mais m'efforce de recouvrer mon calme. Seules mes émotions peuvent me trahir via le lien.

Fendant la foule, la reine s'approche de mon lié pour lui parler. La conversation avec la dame en blanc semble houleuse. Je devine sans problème Lady Arundell. Il n'y a qu'elle, selon les dires des princes, qui soit assez furieuse pour s'opposer à la couronne devant tout le monde. Quel dommage qu'avec la musique et mon éloignement, je ne puisse pas entendre l'échange !

Ryan finit par suivre sa mère jusqu'à sa fiancée, comme à son habitude magnifique dans sa tenue. Je pourrais presque être jalouse. Presque. Le lien ne m'indique aucune sorte d'attirance de la part de Ryan.

Alors, Lady Arundell hurle, si fort que même moi, je l'entends.

— Je refuse de laisser passer ça. Je refuse votre mépris et votre arrogance !

De là, les portes s'ouvrent avec fracas. Des vampires armés se postent de part et d'autre d'elles, afin de laisser passer…

Mon cœur s'arrête. Refuse de redémarrer.

Non, ce n'est pas possible. Pas ça.

Mon père et ma mère sont menacés d'une arme sous leur gorge. En plein milieu d'une foule de vampires.

Non, non, non…

— Il serait temps que la royauté explique ceci, vous ne pensez pas ?

Je ne sais pas quoi faire, pétrifiée d'horreur. Courir les secourir ? Ou rester sagement ici, de peur que ce soit ma présence qui les condamne ?

— Allez petite, montre-toi, crie-t-elle à mon intention, j'en suis sûre. Si tu ne viens pas, je me ferai un plaisir de les tuer.

Je me redresse d'un bond et quitte ce couloir caché en courant. À travers le lien, je sens Ryan stressé, mais qui tente de se calmer. Je peux presque le sentir me souffler que non, il ne faut pas que j'intervienne. Que son père va l'arrêter.

Sauf que je ne peux pas prendre le risque de voir mes parents mourir, juste pour que cette foutue royauté vive. Pour que je vive. Ils sont innocents. Ils n'ont rien à voir là-dedans.

Tu condamnes peut-être Ryan, en agissant ainsi.

Je m'arrête net à une encablure de la salle de bal. Il suffit que je tourne dans ce couloir, et j'y serai. Il faut que je réfléchisse, il faut que je prenne la bonne décision !

— Lady Arundell, vous avez trahi le pacte des vampires ! gronde le roi. Il est strictement interdit de révéler notre présence aux humains, et encore moins de les menacer !

— Avouez ce que votre fils trame, et je les relâche.

— Vous vous rendez coupable de…

Un craquement sinistre retentit, suivi d'un cri de douleur affreux qui broie mes dernières barrières.

Maman !

Avant que je ne me rende compte de mon erreur, je suis déjà au milieu de la foule de gardes. Mon poing s'abat sur la pommette du premier, le projetant loin de ma mère blessée. Avant que le second ne réagisse, je le frappe à la jambe pour qu'il s'effondre en relâchant mon père. Je me mets ensuite devant mes parents, comme si je pouvais les protéger de ce qui allait advenir.

Lady Arundell s'est tournée vers moi, un sourire aux lèvres. Victorieuse.

— Tiens donc, pourquoi une vampire viendrait-elle protéger des humains ? clame-t-elle.

Elle ménage son suspens. J'ai tellement envie de la tuer que mon corps entier se tend comme un arc. Ce sont les émotions de Ryan qui m'en empêchent. Il est en état de choc, proche de la panique. Et il sait qu'au moindre faux pas de ma part, sa milice m'avalera… et nous tuera, lui, mes parents et moi.

— Serait-il possible que ce soient ses parents ? continue la Lady. Et qu'elle serait donc une nouvelle née ?

Plus personne n'ose dire quoi que ce soit. Je tente de trouver une nouvelle solution, sans succès.

— Mais transformée par qui ? nous achève-t-elle.

La cour entière a les yeux braqués sur nous, y compris ceux du roi et de la reine. Je peux presque voir les rouages de leurs cerveaux se mettre en marche, calculer les meilleures chances de s'en sortir. Il n'y a que moi, qui fais face à toute cette population de vampires silencieux qui attendent la suite, pour remarquer le mouvement de Callum. Il pose la main sur l'épaule de Ryan et le pousse légèrement vers sa tante. Cela suffit à réveiller mon lié, plongé dans une sorte de stupeur horrifiée.

— C'est moi, déclare-t-il soudain.

Callum s'efface, le laissant seul contre tous. *Nous* laissant seuls contre tous. Face, j'en suis persuadée, à la mort. Je ferme les yeux, sentant la fin arriver.

«Je ferai tout pour sauver ma famille», m'a-t-il dit un jour. Serait-il prêt à sacrifier son frère pour ça ? À me sacrifier moi, et ma famille ? Je n'y avais jamais pensé. Non…

Non !

Je rouvre les paupières pour voir sa tante laisser échapper un petit rire, comme si elle s'amusait follement de la situation. Comment peut-elle ? C'est son neveu, qui se tient face à elle.

— L'héritier lui-même se fout de nos lois !

Des murmures de colère commencent à balayer l'assistance. Je me rapproche encore de mes parents, épouvantée par ce qu'il va advenir ensuite.

— Est-ce vrai ? tonne une nouvelle voix.

Tout le monde se tourne vers le roi, qui vient de parler. À ses côtés, Lord Bridges n'a pas bougé, comme une statue de sel. Le regard brûlant du monarque traverse la salle pour se planter, sans aucune once de bonté, dans celui de Ryan. Mon lié tressaille, mais ne se laisse pas submerger par ses émotions.

— Oui. Je l'ai transformée.

Il veut rajouter quelque chose. S'abstient. Je le vois trembler, seul au milieu des regards désapprobateurs. Meurtriers, même, dans certains cas. J'ai tant envie de le prendre dans mes bras, de le rassurer… Mais il n'y a rien de rassurant.

Le roi reste stoïque face à cette information, comme s'il la digérait. Lorsqu'il reprend enfin la parole, c'est d'une voix caverneuse, sans amour. Ses yeux parcourent la foule, nous ignorant superbement.

— Qu'importe le rang, qu'importe le sang, déclare-t-il. Chacun doit assumer les conséquences de ses actes.

Il se tourne à nouveau vers nous, un air si fermé sur le visage que même moi, j'en tremble.

— Mon fils, mon héritier, nous a tous trahis. Pensant sans doute que notre rang lui permettait de rester impuni, il a choisi de commettre l'un des crimes les plus odieux qui soient. Il a transformé une humaine en vampire.

Je sens le poignard qui se fraye dans le cœur de Ryan, qui

le déchire en deux. Son propre père le condamne. Devant tous.

Dans un élan de détresse, je m'accroupis près de mes parents et leur prends la main. J'ai peur.

Terriblement peur.

Eux aussi, même s'ils ne disent rien. Seule ma mère sanglote en silence, sa jambe cassée étendue, inutile, au sol.

— Ce crime doit être jugé. Et il le sera. Maintenant ! Aucun sang n'est supérieur à un autre face à nos lois.

Les yeux du roi ne brillent plus d'aucune émotion, comme si Ryan n'existait déjà plus. Comme s'il n'avait jamais existé. Ce regard, plus que la future sentence, ébranle mon lié au plus profond de lui. Je sens son âme se consumer dans son corps, ne laissant que des cendres.

— Ryan Cadbury. Ton crime nous salit tous. Je te retire ton nom et je te bannis, toi et l'ancienne humaine, de nos terres. Nulle clémence ne vous serait accordée, si vous tentiez de revenir. Il n'y aura que la mort pour vous accueillir. Vous avez vingt-quatre heures pour disparaître. À jamais.

Après la terreur, c'est le soulagement qui prend le pas. Nous n'allons pas mourir. Nous…

Ryan ne bronche pas. Ne ressent aucun apaisement. Son père ne le considère plus. Seule la douleur reste. Une douleur si profonde qu'elle le tue sans qu'il meure réellement.

Le roi se détourne alors et fait un signe de tête à Lord Bridges, comme pour demander son pardon. Aux chuchotements de surprise qui secouent la foule, je comprends que ce comportement est inédit.

— Lord Bridges. La confiance que vous avez accordée à ma famille a été entachée. Je comprendrais que vous vouliez rompre le serment qui nous lie. Si toutefois vous acceptez d'entendre un homme qui se repent, sachez que mon nouvel héritier, Matthew, serait honoré de prendre votre fille pour épouse. Pour en faire sa reine.

La voix du roi vibre d'émotions à cet instant. Quant à Lord Bridges, il est toujours aussi impassible. Je crains un instant qu'il ne réponde pas.

— J'accepte vos excuses, et votre offre, réagit-il enfin après plusieurs secondes de silence. Nos familles seront liées. Nous ne laisserons aucun événement les séparer.

Sa voix est mécanique. Comme si c'était quelque chose qu'il avait répété. À moins que ce ne soit que moi ?

Le roi se redresse alors que Lord Bridges s'incline devant lui. Comme en réponse à ce mouvement, la foule l'imite. C'est plus symbolique que respectueux. Ainsi, la cour valide ce procès et ses conséquences. Continue, du moins en surface, à soutenir le roi.

Non, tout le monde ne s'incline pas. Lady Arundell toise la famille royale, l'air si haineux que j'en tremble.

— Vous vous foutez de nous ?

Elle a parlé avec une telle colère qu'une nouvelle vague de murmures soulève la foule.

— Lady Arundell, si vous avez quelque chose à dire, faites-le selon les convenances ! gronde le roi.

— Très bien. Puisque je dois le faire selon les convenances, je refuse ce jugement abusif. Vous ne voulez pas d'une guerre avec les lycans et pensez que votre fils ne mérite que le bannissement pour un crime odieux. Vous prônez être juste, mais ce n'est qu'une mascarade ! Il est temps que cela cesse ! Puisque vous ne prononcez pas la peine de mort, je le ferai moi-même. Je réclame le Tezeki !

CHAPITRE 39

Ryan

Les mots de ma tante résonnent dans le profond silence qui s'est installé, tel un message de mort. Je devrais m'en inquiéter, observer avec regret une des personnes les plus proches de ma famille souhaiter ma mort au point de mettre la sienne en balance… Pourtant, tout ce qui fait écho en moi, ce sont les paroles de mon père.

Je pensais m'être enfin affranchi de son autorité. Ne plus avoir besoin de son amour. Mais non. Je suis toujours ce gosse en quête de l'affection paternelle. Bordel, pourquoi ça fait si mal de le voir me renier avec tant de froideur, tant de facilité ? Je devrais avoir l'habitude. Après tout, ne m'a-t-il pas rejeté, jour après jour, année après année depuis la mort d'Ellie ?

Un sentiment plus glacé encore me prend aux tripes. Est-ce lui qui a mis au point tout ce stratagème ? Qui m'a piégé pour faire asseoir son fils favori sur le trône ?

C'est un cauchemar.

— C'est quoi, le Tezeki ? souffle une voix humaine.

Le père de Mya. Il a l'air perdu.

— Lorsqu'il y a un différend grave entre deux vampires, chuchote Mya, l'un d'eux peut invoquer le Tezeki. C'est un combat à mort qui donne raison au vainqueur.

— Ce sont… vraiment des vampires ? reprend son père. Et toi ?

Elle le fait taire d'un geste de la main. Le moment est trop grave pour que des humains, aussi bien intentionnés soient-ils, le brisent avec leurs questions.

Le roi s'avance, droit, royal. Il en impose tellement que je sens toute la cour détourner les yeux. Excepté ma tante.

— Lady Arundell, gronde-t-il, invoquer le Tezeki pour vous venger d'un Conseil qui réfute vos idées est…

Je reprends mon souffle. Mon père, celui qui m'a condamné si durement, est-il en train de me protéger maintenant ? Non, je dois rêver…

— Tout à fait mon droit de vampire, sauf votre respect, Votre Majesté ! le coupe Lady Arundell. Je le réclame, et ce criminel n'a aucun droit de le refuser.

Comme si je me réveillais d'une longue stase, je me prends soudain la réalité en pleine gueule. La peur de Mya, transmise via notre lien, ma propre inquiétude… Et cette tante, que je vais devoir combattre à mort pour me sortir de là vivant. Banni, certes, mais vivant.

C'est là que ça me frappe. Je ne peux pas mourir. Pas si je veux sauver Mya. Et il y a ma famille, celle qui me rejette mais que je ne peux laisser se faire lyncher. Ils ont beau me repousser, je les aime toujours.

Je répondrai à ce Tezeki. Même si cela signifie donner, à nouveau, la mort.

Je m'avance d'un pas, sans quitter ma tante des yeux. Nulle peur ne me traverse plus. Elle veut se battre, je me battrai. Et je suis prêt à tout pour sauver ceux qu'il me reste.

— Je…, commencé-je.

— Je me porte volontaire ! me coupe une voix.

Matthew se place à mes côtés. Il ne m'offre pas un seul regard, comme il est de coutume pour un banni.

— Vous défendez le coupable ! rugit ma tante. Le nouvel héritier défend un criminel !

— Non, Lady Arundell, déclare Matthew d'une voix calme alors que, dans mon crâne, c'est l'apocalypse. Vous osez, depuis trop longtemps maintenant, vous opposer au pouvoir. Vous mettez la couronne en porte-à-faux. Et, en plus de ça, vous condamnez un vampire en vous rendant vous-même coupable d'enlèvement d'humains et d'agression volontaire. Le roi ne peut prendre la défense d'un criminel, mais je le peux. Car la famille royale ne saurait souffrir plus longtemps de votre comportement et de votre impudence, qui fragilisent notre communauté.

Tout le monde est soufflé, moi y compris. Mon frère a su retourner cette situation en moins de deux secondes. Lady Arundell passe de petite rébellion sans incidence à ennemie du trône. C'est un brillant stratagème, digne d'un futur grand monarque.

Sauf que…

Matthew n'a pas ma force. Il n'a pas non plus la capacité de Callum à sentir l'avenir. Il pourrait tout aussi bien mourir contre notre tante. Et alors, son beau discours n'aurait plus aucune saveur. Nous péririons tous les deux de cette histoire.

— Puisque c'est votre décision, Votre Altesse, s'incline Lady Arundell avec un cynisme qui frise l'indécence. Venez donc vous battre.

Je devrais l'arrêter. Un regard de Callum m'en empêche, lui qui m'a poussé à me révéler pour sauver la famille. Peut-être dois-je lui faire encore confiance.

Putain…

De toute façon, je n'ai pas le droit de confronter cette décision. Le volontaire prend le pas sur le défié, lorsqu'il s'agit de Tezeki.

Je m'avance vers les humains pour porter la mère de Mya, et les emmène à l'écart de la foule, qui s'éloigne sur notre passage, comme si nous étions des pestiférés. J'observe avec terreur ce qu'il se produit. En moins d'une demi-heure, j'ai perdu mon statut, j'ai été banni et mon frère, pour sauver l'honneur de la famille, va se battre à mort contre notre tante. Si je le perds aussi… Je ne répondrais plus de rien.

Une main se glisse dans la mienne, discrètement, et m'empêche de m'avancer pour protéger mon frère. Mya. Je me raccroche à son contact comme à une bouée.

Le Tezeki s'applique sans délai. Le combat se déroulera donc dans cette salle. Après la fête, le sang et la mort.

Ma gorge se noue douloureusement lorsque Matthew se déleste de sa veste et de sa cravate, ne gardant que sa chemise qu'il retrousse. Lady Arundell quitte ses talons pendant qu'autour d'elle, la foule dégage un parfait cercle vide. L'arène. Certains s'en éloignent le plus possible tandis que d'autres, au contraire, se pressent aux premières loges, avides de sang. Ils me dégoûtent tant que j'ai envie de tous leur crever les yeux. Ils se repentiront de la mort de mon frère, ou de celle de ma tante. Ma haine est si intense que je manque de le suivre dans l'arène. La main de Mya me retient à nouveau.

— Il va gagner, c'est sûr, me chuchote-t-elle.

— Tu n'en sais rien.

Elle se mord la lèvre, bien consciente que j'ai raison. Pourquoi cet idiot n'a-t-il pas laissé sa fierté d'être héritier de côté pour me laisser me battre ? Je suis plus fort, plus rapide. J'ai plus de chances contre une vampire aussi expérimentée que Lady Arundell.

Quelqu'un ramène un brasero, qu'il place à la circonférence du cercle formé par la foule. Ils vont chercher à se décapiter l'un l'autre, et lorsqu'un combattant aura réussi, il prendra la tête du perdant et la jettera dans les flammes. Le corps ne peut se régénérer sans.

Matthew rejoint le vide créé autour de Lady Arundell. Les deux sont mortellement sérieux, le regard rivé l'un sur l'autre, les mains écartées en position de combat. Je resserre mes doigts autour de ceux de Mya. Je ne peux pas regarder ça. Et en même temps, je ne peux les quitter des yeux.

La première action est spectaculaire de vélocité. Ma tante se jette sur mon frère d'un bond stupéfiant. Ce ne serait pas grave, si un couteau n'était pas soudain apparu dans sa main. Les concurrents doivent se battre tout de suite, tant pis si l'un d'eux n'est pas armé. Je n'avais pas vu que ma tante portait une lame sur elle.

Je pâlis. Matthew n'a aucune chance si la lame est empoisonnée !

Mais mon frère est plein de surprises. Il bondit à son tour, plus haut que Lady Arundell, et son genou percute son menton, avec tant de violence que ça la projette contre un mur, bien au-delà de la foule. Un bruit de craquement se fait entendre, alors que ma tante s'affaisse sur le sol en grimaçant. La foule s'écarte pour laisser la place à Matthew.

— Tu es plus fort que ne le laissent croire les rumeurs, ricane-t-elle.

— Il ne faut jamais écouter les ragots.

— Vraiment ?

Elle prend appui sur le mur et s'élance à nouveau vers mon frère, à une vitesse ahurissante, trop pour qu'il l'évite. Son poing vient frapper le nez de Matthew, d'où un geyser de sang presque noir s'écoule. Sonné, mon frère parvient tout de même à arrêter la main armée de la dague d'un coup de coude. Il a bien compris d'où venait le réel danger.

Il pivote sur ses appuis, pour éviter un revers qui lui aurait à moitié arraché le visage, puis frappe cruellement dans les côtes déjà abîmées de ma tante. Nouveau cri de douleur.

Elle recule, le visage marqué par la souffrance, avant de jeter sa dague, lame en avant, vers Matthew. Il l'évite d'une torsion du buste et le couteau se fiche, plus loin, dans un mur.

Elle a perdu son arme. Pourtant, le soulagement est de courte durée puisqu'elle en dégaine deux autres, cachées dans son dos. Deux poignards effilés.

— Va prendre sa putain de dague dans le mur, suffoqué-je.

Comme si, avec le combat, il pouvait m'entendre.

Lady Arundell doit avoir la même idée que moi, puisqu'elle se précipite sans se soucier du danger vers Matthew pour lui bloquer le passage.

Il n'esquisse même pas un geste pour aller récupérer l'arme. Avant que ma tante puisse changer de tactique, il se jette sur elle et, profitant de son élan, se glisse sur le côté, l'agrippe par le col de son costume et l'envoie à nouveau contre un mur.

Craquement.

Elle se relève avec difficulté et, dans un arc éblouissant, lui plante son coutelas dans l'épaule.

Tente de lui planter.

Il s'efface, si rapide que la lame ne l'effleure même pas. Revers : le deuxième poignard se fraye un chemin vers son flanc. Nouvel échec. Mon frère part à l'assaut de son avant-bras avant qu'il ne puisse ne serait-ce que l'approcher.

Il saisit la main de ma tante et, d'une torsion des hanches, se retrouve derrière elle. On dirait presque une danse, qu'il mène avec brio.

Lady Arundell lâche un cri lorsqu'il affirme sa clef de bras. Alors que son hurlement m'ébranle — c'est ma tante, ma famille, mon sang ! —, Matthew ne lui accorde aucun crédit. Je vois ses muscles se bander, pousser le bras plus haut.

Craquement.

Le mugissement de souffrance que pousse ma tante me fait vaciller. Mais Matthew ne s'arrête pas là. Après tout… c'est un combat à mort.

Le bras une fois déboîté, il le prend à pleines mains, pose le plat de son pied sur le dos de notre tante, et pousse.

Je n'oublierai jamais le bruit que fait la chair en se déchirant ni le claquement du tendon lorsqu'il cède. Encore moins la plainte aiguë qui s'échappe de la gorge de ma tante.

Le bras s'arrache dans un dernier bruit de succion absolument affreux. Lady Arundell s'effondre au sol en gémissant, dans une flaque de sang noir épais et poisseux. Comme en écho à sa souffrance, j'entends une plainte, plus haut. Ma mère, les yeux exorbités, voit sa petite sœur se faire massacrer par son fils.

Matthew n'en a pas fini. C'est comme s'il s'était changé en machine de guerre. Il jette le bras sur le côté, sans aucune considération, contourne ma tante et se met à genoux devant elle. Il prend son visage entre ses mains, avec douceur, presque tendresse. Au milieu de cette violence, on dirait qu'il va lui déposer un baiser sur le front et lui pardonner. Mais non.

— Je ne laisserai personne menacer à nouveau le trône, lâche-t-il d'une voix blanche. Dussé-je tuer la tante qui m'a aimé comme un fils.

Le gémissement de la Lady se transforme en ricanement. Elle plante son regard dans le sien, couverte de sang, sur le point de mourir. Il y a tant de violence sur ce visage qui a pourtant bercé notre enfance que j'en frissonne.

— Mon pauvre enfant, rit-elle. Tu as perdu.

Je comprends au moment où je vois ce poignard qu'elle n'a pas lâché, si couvert de sang qu'il en devenait invisible.

Non !

Matthew est trop près pour l'éviter. À l'aide de ses dernières forces, notre tante enfonce la lame dans le flanc de mon frère.

— Et j'ai gagné, souffle-t-elle.

Sans en tenir compte, la prise de Matthew se raffermit et, d'un geste maîtrisé, il lui arrache la tête dans un bruit atroce. Il ne cherche même pas à enlever le couteau empoisonné qui ne manquera pas de l'emporter. Il se relève, vacillant, tête en main.

Le poison commence déjà à faire effet. Je le vois à la pâleur de son teint, à ses gestes tremblants. Il fait un premier pas vers le brasero. Un deuxième.

S'effondre à genoux.

Non !

Il ne tente même pas de se relever. À quatre pattes, il avance, le visage grimaçant. Les yeux remplis de détermination.

À deux mètres du brasero, un spasme violent le secoue et finit de le mettre à terre.

Non, non, non !

Je fais un pas, mais des bras m'empêchent d'avancer. Non, je ne peux pas voir mon frère mourir. Je me débats, sans réussir à me débarrasser de ceux qui m'entravent. NON !

Il se reprend, récupère la tête, se redresse. Juste le temps de la lancer vers le brasero, avec la force du désespoir.

Puis il s'effondre.

Au moment où la tête disparaît dans les flammes.

CHAPITRE 40

Ryan

Je suis installé dans une cellule, avec Mya. Je pourrais briser les chaînes qui m'attachent au mur, écarter les barreaux qui entravent notre liberté et assommer les gardes, avant qu'ils ne dégainent leurs épées empoisonnées.

Je ne le fais pas. Mya elle-même se tient prostrée.

Je ferme les yeux, tente de trouver un espoir. Mais au lieu de trouver une lueur, je ne découvre que des abysses. Matthew, étalé au sol, dans le silence de la foule et celui de mon cœur.

L'entrée fracassante de Clayton, et l'ordre du roi de confirmer ou infirmer la mort de mon frère. Les gardes qui, sur un geste de ma mère, nous envoient en cellule. Je peux encore sentir l'odeur de la chair brûlée, et les chuchotements de la cour.

Matthew a-t-il survécu ? A-t-il été déclaré vainqueur ? A-t-on tout perdu parce qu'il s'est porté volontaire ?

Non. Je n'aurais pas su faire mieux que lui. Tuer ma tante aurait été au-dessus de mes forces. Cela m'aurait ramené à la mort d'Ellie, et j'aurais été paralysé. Lady Arundell n'aurait pas eu ce problème. Je serais mort dans la salle de bal, empoisonné.

À la place de Matthew.

J'aurais préféré que ce soit le cas. Je ne peux pas vivre avec cette nouvelle mort. Il s'est sacrifié pour moi, comme Ellie. Pourquoi ? Je ne le mérite pas ! Je ne l'ai jamais mérité. J'aurais dû crever, ce jour-là, au milieu des lycans ! Ils n'en auraient été que sauvés !

Mya ne tente même pas de se rapprocher de moi. Elle aussi, souffre. Clayton a réussi à donner un antidouleur à sa mère en attendant les soins.

— Tu le savais, n'est-ce pas ? me chuchote-t-elle.

— De quoi ?

— Que mes parents avaient été kidnappés. C'est pour ça que tu m'as fuie.

— Je suis désolé.

Elle ne répond pas, trop en colère pour proférer le moindre mot. Elle reste seule, près de sa famille. Sa mère a fini par s'endormir tandis que son père reste statique, complètement choqué par ce qu'il vient de voir.

Je serre les poings. Eux aussi, vont mourir. Par ma faute.

Je revis toute la scène

, jusqu'au Tezeki.

Matthew…

Des bruits de pas me sortent de ma torpeur. Ma mère apparaît, entourée de deux gardes. Elle nous accorde un regard froid, avant de se tourner vers eux.

— Laissez-nous.

— Ils sont dangereux, Votre Majesté, bafouille l'un d'entre eux.

— Je suis armée, pas eux. C'est un ordre, soldats.

Ils s'inclinent devant elles et quittent l'endroit. Moi, je frissonne, rien qu'à l'idée que ma propre mère puisse me planter une lame empoisonnée dans le corps pour venger la mort de Matthew ou simplement se débarrasser de moi.

Aussitôt qu'ils ont disparu que son masque tombe. Son

visage se creuse. Je me sens plus vide que je ne l'ai jamais été.

— Il est mort ? demandé-je d'une voix rendue rauque par l'appréhension.

Soupir. Puis un sourire qui me redonne de l'espoir.

— Clayton est intervenu assez vite, déclare-t-elle doucement. Il purge toujours le poison, son coma pourrait durer plusieurs jours, mais il s'en sortira.

Le soulagement est si intense que j'en ferme les yeux.

Il n'est pas mort. Il a gagné le Tezeki.

Sauf que ma tante, elle, l'est. Que ma mère vient de perdre sa sœur. Je rouvre les paupières.

Je n'ai jamais vu la reine dans cet état. Par bonheur, je vois qu'elle ne me rejette pas. Elle tend même la main à travers les barreaux. Je la saisis, fébrile. Son contact chaleureux me fait un bien fou. Moi qui croyais avoir perdu l'amour de toute ma famille, il n'en est rien..

— Je suis désolé, mère. Pour ma tante.

Elle me serre la main avec tant de force et de désespoir, que je me mords la lèvre pour ne pas craquer.

— Ce n'est pas ta faute. Cela fait bien longtemps que… nous avions choisis des chemins différents, toutes les deux. Elle a fait son choix.

— Elle ne l'aurait pas fait si je n'avais pas mordu l'humaine.

— Tu as été piégé, Ryan. Nous le savons. Et tout indique que… que c'est elle la responsable.

Je ferme de nouveau les yeux. Alors c'était elle. Cela m'étonne, encore maintenant, alors qu'elle a préféré se battre à mort pour ses convictions plutôt que de se soumettre à la couronne.

— Nous n'avions rien trouvé contre elle avant ce soir. Mais désormais, avec tous les chefs d'accusation qui pèsent sur elle et sur sa famille, nous pourrons investiguer. Et trouver tous ceux qui nous voulaient du mal. Vous n'avez plus à vous inquiéter.

Malgré son deuil, malgré les larmes qui dévalent ses joues, elle trouve le moyen de nous réconforter et de nous informer de la suite. Je n'aurais jamais pu rêver meilleure mère.

Elle me lâche la main pour essuyer son visage, puis reprend, la voix moins tremblante.

— Vous restez tous deux bannis. Les villes humaines sont hors de nos limites, vous pouvez vous y réfugier, si vous le souhaitez. Tant que vous ne mordez pas d'autres humains, vous n'aurez aucun problème. Vous pouvez aussi vous exiler loin de toute civilisation…

Je jette un coup d'œil à Mya, qui elle-même ne cesse de regarder ses parents. Son père ne dit rien, les yeux toujours dans le vague.

Ma mère me tend à nouveau la main. Un bruit de verre se fait entendre et elle nous dévoile plusieurs petites jarres en verre contenant un liquide transparent.

— Des potions d'oubli, chuchote-t-elle. Elles permettent de gommer les souvenirs liés aux paranormaux. Si jamais vous en aviez besoin.

Toujours prostré, le père de Mya ne relève pas. Pourtant, j'en suis sûr, il a entendu. Mya récupère les fioles, sans me regarder, et les glisse dans sa poche.

— Merci, Votre Majesté. Nous les utiliserons au besoin.

La reine sourit puis recule d'un pas. Avant qu'elle n'appelle les gardes, je la coupe.

— Pourrais-je revoir mes frères une dernière fois ?

— Je suis désolée, tu sais très bien que le verdict est sans appel.

Je me renfrogne. Tant pis. Au moins sont-ils en vie.

— Nous ne serons pas loin, marmonné-je néanmoins.

— Je m'en doute. Prends soin de toi, mon fils. Et n'oublie

jamais que nous t'aimons.

J'ai la gorge trop nouée pour répondre. Elle doit le sentir, car elle demande aux gardes de revenir, son masque de nouveau en place.

— Libérez-les. Vous trouverez vos valises à la sortie des cachots. Vous avez une heure pour partir.

Nous hochons tous la tête de concert. Ma mère s'en va, dignement, mais alors que les gardes s'occupent de nous, elle nous adresse un dernier sourire.

Une fois relâchés, nous parcourons en silence le boyau humide qui nous mène à la sortie. La lumière du soleil m'éblouit, et tire un petit gémissement aux humains. Il faut dire que si les vampires voient très bien dans le noir et s'adaptent vite aux changements de lumière, ce n'est pas leur cas. Sans compter le choc qu'ils ont subi.

Nous récupérons les fameuses valises préparées à notre intention puis sortons dans les jardins. Une vague d'émotion me submerge. J'ai tant de souvenirs, ici…

Nos cache-cache avec Matthew, Callum et Ellie. On ne retrouvait jamais le petit dernier, sans doute grâce à son instinct. Nous avons même dû faire appel à la garde, une fois, tant nous avions peur de l'avoir perdu.

Les cours, sur l'art de bien présenter, avec nos vieux professeurs croulants. Le rire de Matthew quand j'avais réussi à mettre un seau d'eau en équilibre sur la porte de la salle de cours et qu'il s'était renversé sur monsieur Guilbert.

Les dîners, en famille. Ensemble. Avant la guerre. Dans la plus grande insouciance.

J'observe une dernière fois le moindre carreau, la moindre moulure du manoir qui a bercé ma vie entière.

Comme si elle était un être vivant, je salue ma maison.

J'en suis persuadé, je la reverrai un jour.

ÉPILOGUE

Mya

Est-ce que tu as bien sorti les pickles ?

— Mais oui, je te l'ai déjà dit.

— Et les bières ?

— Aussi ! Bon sang, arrête d'être aussi stressée ! Tu me donnes des palpitations !

— C'est notre pendaison de crémaillère ! Et surtout, la première fois que tu rencontres Lena et Joly !

Seul un soupir me répond. J'essaye de me calmer. Plus facile à dire qu'à faire. Je furète dans l'appartement, à vérifier que tout est prêt. À sa place.

Voilà un mois que nous avons emménagé. Reprendre ma vie humaine a été mouvementé. Si j'ai réussi à me couler sans souci dans le moule d'étudiante qui m'attendait encore, et à gérer ma soif, il a été plus compliqué de mettre de l'ordre dans mes émotions.

D'abord, il a fallu pardonner à Ryan. Aujourd'hui, je comprends pourquoi il m'a caché que mes parents s'étaient fait kidnapper. Il pensait que je partirais à leur recherche et qu'un assassin en profiteraitpour me tuer. C'était certes probable, mais il aurait pu me convaincre de ne pas y aller plutôt que de me mentir. Il est toujours dur pour moi de continuer à lui faire confiance.

Ensuite, mes parents. Ils ont choisi l'oubli. Je n'ai pas osé aller contre leur volonté. Puisqu'ils me savaient en sécurité, maintenant l'histoire terminée, ils ont préféré éloigner tout souvenir traumatisant concernant les vampires. Ma mère continue à avoir des problèmes à marcher, néanmoins. Conséquence de ce qu'ils pensent être un accident de vélo.

Je remets une bougie à sa place et jette un coup d'œil furtif à Ryan. Il a changé, depuis que plus aucune menace ne pèse sur nous. Il est plus détendu. Plus triste, aussi. Il ne peut revoir sa famille, même si nous recevons de temps en temps des messages cryptés, assez courts. Nous ne pouvons y répondre, mais nous avons ainsi appris que Matthew s'était réveillé.

Je tente de juguler mon angoisse. Il y a quelque chose que je ne sens pas, dans tout ça. Si Lady Arundell était la coupable, elle savait donc pour notre lien. Elle n'a pourtant rien révélé. Pourquoi ?

Je me prends la tête entre les mains. Tout ça est trop complexe pour moi.

— Ça va aller, Mya, tes amis vont adorer ! déclare Ryan, se fourvoyant totalement sur l'origine de mon stress.

Je décide de rentrer dans son jeu. Inutile de l'inquiéter.

— Tu n'en sais rien. Zach m'adresse à peine la parole, depuis qu'on est revenus.

— Il pue le sorcier ! C'est normal qu'il te sente… différemment.

Je prends une mèche de mes cheveux dans mes doigts. Un message reçu récemment indiquait qu'une enquête avait révélé que Zach ignorait tout de sa nature. Cee n'est pas lui qui nous avait piégés. J'ai beau me refaire le film de la soirée, je ne comprends toujours pas comment j'ai pu être droguée. Visiblement, cette affaire n'est pas prête de s'éclaircir.

— Sois quand même sympa avec lui, assené-je à Ryan.

— Toujours !

Je grommelle un «ouais, ouais, c'est ça» peu convaincu.

Ryan prend mon visage entre ses mains et sourit. J'ai beau l'avoir toujours mauvaise contre lui, mon cœur ne peut s'empêcher de battre la chamade au moindre de ses contacts. Je sais que je l'aime, plus que je n'ai jamais aimé quelqu'un, et que notre lien se raffermit de plus en plus. Je ne l'échangerais contre rien au monde. Et j'adore ça, au fond.

En parlant de lien… Je sens un désir brûlant l'envahir lorsqu'il fond sur mes lèvres pour m'embrasser. Je m'abandonne un instant à ce tumultueux baiser avant de le repousser avec autorité, consciente que ce n'est pas le moment.

— Je t'enlèverais bien cette petite robe, susurre-t-il.

Je me mords les lèvres pour m'empêcher de lui sauter dessus.

— Ils arrivent bientôt, déclaré-je en me levant. T'as intérêt à faire bonne impression devant Joly et Lena ! Elles en veulent toujours au gars possessif qui leur a piqué leur amie !

Il explose de rire.

— À vos ordres, très chère. Mais sachez que ces petites bretelles sauteront dès que la dernière personne quittera notre appartement.

— Nous verrons ça.

C'est à mon tour de le provoquer en l'embrassant avec fougue. Heureusement, la sonnette retentit, nous empêchant de succomber.

La soirée est charmante. Si Lena et Joly étaient perplexes, maintenant qu'elles connaissent Ryan, elles ne le quittent plus !

Ça me rassure beaucoup. D'autant plus que mes colocs sont plus heureuses que jamais. Elles sont arrivées toutes deux accompagnées. Si je m'en doutais pour Lena, Joly, elle, a succombé à Maggie exactement comme l'avait prévu Zach.

Je sais que nous n'aurons plus jamais la même relation qu'avant. Outre mon côté vampirique, j'ai vécu trop de choses pour que nous redevenions aussi fusionnelles. Elles gardent une naïveté que je leur envie, et j'ai gagné en inquiétude.

Je m'assois, un verre de vin rouge à la main, près de Zach. Si, au début, je conservais à portée de mainun thermos en cas de soif inopinée, ce n'est plus le cas. Je me contrôle bien mieux. L'odeur des humains ne devient plus une torture de chaque instant, et je peux à nouveau faire comme si je n'avais pas besoin de sang pour survivre.

— Tu passes une bonne soirée ? lui demandé-je.

Avant, il aurait renchéri en me donnant le nom de ceux qui rentreraient ensemble, ou bien il m'aurait raconté en pouffant les dernières bêtises de ses colocs.

Cette fois-ci, il m'accorde un regard grave.

— Tu as tellement changé, souffle-t-il.

Je pourrais m'énerver. Il me l'a déjà dit. Et c'est pas faute de faire des efforts pour retrouver notre relation d'avant. Peut-être qu'il est temps que je laisse tomber : on ne récupère pas ce qui s'est cassé.

— Je sais. Je suis désolée.

— Tu n'as pas à l'être. C'est moi qui le suis.

Je hausse un sourcil. Qu'est-ce qu'il raconte ?

— Je n'aurais pas dû te laisser faire, avec lui.

Il désigne Ryan. Mes plans pour qu'ils deviennent amis se détruisent peu à peu.

— Ryan est gentil.

— Peut-être. Mais il t'a changée. En profondeur.

S'il savait à quel point…

— Ça ne regarde que nous, ça, Zach.

— Je sais. Pourtant, j'arrête pas de… je sais que c'est bizarre, mais de sentir que tu as été forcée à quelque chose.

Après avoir côtoyé Callum, les prédictions de Zach me semblent presque familières. J'aimerais tout lui expliquer. Néanmoins, il faudrait lui réveler sa nature, ainsi que la haine qui lie son espèce à la nôtre. La rupture risquerait d'être totale.

Alors, j'opte pour une semi-vérité.

— Notre rencontre n'est effectivement pas due au hasard. Il n'en avait cependant pas plus conscience que moi. Et il ne m'a jamais forcée à rien.

Il n'y a que le lien et ma transformation qu'il a fait émerger, bien contre son gré. Il est aussi victime que moi, dans cette histoire.

Comme Zach ne répond pas, c'est moi qui reprends.

— Je ne suis pas malheureuse avec lui, loin de là. Je n'ai jamais été liée de cette manière-là, à personne. Je sais que notre couple peut paraître étrange, mais nous sommes heureux, maintenant. Et c'est ça qui devrait le plus compter.

Enfin, mon ami me regarde. Il m'offre un sourire mélancolique, qui me fait tant penser à celui de Callum que j'en frissonne. Puis il reprend.

— C'est vrai, pardonne-moi. Tu as raison, vous êtes heureux.

Il trinque avec moi. Puis il se lève et s'éloigne. Si je n'avais pas été vampire, je n'aurais jamais entendu son chuchotement.

« Pour le moment. »

Je décide d'ignorer ses paroles. Prédiction ou juste colère, je ne veux pas savoir. Les deux me blessent trop.

Puisque Zach ne veut rien entendre, je me lève à mon tour et vais rejoindre mes colocs et Ryan. Nous passons le reste de la soirée ensemble, à rire aux larmes de nos anciennes aventures au bar.

Ce sont d'ailleurs elles qui partent en dernier. Une fois la porte fermée derrière elles, les mains de Ryan glissent sur la chute de mes reins.

— Alors, où en étions-nous, belle dame ?

Je m'apprête à répondre lorsque la sonnette retentit à nouveau. Curieux, je n'ai entendu aucun pas dans le couloir.

Doucement, nous nous détachons l'un de l'autre. Il n'y a qu'une seule espèce pour être aussi discrète.

Vampire.

Et nous n'attendons pas de livreur de sang synthétique avant une semaine. Ni aucun messager.

Je récupère une lame cachée sous le canapé, tandis que Ryan s'approche de la porte, sur ses gardes. Après avoir vérifié que je suis en position, il ouvre le battant et…

— Matthew !

Ryan se jette dans les bras de son frère. Je sens son bonheur transpirer à travers le lien. La dernière fois que nous l'avons vu, il était agonisant après son combat à mort.

— Mon frère, nous salue Matthew. Mya. Je suis ravi de vous revoir.

Ryan, trop heureux de le retrouver, ne remarque pas tout de suite son air grave. Il ne le capte que lorsqu'il ressent mon malaise. Le sérieux de son frère fait peur à voir.

Ryan se décolle de lui et le dévisage. Son sourire meurt aussitôt.

— Que se passe-t-il pour que l'héritier lui-même vienne me rendre visite ?

— Je n'ai pas de bonnes nouvelles, je le crains.

Ryan lui fait signe de s'asseoir tandis que je ferme la porte derrière nous, après avoir vérifié que le couloir était bien vide.

Mon cœur se serre lorsque je verrouille derrière moi.

— Alors ? demande Ryan.

Matthew s'installe sur le fauteuil, croise les mains devant lui et plante son regard dans celui de son frère. Ses traits se durcissent quand il lâche enfin :

— Le roi est mort.

REMERCIEMENTS

On a beau en être au quinzième livre écrit, les choses ne se passent jamais comme prévu. Et pourtant, je ne peux que ressentir de la fierté pour ce bébé car, même au bout de centaines d'heures de réécriture, de prises de tête, de discussions sans fin avec mes bêtas pour en tirer le meilleur, je n'ai pas réussi à me lasser de cette histoire.

Merci à Megära, Eulalie et Bénédicte, des bêtas en or qui ont relu le manuscrit deux fois. Je n'avais jamais eu de réécriture si éprouvante avant, et c'est grâce à elles que j'ai pu sortir quelque chose d'aussi bon. Le premier jet n'avait vraiment pas grand-chose à voir avec celui que vous venez de lire !

Merci à Marie, à son humour sans faille et sa bienveillance, ainsi qu'à ses remarques très pertinentes. « J'ai. Mordu. L'humaine. », restera dans les annales encore longtemps !

Merci à Noémie, redoutable pour la chasse aux répétitions et incroyablement rapide pour relire, une dernière fois, ce manuscrit.

Merci à Seph pour son regard très scrutateur et précis, qui m'a aidé à retravailler les points bancals de cette histoire.

Merci à Dani, toujours présente pour la correction ! Je (ne) sais pas comment tu fais pour être aussi efficace, ça m'étonnera toujours ! Je suis ravie de te compter dans mon équipe une nouvelle fois encore <3. Et moi donc ! Merci !

Moult amour à la horde entière, d'être là, d'exister, quel que soit le sujet de conversation. Vous m'êtes plus précieuses que tout l'or du monde.

Je remercie vivement toute la communauté des Pandauteurs, qui est là en cas de coup de mou et de réécriture de résumé. Vous gérez !

Un gros bisou à ma famille et à ma belle-famille, qui me supportent sans condition alors que je pouvais bosser jusqu'à des heures indues sur ce projet.

J'embrasse aussi très fort Bastien et Krokmou. Malgré les difficultés, vous êtes là. On l'aura bientôt, le chez-nous de nos rêves <3.

Enfin, merci à vous tous, lecteurs. Merci d'être arrivés jusqu'au bout de ce tome 1. J'espère que vous l'aurez apprécié, cette petite ouverture sur le monde des vampires. J'ai très hâte de vous présenter le tome 2 qui est, de loin, mon favori de la saga.

Je vous dis à tous à très vite !

DE LA MÊME AUTRICE…

COLLECTION IL ÉTAIT (ENCORE) UNE FOIS

Collection Il Était (Encore) Une Fois : réécritures de contes sous forme de romances fantastiques — chaque tome est indépendant

Loup-Garou et Bas Résille : réécriture du Petit Chaperon Rouge

Le Djinn et La Voleuse : réécriture d'Aladdin

Vampire, Magie et Dernier Coup de Minuit : réécriture de Cendrillon

Et plein d'autres à venir !

GRIFFES D'ENCRE

Trilogie d'Urban Fantasy, saga complète.

Résumé :

Jane est une mercenaire. Son but ? Arrêter les créatures qui menacent l'équilibre entre le monde Invisible et le nôtre.

Pourtant, le jour où elle se fait attaquer par un monstre sanguinaire inconnu, sa vie bascule. Il n'en faut pas plus à la SSFMI, la Société Secrète Française du Monde Invisible, pour faire appel à ses agents. Avec l'aide d'un demi-démon et de son collègue au sourire ravageur, Jane doit désormais enquêter sur une série de meurtres.

Accompagnée de Grisou — son chat ronchon — et de sa meilleure amie Mél, saura-t-elle élucider ce mystère ? Et surtout... Y survivra-t-elle ?

Printed in Poland
by Amazon Fulfillment
Poland Sp. z o.o., Wrocław

21172603R00192